于谦

著

人间温柔

CTS 湖南文艺出版社
HUNAN LITERATURE AND ART PUBLISHING HOUSE
博集天卷 CS-BOOKY
喜马拉雅 出品

人间温柔

　　那就是童年记忆里最美的片段了：太阳快落山的时候，右手提溜着装小鱼的罐头瓶儿，左手举着冰棍儿，一边走，一边嘬冰棍儿。溜达到鼓楼墙根儿底下，抬头一看，脑瓜顶上是密密麻麻的电线，电线上头是住在鼓楼里的小燕子，乱哄哄地跟天上飞。

　　有时候赶上无轨电车开过来，只见电车到了鼓楼路口，就开始慢慢地减速，拐弯儿。电车顶上那两根儿接电的"长辫子"，挨着电线的地方，"啪啪啪"地打火，天上飞的小燕子"啾啾啾"地叫。这就是我小时候的什刹海，我小时候的北京。

一个冰碗，配一小壶冰镇的莲花白。坐在什刹海边上，小风一吹，小酒一喝。旁边还得有个人，给您唱这么一段十不闲莲花落：

六月三伏好热天，

什刹海前正好赏莲。

男男女女人不断，

听完大鼓书，

再听十不闲。

逛河沿，果子摊儿全，

西瓜香瓜杠口甜。

冰儿镇的酸梅汤，

打冰盏，

买了把子莲蓬，

转回家园。

人间温柔

拉大锯，扯大锯，

姥姥家，唱大戏。

接闺女，请女婿，

小外孙子也要去。

今儿搭棚，明儿挂彩，

羊肉包子往上摆。

不吃不吃吃二百，

二百不够，加一百六！

我小时候住在北京西城，阜成门白塔寺底下。白塔寺一带，胡同里的小孩儿，都听过一首儿歌。它是这么唱的：

　　平则门，拉大弓，

　　过去就是朝天宫。

　　朝天宫，写大字，

　　过去就是白塔寺。

　　白塔寺，挂红袍，

　　过去就是马市桥。

　　马市桥，跳三跳，

　　过去就是帝王庙。

人间温柔

　　每天泡茶馆的人，那也是五行八作、三教九流，什么样的人都有。用现在的话讲，烟火气特别足。大伙儿进了茶馆，互相打招呼，全是地道的北京味儿，好比说甲乙二人相见，甲这边一拱手，腰往下一哈，未曾说话先带笑："哟嗬，三爷！咱可老没见了啊。您家里都吉祥？"

　　乙跟着就得还礼："是，是，八爷。有日子没见了，托您惦记着，老老少少都挺好。您家里都吉祥？"

　　是不是特别欢乐祥和？

人间温柔

　　这位把滚烫的豆汁儿碗端起来，嘴贴着碗沿，转着圈儿地吸溜，吸溜一口豆汁儿，"咯吱咯吱"嚼一口疙瘩丝。豆汁儿酸甜，疙瘩丝又咸又辣。这位是一口豆汁儿，一口疙瘩丝，瞅冷子再把热烧饼夹焦圈儿抄起来，"吭哧"就是一口，喝得脑门上"噼里啪啦"直往下掉汗珠子。

　　撂下豆汁儿碗，一抹嘴，人家心里这才开始合计：今儿上午干点儿啥呢？又不用上班，跟家待着也是闲待着，挺没劲的，那就泡茶馆去呗！

正月十五元宵节，家家户户都得出门赏灯。那时候的规矩是：正月十三挂灯笼，正月十五闹花灯，一直折腾到正月十七，这个年才算彻底过完。养鸣虫儿的玩家，怀里揣着葫芦，后晌早早吃完了饭，天一擦黑，就得出门逛灯。

"鞭炮隆，锣鼓隆，传遍江南塞北中，三山唤彩虹。灯火红，焰火红，树下龙灯舞旋风，上元花月胧。"元宵佳节逛灯那是必不可少的，这一天的北京，哪儿哪儿都是张灯结彩，花灯齐放。平时都宅在家里的人们，这会儿也必得出门，在街头云集，一起高高兴兴、通宵达旦地逛灯！

目 录

Contents

一

逛老街

于谦：人间温柔

一

逛老街

我的北京　什刹海的北京
天坛放风筝的北京
胡同里长大的北京

什刹海

这些日子，我瞄了一眼电视剧《什刹海》。我从小在什刹海边上长大，跟那地方挺熟。今儿，咱们就顺着这个话头，写写什刹海。

想盖房，先射箭

什刹海为什么叫什刹海？对这个问题，主流的说法有两种。

一种说法是：什刹海前后左右，连和尚庙带尼姑庵，总共有十座古刹。庙，又叫刹。什刹海指着庙说事儿，所以叫什刹海。

还有一种说法：一九五几年那会儿，宋庆龄故居旁边的胡同里还有一座小庙。那座庙的名字，就叫什刹海寺。什刹海指着这一座庙说事儿，所以叫什刹海。

说来说去，什刹海其实是普通话里面的说法。眼下您要是跟什刹海周围的胡同里边溜达，碰见和我岁数差不多、土生土长的老北京人，人家就得告诉您："我们这儿叫十介海。我打小就跟十介海边上打鱼捞虾，夏天光着屁股游野泳，冬天穿着老棉袄，跟冰面上打出溜①，没留神，半截身子还掉冰窟窿里边了。"

为什么在老北京话里边，什刹海又叫十介海呢？这事儿要想掰扯清楚，根儿就得往六百多年以前捯，往明成祖（也就是永乐皇上朱棣）修北京城的时候捯。

现在施工，甭管盖楼，还是盖别的什么建筑，都得先打地基。大家架上跟小望远镜似的仪器，还得派个人，举着小红旗，举着标尺，到处量，找基点。找准了基点，再以这地方为中心，打地基，砌砖。

永乐皇上不来这套，人家玩儿的是高科技。什么高科技呢？皇上御笔亲书"北京城"三个大字，绑在箭杆儿上，然后让大将军徐达拿着这支箭，站在高处，铆足了劲儿，朝南边射一箭。

刘伯温带着几个人，跟旁边等着。永乐皇上是裁判，举着手喊："一，二，三，走你！"

徐达的箭一出手，刘伯温就带上人骑着马追。最后箭头掉在哪儿，北京城的基点就定在哪儿，哪儿就是市中心了！爱咋的就咋的，砂锅砸蒜——一锤子买卖。

您甭说，徐达这一箭，射得还真远，都出了三环了。北京南边，有个地方叫南苑，箭头最后就掉那地方了。

当地老百姓得着信儿以后，都不乐意了。我们祖祖辈辈跟这地方住了多少代了！好不秧儿的，来个箭头，就让我们收拾东西搬家，有天理吗？这事儿不能这么干，我们得想辙！

想什么辙呢？把这支箭拔出来，朝北射，给它再射回去。

刘伯温骑着马正往南跑呢，眼瞅着就到南苑了，忽然看见徐达那支箭改了方向，朝北飞过去了。这种场面，您细琢磨，好像只有在动画片《猫

---

① 滑动；滑行。（本书中脚注如无特别说明，均为编者注。）

和老鼠》里边能看见，现实生活里没有——它不科学呀！

刘伯温要想在皇上面前交差，就得找南苑当地的老百姓调查调查、研究研究。南苑的老百姓也有主意，大伙儿公推了一位说书先生，跟刘伯温讲科学。说书先生是这么解释的："大人，您不知道，我们这地方常年刮大风，刮东南风。刚才就是！我们眼瞅着箭射过来了，也是赶寸①了，刮了阵二十八级的大风，呜——这箭让风一吹，就拐弯儿了！要我说，这也是天意。皇上再大，他也大不过天去。您说是不是这么个理？"

刘伯温，那是半个活神仙，是个掐指一算能前知五百年、后知五百载的主儿。这套话指定糊弄不了他。糊弄不了归糊弄不了，刘伯温心里一合计，老百姓在南苑住得好好的，皇上让徐达射了支箭，就让人家抛家舍业，给他腾地方，好像是有点儿缺德。这么一想，刘伯温也就默认了这个解释，顺水推舟装糊涂呗。

装糊涂归装糊涂，刘伯温也有条件，不能白帮忙。什么条件呢？永乐皇上要修北京城，资金有缺口，南苑的老百姓得给皇上拿俩钱。南苑的老百姓一合计，拿俩钱就拿俩钱吧，只当是破财消灾了。

什刹海是沈万三刨出来的

没想到这钱一花就花秃噜了。南苑的老百姓实在没辙，就又把那说书先生找来了，还让他找刘伯温求救去。您甭说，这位说书先生还真是个高人，见着刘伯温，又编出来一套话。

说书先生说："大人，您是南方人，打南边过来的。南边，苏州昆山，有个地方叫周庄，周庄有个大财主叫沈万三，您知道吧？我们实在是毛干爪净，真没钱啦！您就算把我们全宰了，我们也拿不出一文钱来。与其跟

---

① 巧；凑巧。

我们瞎耽误工夫，您不如赶紧把沈万三找来，让他拿俩钱。"

刘伯温这人也是听人劝，吃饱饭，真就把沈万三从周庄提溜到北京来了。来了以后，别的不说，就俩字："拿钱！"

不给？不给就打！

沈万三实在没办法，就带着刘伯温去挖银子。这一挖可不得了，总共挖出来十个地窖！地窖里头，满满当当，顶盖肥——全是白花花的银子！永乐皇上就拿沈万三的这些银子修了北京城。银子被挖走以后，地窖就空了，留下十个大坑。天长日久，大坑里头存了水，就变成了今天的什刹海。

什刹海原先是沈万三埋银子用的地窖，所以大家都叫它十窖海。老百姓传来传去，传走样了，慢慢地就成了十介海。

有朋友就问了，谦儿哥，您说的这些都靠谱儿吗？

我只能跟您这么说，这都是民间传说，我一说，您一听，不能太较真。

话说回来，"什刹海原先是沈万三埋银子用的地窖"这事儿，也不能说一点儿影儿都没有。回头您有空，可以翻翻《明史》，那上头白纸黑字写着呢：明太祖朱元璋建都南京，修南京城的时候，修建城墙的工程款里，就有沈万三入的股。明成祖朱棣修北京城的时候，沈家的后人可能多少也出了俩钱。

故事约等于瞎编的历史

花分两朵，各表一枝。您知道南苑老百姓射回去的那支箭，最后落到哪儿了吗？

按老北京民间的说法，这支箭最后落在了什刹海的东边，后门桥那个位置。

永乐皇上得着信儿以后，就派人在箭落地的位置往下挖。挖着挖着，挖出来一块石碑，上头刻着"北京城"三个大字。朱棣一看，这是天意，天意不可违呀！打今儿起，这儿就是市中心了，所以明朝北京城的基点就定在了今天的什刹海后门桥一带。

这个事儿呢，倒也不完全是瞎编。眼下好多外地的朋友，来北京旅游的时候，都讲究逛逛南锣鼓巷。南锣鼓巷紧挨着后门桥，那条胡同里边有块一百多年前立的石碑，叫"水准点石碑"。按这块石碑上刻的字来说，南锣鼓巷的海拔大约是四十九米，算得上当年整个北京城地势最高的地方了。

南锣鼓巷旁边，后门桥底下，还有一块明朝立下的石碑，上头还真就刻着"北京城"三个大字。老北京人有个说法，叫"水淹北京城"。"水淹北京城"的意思并不是说，真的发了一场大水，把北京城给淹了。它指的是什刹海涨水，水位没过了这块石碑上刻的"北京城"三个字。现在您看新闻，动不动就说什么地方发大水，水位持续上涨，已经超过了警戒水位。这块刻着"北京城"仨字的石碑，实际上就是明朝人立的标尺。什刹海的水位，要是涨到石碑上的"北京城"仨字上头，那就算超过警戒水位了。全城的老百姓就得提高警惕，做好防汛准备。

自制罐头瓶儿水族箱

我小时候是北京市少年宫合唱队的，那时候北京市少年宫在景山公园的北边。每礼拜参加完活动，要是赶上兜儿里还有钱，我就出景山公园西门，直奔北海。要是钱紧呢，我就出景山公园北门，走鼓楼大街，奔什刹海。

在北海公园能玩儿的项目，在什刹海差不多都能玩儿，还是免费的，不要门票。有些事儿呢，北海公园里不让干，到了什刹海，就可以干，没人管。

就拿钓鱼来说，多咱您见过有人跟北海公园里头架根儿鱼竿，钓鱼玩儿的？真那么干的话，不超过十分钟，戴红箍儿的老大爷就得跑过来罚款。

弄不好的话，还得没收鱼竿！

什刹海呢，您就看去吧，没人管。直到现在也是，岸边上支着数不清的鱼竿，长竿、短竿、海竿、手竿……多了去了。

我小时候想去什刹海钓鱼，家长当然不支持了，坚决不给买鱼竿。怕影响学习，也怕出危险。

不给买鱼竿，咱们也有解决的办法。

什么办法呢？

清洁工扫大街，学校传达室老大爷扫操场，都爱用那种大竹扫帚，您见过吧？找一把大竹扫帚，挑长得顺溜的竹子，拆一根儿下来当钓鱼竿；竹竿上头绑根儿鱼线；拿剪子铰一块牙膏皮，当铅坠；自行车气门芯，弄一节，当浮漂座；再跟家里鸡毛掸子上拆根儿鸡毛，拿鸡毛最下头那段白羽毛杆儿当浮漂；我姥姥做活用的针，趁她不注意，拿一根儿，用钳子给它铰得长短合适了，在火炉上烧红了，弯成个鱼钩，这就算齐活了！

那位问了，鱼食怎么解决？鱼食的事儿，最好解决。到什刹海岸边上，随便找块绿地。看准了有蚯蚓屎的地方，一直朝下挖就成。用蚯蚓钓鱼，比用什么鱼食都好。

您要是说，我没地方拆扫帚、拆鸡毛掸子，这些手续也可以都免了。您随便弄个线轴，线轴上绕根儿鱼线，大概一两米的长度就够。鱼线上有个钩，有个坠子，就算齐活。您拿着这套家伙，趴什刹海岸边上，也能钓小鱼玩儿。

什刹海的岸边，都是石头砌的台子，直上直下。水面以下的石头都长满了青苔，石头上爬的全是螺蛳，还有一种学名叫棒花鱼的小鱼。北京小孩儿管这种小鱼叫小趴虎，也有些地方管它叫花里棒子、爬虎鱼的。壁虎，老北京叫歇了虎子，您都见过，平常就喜欢跟墙上趴着。小趴虎呢，跟壁虎可能是亲戚，闲得没事儿，也喜欢跟岸边的石头上趴着。这种小鱼，大人根本就不稀罕钓，纯粹是小孩儿钓着玩儿的玩意儿。

小趴虎，说句难听话，有点儿缺心眼。钓这种鱼，根本用不着什么技术，全看眼力。小孩儿趴在什刹海岸边，脸朝下往水里看。看见小趴虎跟石头上趴着呢，就把挂着蚯蚓的鱼钩慢慢往下放，一直放到它嘴边。

小趴虎爱吃蚯蚓，挺猛，也挺傻。挂着蚯蚓的鱼钩放下去，它立马一口咬住，然后就不撒嘴了！哪怕鱼钩没钩到它嘴上，它也不撒嘴。小趴虎咬钩以后，小孩儿提溜着鱼线往上拽就成，绝对没跑。

火镰片就比小趴虎难钓多啦！钓火镰片，得讲究点儿技术。

有朋友问了，什么叫火镰片呀？火镰片的学名叫"鳑鲏鱼"，全国好多地方的河沟里都有。这种鱼长不大，身上的鳞能反射出七彩的亮光，特别漂亮，所以北京小孩儿管这种小鱼叫火镰片。现在也有好多年轻人把这种鱼当宠物养。

火镰片的智商比小趴虎高。把蚯蚓放下去，用钓鱼的行话讲，火镰片光嘬，就是不咬钩，多咱把那点儿蚯蚓嘬干净喽，多咱算一站。钓这种鱼，只能凭运气，光靠鱼钩就不成了，必须拿糊窗户用的纱窗，做个篓子，篓子里头再放几块羊骨头。为什么非得放羊骨头呢？羊骨头的味儿大，能把鱼给招过来。

实在淘换①不着羊骨头的话，拿香油和块面，放篓子里，也成。篓子上头拴根儿绳子，给它沉到什刹海的水里，然后跟岸边找个凉快地方坐二十分钟，篓子里头没准儿就有鱼了。运气好的话，可能就有一两条火镰片，顺带还能捞着几个小虾米。

有了鱼，您再找个干净的玻璃罐头瓶儿，灌上水，捞几个螺蛳、两根儿水草——最好是那种浅绿色的、像头发丝一样的水草，放罐头瓶儿里，最后把火镰片和小虾米往罐头瓶儿里一倒，看着也不比现在上千上万的水族箱差！

---

① 寻觅；设法寻求。

今夜不打烊，四十年前就有

手里提溜着这么个罐头瓶儿，那可不能马上回家，得找人多热闹的地方显摆显摆。什刹海那片儿，哪儿的人最多呢？

那位说了，酒吧街呀！

什刹海的酒吧街，实际是这十几年才有的。我小时候还没这地方，三四十年以前，什刹海那一带最热闹的去处，那得说是后门桥旁边的地安门百货商场。

老北京人逛商场，有个说法，叫"东西天地"四大商场。

东，指的是东四那边的东风市场。东风市场，再往早了捯，其实就是老北京的东安市场。现在您去王府井步行街溜达，还能看见一个新东安市场。新东安市场的根儿，就是东安市场。

西呢，就不用说了，指的是西单商场，全国人民都知道。

天呢，说的是天桥百货商场。这商场现在也有，您从我们德云社老天桥旗舰店出去，往南走走，就能瞧见。

"东西天地"四大商场的这个"地"，指的就是地安门百货商场。现在商场的门脸还在，您坐地铁八号线，打什刹海站上来，就能瞧见。

眼下好多商场、超市搞促销，赶上逢年过节的时候，二十四小时不打烊。这招儿据说最早就是地安门百货商场玩儿起来的。20世纪80年代，全国各地的国营百货商场里边，据说地安门百货商场是最早带头延长营业时间的，也是最早办夜市的。

国营百货商场，怎么就想起来办夜市了呢？那时候的人跟现在不一样，大家都有正经单位，压根儿没有"自由职业者"这么一说。大家都得跟单位上班，每天工作八小时，一礼拜上六天班，就礼拜天休息一天。这么一来，周一到周六的白天，商场里就特别冷清。所以呢，百货商场就决定延长营业时间，弄个夜市。老百姓下班回家，吃完饭，看完电视以后，还能有个地方去溜达溜达。商场呢，也能多卖点儿东西。商场外边，那些卖小吃、冷饮的小商贩，也能多挣点儿钱。

我小时候逛地安门百货商场，不为买东西，为的是蹭人家商场的空调冷气。等凉快够了，再溜达出来，掏三分钱，跟门口卖冰棍儿的老太太手里买根儿小豆冰棍儿。那就是童年记忆里最美的片段了：太阳快落山的时候，右手提溜着装小鱼的罐头瓶儿，左手举着冰棍儿，一边走，一边嘬冰棍儿。溜达到鼓楼墙根儿底下，抬头一看，脑瓜顶上是密密麻麻的电线，电线上头是住在鼓楼里的小燕子，乱哄哄地跟天上飞。

有时候赶上无轨电车开过来，只见电车到了鼓楼路口，就开始慢慢地减速，拐弯儿。电车顶上那两根儿接电的"长辫子"，挨着电线的地方，"啪啪啪"地打火，天上飞的小燕子"啾啾啾"地叫。这就是我小时候的什刹海，我小时候的北京。记忆中，有首歌是这么唱的：

> 我的北京　什刹海的北京
>
> 天坛放风筝的北京
>
> 胡同里长大的北京
>
> 我的北京
>
> 冰糖葫芦的北京
>
> 逛鼓楼大街的北京
>
> 再也回不去的北京

吃藕先得看花

八百多年前，什刹海还不叫什刹海，叫白莲潭。

这事儿不是我瞎说的，《金史·河渠志》里边提过，大概意思是说：金朝定都北京以后，为了往北京运粮食，就在高粱河、白莲潭（也就是后来的什刹海）这些地方修船闸，挖运河。

白莲潭的"白莲"，指的是白色的荷花。话说到这儿，有朋友问了，荷花的颜色多了去了，为什么非得叫白莲潭呢？

这个事儿的根儿，归了包齐，还得往北京人的饮食习惯上捯。

眼下全国公认最好的藕，产在湖北武汉。武汉人吃藕，讲究看藕有几个孔，整根儿的藕，"咔嚓"一声切开，得能看见九个孔。九孔藕，武汉人觉得，那才是高档的藕。

老北京人吃藕呢，看颜值，看花，讲究吃开白花的藕。大家觉得开白花的藕，筋特别少，淀粉特别多，水分也多，嚼在嘴里特别脆生，就跟吃大鸭梨一样。老北京人给这种藕起了个名字，叫"果藕"。

北京有个海淀区，您都知道。"海淀"这俩字，都带三点水，一看就明白，肯定跟水沾边。不用往远了说，大概一百多年前，现在的清华、北大、中关村这些地方，到处都是水泡子、河沟子。据说整个华北地区最高档的藕，就产在海淀温泉镇。大家管这种藕叫"温泉藕"。

那老北京人公认的好藕产在什么地方，您知道吗？

我不说，您准猜不出来。

老北京人公认的最好的藕，产在紫禁城墙根儿底下，筒子河里边。这种藕又有个专门的名字，叫"御河藕"。明清两朝，每年夏天，紫禁城里的皇上就拿这个御河藕当水果吃。

具体怎么吃呢？

首先，把新鲜的藕从筒子河里挖出来，去皮，切成薄片备用。再把新鲜的莲蓬从筒子河里摘回来，剥出鲜莲子，剥皮，去芯。每年进了三伏天，核桃树上的核桃，虽说还没熟透，里头可也有仁了。那种核桃仁是嫩的、甜的，跟干核桃仁的口感大不相同。把嫩核桃仁从壳里剥出来，去了外边那层黑皮。再找点儿新鲜的甜杏仁，处理干净。最后，弄个大兴的西瓜，把瓤挖出来，切成块。都备齐了，厨子找一个羊脂玉的大盘子，盘子上先铺一层冰，冰上铺一张翠绿翠绿的鲜荷叶。各种预备好的果仁，整整齐齐码在荷叶上。这么一大盘，往皇上跟前一端，清香扑鼻，冰块"呼呼呼"地往外直冒白气。不用吃，光看看，都觉得凉快！

冰碗标配莲花白

明清两朝的皇上吃的这种冷饮，拿到什刹海边上，就是老北京夏天的一道传统小吃——"冰碗"。

什刹海有个荷花市场，好多朋友都逛过。按老式年间的规矩，荷花市场的季节性特别强，不是全年都有。每年固定从立夏开始，一直办到阴历七月十五，到了鬼节那天才收摊儿。

每年立夏前半个月，各路买卖人就开始围着什刹海搭棚。他们搭的那个棚，用现在的话讲，都是亲水棚。一半在岸上，一半在水里，为的是借借水汽、河风，显得凉快。

以前的什刹海，不光产藕，产莲子，还产菱角，产荸荠，产老鸡头。什么叫老鸡头呢？就是南方人说的"芡实"。芡结的那个果实，外形看着跟鸡脑袋差不多，所以老北京人管这玩意儿叫老鸡头。剥出来的果实呢？就叫鸡头米。

菱角外头有硬壳。老鸡头剥开以后，里边一粒儿一粒儿的鸡头米，也有硬壳。以前，在什刹海边上卖菱角、鸡头米的小商贩，都得预备一把小夹剪。您要是说，我不打算当时吃，想打包拿回家去。人家就拿着小夹剪，"咔嚓咔嚓"几下，把菱角和鸡头米都先夹开一道缝，然后拿鲜荷叶一包，递给您。为的是方便您回家直接用手剥着吃。您要是说，我当时就吃，不往家拿，那就可以配上几样别的东西，藕、荸荠、核桃仁什么的，做成冰碗。

吃冰碗，要是不喝两口，那就稍微差点儿意思了。老北京有种特产，叫莲花白。莲花白，说白了，就是拿白莲花泡的药酒，喝到嘴里，有一股荷花的清香。

这种酒，要事先装到青花瓷小酒壶里边，搁在冰桶里，用冰镇上。一个冰碗，配一小壶冰镇的莲花白。坐在什刹海边上，小风一吹，小酒一喝。旁边还得有个人，给您唱这么一段十不闲莲花落：

> 六月三伏好热天，
> 什刹海前正好赏莲。
> 男男女女人不断，
> 听完大鼓书，
> 再听十不闲。
> 逛河沿，果子摊儿全，
> 西瓜香瓜杠口甜。
> 冰儿镇的酸梅汤，
> 打冰盏，
> 买了把子莲蓬，
> 转回家园。

荷花市场版荷叶粥，赶紧抄作业

电视剧《什刹海》里，刘佩琦老师演的那位国宴大厨，跟家里做菜，做的是六个冷荤，八个热炒，外带六碟小点心。六碟小点心里有一道"江米藕"，原先老北京人逛什刹海荷花市场，江米藕是必吃的东西。

吃江米藕的标配，是荷叶粥。眼下，各地的厨子一般都是按沏茶的路数来做荷叶粥，先拿干荷叶煮荷叶水，再拿荷叶水熬粥。但老北京什刹海荷花市场的做法，是先熬粥，熬纯江米的白粥，里头除了江米什么都不放。

粥熬好了以后，趁着那个滚烫的热乎劲儿，从什刹海里摘一张鲜荷叶，正面朝下，像锅盖一样，给它盖在粥上，然后让粥自然冷却。

您想啊，粥是滚烫的，荷叶让热气一嘘，香味儿自然而然就渗到粥里了。等粥凉了，您再揭开荷叶一看，原先雪白的江米粥，已经变成翠绿翠绿的了。这时候，再把粥锅整个放到冰桶里，镇着，现吃现盛。

荷叶粥的卖相特别好，店家把已经半凝固的、果冻似的粥，从锅里拿勺子盛出一块来，装在雪白的细瓷小碗里。浮头撒上点儿青红丝，撒上点儿山楂糕丁，再足足地浇一勺糖桂花卤。这就是老北京什刹海荷花市场最地道的荷叶粥。

蓝靛厂，火器营

拴娃娃技术哪家强？找老娘娘呀

传统相声《拴娃娃》，好多朋友都听过。《拴娃娃》里有个老娘娘，大名叫"碧霞元君"，往全了说，人家叫"东岳泰山天仙玉女碧霞元君"。民间传说，碧霞元君是泰山山神的闺女，法力高强，能庇佑众生，灵应九州，统摄岳府神兵，照察人间善恶。

以前还有这么个说法，叫"北元君，南妈祖"。意思就是说，南方人，信妈祖的多；北方人呢，信碧霞元君老娘娘的多。尤其华北这片儿，老百姓特别信碧霞元君，娘娘庙盖得到处都是。就拿河北来说，当地老百姓管碧霞元君不叫"老娘娘"，叫"泰山奶奶"。

河北有个清河县，清河县有个泰山行宫。按河北那边的风俗，每年阴历二月十四，泰山行宫都得办个接驾法会。什么叫接驾法会呢？碧霞元君，按户口本说，应该算山东泰安人，人家正根儿是在泰山的山顶上。

接驾法会的意思就是，把泰山奶奶从泰山那边请过来，到河北清河县串个门。串完门，大伙儿再给她送回去。老娘娘去清河县串门这几天，泰山行宫方圆左近，还得开庙会，连吃带玩儿，唱戏、耍狮子、跑旱船……弄得挺热闹。

北京平谷有个丫髻山。丫髻山的山尖上头，也有一座碧霞元君祠，也就是北京人俗称的娘娘庙。

民间传说，老娘娘是阴历四月十八的生日。每年老娘娘过生日，丫髻山老娘娘庙都得开庙会。北京当地人去得不多，反倒是河北那边的老百姓，特别重视老娘娘的生日。每年阴历四月十八前后，您就看去吧，丫髻山底下停着的车，十辆里边起码得有八辆，挂的都是河北的车牌。

我和老娘娘是街坊

我年轻那会儿，跟西直门外的高梁桥边上住过几年。高梁桥北边也有个娘娘庙。原先那里还有条娘娘庙胡同，胡同口有个自由市场。每天下午五六点钟，卖东西的要收摊儿回家了，菜啊鱼啊什么的，就都处理了。青菜撮堆卖，一两块钱一堆。鱼是论盆卖的，就是用咱们家常用的那种塑料洗脸盆。鲤鱼、草鱼最值钱，每个脸盆里最多放两条；白鲢子、胖头鱼不值钱，每个脸盆里可能就给您放个三四条；小鲫瓜子，个儿小，分量轻，脸盆里的小鲫瓜子就特多。反正甭管什么鱼，都是十块钱一盆。您自己随便挑，挑中哪盆算哪盆。

我那会儿就每天赶这个时间段，去娘娘庙胡同口的自由市场扫货。经济实惠，几块钱买一堆菜，十块钱再来盆鱼，荤的素的都齐了。回家把鱼炖了，弄俩素菜，再来两瓶儿啤酒，这就算挺滋润的一顿饭。

2008年奥运会前，娘娘庙胡同被拆了，那一片儿都盖了楼房，改住宅小区了。现在那一片儿还叫娘娘庙社区。

老娘娘没准儿是个男的

高粱桥北边这个娘娘庙，明朝就有了。民间传说，明朝那会儿，北京城里边有位员外爷，家大业大，趁的钱海了去了。唯独一节，财齐人不齐！活到五十四岁，没个儿子！

没儿子怎么办呢？那就去京西妙峰山，找老娘娘拴娃娃去吧！拴娃娃的时候，老员外顺便就跟老娘娘许了愿："老娘娘，您多保佑，保佑我早点儿生个大胖小子。您要是保佑我生个大胖小子，哎！我豁出去了！回头跟二环边上，黄金地段，给您买套房！您看怎么样？觉得成，就麻利儿地给我个儿子！要是能买一送一，再来个闺女，更好！这叫花搭着生！"

老员外拴完娃娃回家，也不知道吃什么玩意儿吃对付①了，没过多长时间，还真得了一个大胖小子。许了愿，那得还愿呀！不能跟老娘娘要赖，是不是？老员外就跟西直门外，高粱桥北边，给老娘娘置了个产业，修了个娘娘庙。

北京城的老百姓一看，老员外找老娘娘拴娃娃，最后生出儿子了。用现在的话讲：他的成功，我们也可以复制呀！所以明清两朝，高粱桥北边这个娘娘庙的香火就特别旺，好多不方便走远道去妙峰山的人，都上这地方求子来了。

高粱桥娘娘庙里的这位老娘娘，不光懂妇产科，管求子的事儿，捎带手还懂内科，能治病。

治什么病呢？天花！

天花，您都知道，在古时候，这个病是特别可怕的。人得了这个病能

---

① 合适；妥当。

不能好，基本只能看患者的运气。傻小子睡凉炕——全凭火力壮，熬过去就熬过去了，熬不过呢？就过去了。

古时候，谁家要是有得天花的病人，按当时的规矩，就得去卖布的铺子，扯一块红布。然后拿着这块红布去娘娘庙，给老娘娘烧香磕头，披红挂彩。您看《红楼梦》里边不就写了吗？王熙凤给贾琏生了个闺女巧姐，巧姐出天花以后，王熙凤立马就张罗着烧香、披红，供奉"痘疹娘娘"，一点儿不敢怠慢。

据说"痘疹娘娘"就是高梁桥北边娘娘庙里供的这位老娘娘，也有老百姓管她叫"痘儿娘娘"。传说明清两朝，北京城的老百姓，谁家要是有了天花病人，都讲究来这座娘娘庙，给老娘娘烧香、披红。

"痘儿娘娘"这个称呼是怎么来的呢？传统评书《封神演义》里边有个大将余化龙，是商纣王那边的潼关大帅，特别忠诚。武王伐纣的时候，余化龙宁死不屈，带着五个儿子，都战死在战场上了。

忠臣孝子人人敬。后来姜子牙封神的时候，觉得这哥们儿虽说是商纣王那边的人，可人品值得尊敬，值得学习，所以便封余化龙为"主痘碧霞元君"，专门负责管出天花的事儿。

那位说了，谦儿哥，先等等吧。好家伙！您这连男女都分不清楚了。刚才不是说，碧霞元君是泰山山神的闺女吗？这会儿怎么又改了余化龙，变成老爷们儿啦？

这个事儿吧，民间传说，传来传去，传得连了宗了。神话故事嘛，我这么一说，您那么一听，了解了解传统文化就行，不必太当真。

不想早起怎么办？把闹钟埋了

从娘娘庙这儿往西走，有一条河叫南长河。顺着南长河再往西走，过北京动物园、紫竹院、万寿寺。到了万寿寺，不拐弯儿，过三环，接茬儿往西，一直走到昆玉河边上。就在南长河跟昆玉河交汇的那一片儿，有座石头拱桥，叫麦钟桥。

麦钟桥为什么叫麦钟桥呢？有一种说法，说这个地方沿河两岸，原先都是麦子地，老百姓指着麦子说事儿，管这座桥叫"麦庄桥"。后来传来传去，传走样了，就给传成了"麦钟桥"。

这个说法是有依据的。因为几百年前，乾隆皇上写过一篇《麦庄桥记》。有一回，乾隆皇上坐着小船，路过麦钟桥的时候，看见河边长满了成熟的麦子，满地金黄，小风一吹，层层麦浪。乾隆看得挺高兴，回家以后，就写了《麦庄桥记》。写完以后挺满意，觉得自己挺有才，还给裱起来了。现在您去故宫参观，还能看见这个乾隆御笔的书法卷轴。

还有个邪行的说法，说麦钟桥之所以叫麦钟桥，是因为北京有个大钟寺，大钟寺里边挂着口永乐大钟。这口大钟，最早其实是挂在紫禁城边上一个叫汉经厂的地方。永乐皇上勤政，每天不睡懒觉，到点就起床上班。上班的时候，皇上听见旁边大钟"咣咣咣"一响，心里就觉得挺美，挺有成就感。

等到万历皇上负责治理国家的时候，这钟就不招皇上待见了。万历皇上常年旷工，不爱上班，太阳都晒屁股了，还跟炕上躺着呢，老北京人管这叫"偎窝子"。

您周末的时候，肯定也想好好睡个懒觉，但就有那粗心大意的，光顾着睡觉，忘了关手机闹铃。第二天一大早，手机"当当当"地就开始闹。睡觉这主儿呢，只能从被窝里边伸出手，眯缝着眼，来回摸，好容易摸到手机，赶紧玩儿命地按。按哪儿不重要，反正它别响就行。多咱按得手机不响了，多咱算完！这时候没人待见手机，别说待见它了，砸了它的心都有！

万历皇上也是这么个心态，懒觉睡得正美，紫禁城旁边那大钟到点就"咣咣咣"直响，分贝数还挺高！那谁受得了呀！后来皇上干脆就下旨了，把这破玩意儿给我弄得远远的！耳不听，心不烦。这辈子别让我再瞧见它！

皇上生气了，后果很严重！这口永乐大钟，就搬了个家，让人挂到西三环边上的万寿寺里了。

大钟挂到万寿寺以后，就出怪事儿了。

什么怪事儿呢？

每天没人敲，钟自己响。

按现代科学家的解释，这八成就是发生共振了。好多朋友小时候都听过这么一个故事，说是从前有座山，山上有座庙，庙里有个老和尚。老和尚每天早上起来敲钟，结果庙里头还有口磬，也跟着一块儿响。其实啊，这就是磬和钟发生了共振。

古时候的人不懂"共振"的道理，出了这种事儿，只能赶紧找个大仙来给瞧瞧，是不是有什么妖孽作祟。大仙眯缝着眼，掐着手指头，"一二三四五，金木水火土"那么一算，就给算出来了。说是西方属金，有白虎！

青龙、白虎、朱雀、玄武，这叫四象。四象里头，东青龙，西白虎，南朱雀，北玄武。白虎是在西边的。西边，按中国传统的风水学来说，属金。永乐大钟是用铜铸的，铜，那不也属金吗？大钟往万寿寺一挂，金金相碰，本身就犯忌讳。再者说，白虎也惦记着每天睡个懒觉呢！大钟搬到西边去，皇上倒是能睡到自然醒了，白虎受得了受不了呀？人家白虎老睡不好觉，一宿一宿闹失眠，能不折腾吗？

万历皇上一听，白虎我也惹不起呀。干脆，这破钟谁都甭要了，刨个坑，给它埋了！

就这样，永乐大钟被埋到土里了，埋钟的地点，正是现在的麦钟桥一带。"麦钟桥"这个地名，其实本是"埋钟桥"，后来传来传去，传走样了，就传成了"麦钟桥"。

直到一百多年以后，永乐大钟才被人从土里刨出来，挂到了大钟寺里头。大钟寺的正名，实际上叫"觉生寺"。有了这口大钟以后，老百姓指着大钟说事儿，这才有了"大钟寺"的说法。

大莲只能姓松

麦钟桥北边那一片儿，叫蓝靛厂。蓝靛厂是明清两朝给皇上染布做衣服的地方。蓝靛厂旁边那个位置，叫火器营。现在您在北京坐地铁，蓝靛厂那儿还有一个地铁站，就叫火器营站。

这两年《探清水河》挺火，不光北京这帮说相声的孩子爱唱，全国各地好多年轻人都爱唱。唱着唱着还打架，互相掰扯。

掰扯什么呢？那可多了去了，比方说，大莲她爸爸到底是姓宋，还是姓松？到底是宋老三，还是松老三？这就能掰扯好一阵。

我跟这儿特别负责任地告诉您，肯定姓松，不姓宋，这人叫"松老三"。

有朋友问了，谦儿哥，您凭什么这么肯定？

话说到这儿，我也反问一句，您知道火器营是干什么的吗？

明朝那会儿，北京有三大营。哪三大营呢？五军营、三千营和神机营。这三大营都是直接归皇上领导的特种部队。三大营里边，战斗力最强、最厉害的，那得说神机营。为什么呢？别的部队耍的都是大刀片、红缨枪，只有神机营，玩儿的是火枪、火炮，二拇指随便动两下，就能要人命。

清军入关以后，大面上都还按明朝的那套来，就是有些部门的名称稍微改了改。火器营，实际上就是明朝的神机营。蓝靛厂火器营，又叫外火器营，等于是火器营驻扎在城外的一支部队。

为什么非得把火器营放在蓝靛厂这个地方呢？看看地图，您就明白了。蓝靛厂的南边，有紫竹院，有万寿寺，有动物园（清朝那会儿，大家管"动物园"叫"万牲园")。蓝靛厂的北边呢，有香山，有圆明园，有颐和园。归了包齐，全是皇家园林和寺庙。

万一皇上哪天出城，得有安保措施呀！不能让他一人跟野地里边待着，是不是？万一碰见劫道的怎么办？一伙儿山贼跳出来嚷嚷："此山是我开，此树是我栽，要想从此过，留下买路财！"那怎么办？皇上出门还能自己带钱吗？！山贼一看，没钱，那就扒衣服呗？弄到最后，皇上穿个大裤衩，光着膀子，要着饭，跑回紫禁城去？那不像话呀！

所以清政府把当时最有战斗力的部队放到了蓝靛厂，为的就是保护皇上的人身安全。

清朝的火器营跟明朝的神机营不大一样，能在火器营玩儿枪、玩儿炮的兵丁，全部都是八旗子弟！

您都知道，旗人原先跟关外的时候，起的名字都跟外国人似的，前头一大串，后头一大串，中间还得带个点。比方说，末代皇帝溥仪的全名其实叫"爱新觉罗·溥仪"，书法大师启功的全名其实叫"爱新觉罗·启功"。入关以后，好多旗人就按自己原来那个姓取个谐音，从此改了汉姓。满族有八大姓：佟、关、马、索、齐、富、那、郎。眼下您身边要是有姓这八个姓氏的朋友，很有可能就是旗人。比方说，演十三姨的那位关之琳，祖上就是旗人，老姓叫"瓜尔佳"。为什么关之琳长得那么漂亮呢？您有空可以查查，清朝历史上，姓"瓜尔佳"的娘娘、福晋，那可是数不胜数，瓜尔佳氏出美女啊！

满族八大姓，相当于汉族的"张、王、李、赵"，都是大姓，人多。除了这些个大姓，满族人还有好多小姓。比方说，您要是读过老舍先生的《茶馆》，就知道里头有一位常四爷，还有一位松二爷，这俩人都是旗人。

如果您是满族人，正好又姓松，回头可以问问家里的老人，您的老姓应该叫"松佳拉"。《探清水河》里的松老三，也是这么个情况。旗人改汉姓，极少有改姓宋的，改姓松的倒不少。包括跟松老三的闺女大莲谈恋爱的那个男青年，他不是叫佟小六吗？佟，您一听这个姓，就知道是满族人。

为什么后来又有"宋老三"这么个说法呢？一个是《探清水河》这个小曲，晚清那会儿非常流行，到处都有人唱，可能有些演员基本功也不是很扎实，给唱走了音了。再一个就是晚清印唱本的书局挺多，萝卜快了不洗泥，书局可能把字给印错了，"松老三"就这么变成了"宋老三"。

朋友，道个腕儿吧

《探清水河》里有一句词儿："荷花万字叫大莲。"

您要是有空，可以查查以前留下的老本子，好多老本子上，"荷花万字"的这个"万"，写的都是瓜蔓的"蔓"。"蔓"是个多音字，可以念màn，也可以念wàn。但放在《探清水河》里边，一定得念wàn。

为什么这么说呢？您听评书的时候，可能听到过：保镖的镖师，押着镖车，走在路上，碰见劫道的了。按那时候的规矩，不能马上就开打，得先盘道①。镖师趋步向前，双手一抱拳，嘴里得这么说："合字，哪条线上的？道个腕儿吧？"

20世纪90年代初，演艺圈儿里边也刮过这么一股风，形容演员有名，不能直接说"有名"，得说"有腕儿"。知名度高的演员，就叫"大腕儿"。您看2001年，不是还有个电影叫《大腕》吗？

"大腕儿""道腕儿"这些词儿，现在统一都用"腕"这个字。实际上呢，这个字，正经八百地说，应该写成"蔓"。

"大腕儿""道腕儿"这些词儿，最早都是江湖黑话。"腕"为什么一定得写成"蔓"呢？老百姓有句俗话，叫顺藤摸瓜。顺藤摸瓜的这个"藤"，与"蔓"字的意思相近。镖师跟劫道的碰见了，说一句"道个腕儿吧"，实

---

① 用委婉含蓄的话语，引对方说出所需的情况。

际上就是跟人家说，把你的来龙去脉，什么来头，大概都说说，交个简历。要是来不及说这么多话，最起码你告诉我，你姓什么叫什么。

按江湖上的规矩，你想告诉别人自己姓什么，不能直接说，得编出一套话来，好显得有派①。

比方说，有个人姓王，普通人碰见他，就问了："您贵姓？"

那位就得跟人家说："免贵，姓王。"

放到江湖上，就不能这么说了。问他的人得说："合字，道个腕儿吧？"

这位王先生呢，就得这么说："在下虎头腕儿。"

为什么叫虎头腕儿呢？老虎您都见过，脑门上不是有个"王"字吗？所以叫虎头腕儿。"荷花万字叫大莲"，也是这意思，莲，那不就是荷花吗？

隔壁不光有老王，还有小六

郭老师唱的这版《探清水河》是改编过的，您要是看以前的老本子，里边还有这么个桥段，说大莲跟小六头一次约会，趁的是松老三老两口出门逛大庙的当口。

《探清水河》里边说的这个大庙，据说又是一座老娘娘庙。咱们前头写过碧霞元君老娘娘的事儿，写来写去，咱们又回到老娘娘庙这里来了。

老北京有个说法，叫"九坛八庙"。九坛都有哪九坛？之前咱们在《于谦：人间可爱》里头讲过了。除了"九坛八庙"，老北京还有"五顶八庙"的说法。

这里头的"顶"，指的就是碧霞元君的老娘娘庙。

---

① 有风度；有气派。

老娘娘庙，为什么又叫"顶"呢？

前面咱们就说了，老娘娘的正根儿，是在泰山的山顶上。老北京人管娘娘庙叫"顶"，意思就是说，我们这个庙，原汁原味儿，原封不动，等于是从泰山顶上给挪过来的，比那些不叫"顶"的灵！

"五顶"，指的是以前北京城方圆左近，五座香火最盛、规模最大的娘娘庙。其中，"东顶"在东直门外，大概就是现在华都饭店那个位置，早就没了。"南顶"在丰台区大红门一带，庙是没了，不过现在您去那边找，还能找着一个南顶村。"中顶"在丰台区的草桥，就是卖花特有名的那地方。"北顶"最有名，它在北四环，鸟巢、水立方旁边。剩下一个"西顶"，就在京西蓝靛厂火器营，大莲家旁边。当地老百姓管这座娘娘庙叫"大庙头"。

开头咱们说啦，碧霞元君老娘娘是阴历四月十八的生日。以前火器营还有这么个规矩，每年阴历四月初一到四月十五，西顶这座娘娘庙，得连着开半个月的庙会，给碧霞元君庆寿。不光北京城的老百姓，整个京西地区的人，全往这个地方扎堆。

阴历四月初一到十五，您可以算算，那不就是刚开春，桃花开了，柳树发芽的日子嘛。宋老三两口子上老娘娘庙赶庙会去了，留个大姑娘看家，结果没想到，后路就让隔壁小六给抄了。

中关村

太监的归宿是中关村

中关村为什么叫中关村，这事儿就跟前头写的"什刹海为什么叫什刹海"一样，跟网上都说臭了街了。

您可以查查资料。中关村之所以叫中关村，是因为这地方原来有好多庙，庙里边住了好多从紫禁城里退休的老太监。老太监活着的时候住在庙里，人走了以后呢，就埋在庙旁边的坟地里。

太监，按文言的说法，又叫"中官"，意思就是皇宫里边的官，所以老太监扎堆的地方，就叫"中官村"。后来当地老百姓觉得，这地名老跟太监挂着，不大好听，这才借了个谐音，把地名改成了"中关村"。

眼下您要是去中关村，中关村大街的东边，还有一片老小区，叫"科源社区"。

科源社区那儿附近原本有个庙，叫"保福寺"，明朝正德年间修的。直到现在，北京北四环，中科院科源社区附近，还有座保福寺桥。明清两朝，保福寺里边住过不少退休的老太监，庙周围还有好多坟地。

晚清以后，庙没了，坟地还在，慢慢地就成了一大片滥葬岗子。什么叫滥葬岗子呢？就是鲁迅先生写的《药》里的义地，也就是没人管的野坟地。鲁迅先生的原配夫人叫朱安，也算我们白塔寺那片儿的老街坊，朱安大半辈子都住在白塔寺西边的小院儿里，这个小院儿现在改成了鲁迅博物馆。1947年，朱安夫人去世以后，就葬在保福寺。

50年代那会儿，中科院选址盖房，最后选在清华大学南边，保福寺那儿。科源社区就是当初中科院盖的宿舍楼。您甭看这小区现在挺破，几十年以前，钱学森、钱三强这些大科学家都跟那儿住过。

没招过谁，没惹过谁，我买了一个电脑

90年代末，我打算置办个电脑，跟家上上网，玩儿个《星际争霸》《红色警戒》什么的。

眼下老百姓家里用的多数是笔记本电脑，用台式机的少。90年代末，电脑刚普及那会儿，差不多家家户户都用台式机。最低配置的笔记本也得一万多块钱，一般老百姓用不起。除非是大知识分子、高级白领，人家工作上确实有需要，单位多少还能给报销点儿。饶是这么着，也得把这台笔记本当祖宗似的供着。您看电影《有话好好说》里，有段北京琴书，就这么唱的：

> 我从小在北京，土生土长；
>
> 没招过谁，没惹过谁，总想要点儿强；
>
> 省吃俭用，好不容易我买了一个电脑；
>
> 爱如珍宝，小心翼翼，在书包里装；
>
> 回归路上有人打架，我去把热闹看；
>
> 真倒霉，一看打架可就遭了殃；
>
> 过来他们就抢，我一点儿也没提防；

万没想到，抢去书包，当了武器；

抢起来乒乒乓，砸下去乒乒乓；

这电脑算完了，我心里像挨了一枪；

我过去让他们赔，可谁也不认账；

急得我浑身发抖，手脚冰凉。

我们家第一台电脑，也是台式机。那会儿最先进的家用电脑，那得说奔腾1。但奔腾1还是忒贵，现成的整机，带牌子的，最起码也得小一万。

那时候老百姓买电脑，要想省钱，就不能直接买整机，得自己买各种零件攒机。攒机有攒机的好处，一个是能少花差不多一半的钱，再一个就是，自己买零件，好多东西就可以自己掌握，内存、显卡什么的，可以弄得档次高点儿。

唯独有一节，攒机得先托人，拉关系，找朋友。要不然的话，准挨坑！电脑这玩意儿，说到底，咱们是外行，不懂。去中关村攒机，要是没朋友引路，自己揣着票子就去，那不就是等着挨宰呢吗？说句难听话，让人卖了，还得帮人家数钱，外带白饶一声"谢谢啊"。

我就是找懂行的朋友，人家带着我，把该买的零件都买齐了，然后拿着这堆东西去他们办公室，就开始往一块儿攒。

电脑不光有硬件，还得有软件。那会儿的电脑，用光盘的都少，多数用的还是软盘。那种3寸的软盘，看起来就是一个正方形的塑料块，眼下二十岁往上的朋友，可能还有点儿印象。20世纪90年代末，您要说去打印店打印点儿什么东西，大家人手一张软盘。给一台新电脑装软件，往少了说，得用二三十张软盘。攒机装系统的时候，软盘往软驱里边一插，然后您就听去吧，"咣当……咣当……咣当"地跟那儿读盘，且"咣当"呢。

人家忙着装机，我跟旁边干戳着也没什么意思，闲得五脊六兽，那就出去溜达溜达呗，溜达俩钟头，等人家忙活完了，收拾利落喽，我再回来请朋友吃个饭。咱不能让人家白帮忙，是不是？

这么一溜达，就溜达到科源社区里边去了。那天正好是下午三四点钟，还没到饭点呢。九十月份的天气，不冷不热的，好多老大爷、老太太，睡醒了午觉，跟楼底下坐着聊天。

我这人，您知道，好聊个天。聊来聊去，就聊出来这么一件事儿。

印错了，那就当对的用吧

话说20世纪50年代初，中科院刚开始盖楼那会儿，中关村当地的老百姓，管这地方不叫中关村，叫中官屯。老北京人说话，爱吞音吃字，中官屯这地方，说快了，连起来读，就成了"中官儿"。1953年，中科院地理所下属的《中华地理志》编辑部，搬到了现在的中关村，它是中科院最早搬进中关村的单位。

现在好多单位，尤其文化部门，都还有这么个习惯：发公文、发文件什么的，得用自制的牛皮纸信封、文件袋。信封和文件袋上头，还得印上单位名称、地址、邮编、电话之类的。

据说当年《中华地理志》编辑部负责印制信封和文件袋的，是位刚毕业的大学生，刚从上海来北京没多长时间，东南西北都分不清楚。大学生接了印信封的任务以后，心里犯了愁，单位地址到底是什么？不知道啊！不知道好办，出门找当地老百姓打听打听呗。

他这边出了单位的大门，偏赶上有位农村老大爷，正跟地里锄庄稼呢，大学生赶紧就跑过去打听。

那会儿的老北京人，说话腔调跟现在还不一样，北京味儿更足，上海人听不明白。大学生跟老大爷这儿连听带猜，费了半天劲儿，最后就把"中官儿"听成"中关村"了。他一得着准信儿，赶紧就回去印信封了。印出来的信封，上头"地址"那一栏上，写的就是《中华地理志》编辑部，中关村××号，电话××，邮编××。

单位里边也有北方人，人家也出去找当地老百姓打听了，一打听才发现，敢情之前的地址搞错了。搞错归搞错，这么多信封，已经都印出来了，也不能说全不要了，是不是？那个年代物资紧张，不能随便糟践东西。

大家一合计，既然已经这样了，干脆就凑合着用吧！中科院别的单位搬过来以后，一看有带头的啦，榜样的力量是无穷的，我们也跟着印吧。这么着，将错就错，最后就弄出来"中关村"这么个地名。

游着泳去攒电脑

这些年，大学新生入学报到，都讲究预备个"三大件"。哪三大件呢？手机、平板，外带一个笔记本电脑。

往前说大概十来年，那时候平板还不流行呢，大学新生入学以前，家里最起码得给预备一个新手机，再买个好点儿的笔记本电脑。

不光北京学生，外地学生也是这路数。好多外地学生，可能是家那边没有太好的电脑市场，都得等来北京以后，再抽空置办这些东西。来北京的当天，先拿着通知书去学校报到，然后再找宿舍，充饭卡，买盆，买碗，买牙膏，买肥皂。这些事儿全折腾完了，家长再带着孩子去中关村，买笔记本电脑。

四年以后，这些孩子毕了业，找工作的时候，没准儿还得来中关村。运气好的，进高档写字楼，到大公司工作。运气差点儿的呢，就只能进居民小区里的那些小公司了。反正都得想辙奔命，给自己挣口嚼裹儿①。

现在好多年轻人上班特辛苦，白天跟中关村上班，晚上得回通州睡觉。好嘛！一个东南，一个西北，大对角！每天得跟地铁里待四个钟头！

---

① 指生活费用。

话说到这儿，您知道一百年以前，那些清华大学、燕京大学的学生，要是想进城玩儿，得怎么去吗？

那位说了，这事儿您以前都说过，得雇洋车或者雇驴。

这个事儿吧，您是只知其一，不知其二。一百年前，您要是想去中关村、燕京大学、清华大学这些地方，不光能骑驴、坐洋车，还能划船去。当然，您要是身体好的话，游着泳去也可以！

这事儿不是我瞎说。现在您去中关村，八一学校旁边还有条东西向的大街，叫丹棱街。以前，丹棱街还叫丹棱沜。

咱们往前捯几百年，在明朝那会儿，高粱河往西，大概在今天的北京展览馆后湖、动物园、紫竹院这些地方，是一片大湖，明朝时候的北京人管这片湖叫西堤。西堤的柳树，是明朝北京城的一处美景。现在北京海洋馆、北京交通大学那边还有个地名，叫大柳树。大柳树，传说就是明朝那会儿留下来的地名。

西直门外这么一大片水，它是从哪儿流过来的呢？这片水的源头，就是今天的玉泉山。玉泉山附近，大大小小的泉眼里流出来的水，汇到颐和园昆明湖里边，再从昆明湖往东南方向流，流过今天的清华、北大、中关村，一直流到西直门。流进西直门以后，您知道的，就是什刹海、北海、中南海了。

在 20 世纪 40 年代，您要是想出城，去趟中关村，除了坐洋车、骑驴，还可以从高粱河这儿雇条小船，走水路过去。船家坐在船尾，摇着船。您呢，来身五四青年的打扮，灰长衫，白围巾，往船头一站，小风一吹，衣服、围巾那么一飘，小雨再那么一下，河两边除了柳树就是庄稼地，全是绿油油的。气氛烘到这儿了，您要是不唱两句，那都亏得慌。

北京大学畅春园西南方向，有个海淀公园。那公园，别说外地的朋友，好多土生土长的北京人，可能都没进去过。回头有机会，您可以进去遛遛。海淀公园里边有块大石头，石头上刻着"丹棱晴波"四个大字。丹棱，指的就是丹棱街的这个丹棱。

明朝那会儿的人，管今天丹棱街这个地方叫丹棱沜。"沜"这个字在古汉语里，是"水边"的意思。用现在的话说，明清两朝，中关村就是一大片沼泽湿地。明朝万历年间，有个大学问家，叫王嘉谟，写过一篇《丹棱沜记》，大概意思就是说，明朝那会儿，海淀中关村这一片儿水多，种稻子的也多。

玉泉山的水，能喝，不能游

明清两朝，中关村一带种的稻子很有名。京西稻！这是御田米呀，专门用来给皇上做米饭吃的稻子。

北京地铁四号线，跟中关村那边，有一站叫海淀黄庄。黄庄的"黄"，现在的写法是黄色的"黄"。明清两朝，黄庄的这个"黄"，就得写成皇上的"皇"。人家明明白白告诉您了，这地方是给皇上种稻子、产大米的地方。

《雍正剑侠图》里边有个皇粮催头吴霸，别的什么都不会，就会一手绝活"靠山背"，那是一招儿鲜，一门灵。其实历史上并没有"皇粮催头"这么个职称，您有空可以查查史料，这个职位的正名，应该叫"皇粮庄头"。

皇粮庄头具体管什么地方呢？管的就是中关村黄庄这片稻子地。离了他，皇上连大米饭都甭惦记吃，爆米花？就更甭惦记啦！

等我长到十几岁，能骑着自行车跑远道的岁数，中关村的水就没有了。要想看见京西稻，那就得再往远了骑，往香山那个方向，一直骑到玉泉山的山根儿底下。

玉泉山的泉号称"天下第一泉"，玉泉山上的水，那是明清两朝专门贡给皇上喝的水。直到2000年前后，玉泉山底下还能看见成片的稻子地。稻子地里有白鹭，有野鸭子，这些水鸟跟稻子地里来回溜达，逮小鱼吃。春天的时候，还能看见农民跟地里边插秧。不知道的，还以为到南方了呢。

玉泉山底下的稻子地，浇的就是玉泉山里流出来的水，也就是当初皇上喝的水。

您要是说，骑了半天车，累得满身大汗，看稻子地旁边水渠里的水挺清亮，想下去游个泳，洗个凉水澡。我跟您说吧，玉泉山周围的农民要是没看见的话，那就罢了，但凡看见，打死都不能让您下去！

为什么呢？

按当地农民的说法，这个水不干净，里面有水鬼。甭管什么人，只要敢下去，水鬼一攥脚脖子，就能把人拽到水底下去，活活淹死。

这当然是迷信的说法。科学的解释也有，早在 20 世纪 20 年代，就有科研工作者在那边搞过地质勘探。玉泉山的水是深层地下水，水质特别好，特别干净，唯独有一节，温度非常低。

不了解内情的人，"扑通"一个猛子扎下去，当时觉得挺美，挺凉快，哪知道身体里的热量，一会儿就被凉水给吸走啦。游着游着，浑身上下的肌肉突然就开始抽筋，胳膊腿发硬，人就往水底下沉，想游都游不上来。

有朋友问了，水这么凉，怎么种稻子呀？

这个事儿，南方的朋友应该知道。南方好多地方，也是守着泉眼，用地下水种稻子。农民要是怕水温太低，把稻子给激死，可以跟稻子地旁边挖个蓄水池，池子里倒上好多鸡毛、猪毛、鸭子毛之类的东西，再把泉水引进去。这样一来，就可以先让冰凉的地下水在蓄水池里升升温，同时呢，各种动物毛发酵的时候也会产生热量，捎带手还给稻子施肥了。

皇上吃的米饭，是绿的

现在网上也有卖京西稻、御田米的，价钱不便宜，吹得还挺邪乎。卖这种大米的，一般都得告诉您说："京西稻是北京特有的品种，蝎子拉屎——独一份！离开北京这地方，花多少钱都没处淘换去！"

这套话，我跟您说，百分之九十九都是瞎掰。京西稻并不是指某个品种的稻子，只要是种在北京西北方向玉泉山这一带的稻子，都可以叫京西稻。

为什么这个地方的稻子这么有名呢？一个是皇上的名人效应，再一个是玉泉山的地好，水也好。就像东北大米好吃，主要还是因为东北的水土好。

话说公元1692年，也就是清朝康熙三十一年，康熙皇上下江南，去南方溜达了一圈儿，觉得南方老百姓吃的红米饭挺香，就顺手揣了把红米的稻种，塞兜儿里，带回了北京。

把稻种带回北京以后，康熙皇上就跟今天北大畅春园那位置，开了片试验田，专门种红米。皇上种试验田，娘娘、太监、宫女什么的，能不上心吗？大家见天赛着给这块地上肥。肥上得足，稻子自然就长得好。皇上挺高兴，下旨，拿这片稻子当种子，在玉泉山周围大面积推广种植，以后宫里就吃这个米啦！

您要是读过《红楼梦》，准记得里头有这么一段：临到年根儿底下，贾府的佃户给贾宝玉他们家交租子。交上来的米里边，除了有一千担普通大米，还有特意给贾府的老太太预备的御田胭脂米。这个御田胭脂米，指的就是玉泉山周围产的贡米，给皇上吃的那种。

康熙皇上种试验田这个事儿，后来一传十，十传百，传来传去，传到英国了。英国有个大科学家，叫达尔文，就是搞进化论的那位，听到这事儿非常高兴，后来还写了本书，叫《动物和植物在家养下的变异》。达尔文在那本书里边还说到了自己在遥远的东方有个知音——中国的康熙皇上，带头搞科研，种试验田，这个事儿特别好！

等到乾隆当皇上的时候，试验田就开始换方向了。据我推测，乾隆皇上八成是不爱吃红米，但很可能喜欢看《西游记》。因为人家乾隆皇上从南方淘换回来的稻种，叫"紫金箍儿"。把紫金箍儿带到北京以后，乾隆皇上怕自己种不好，还特意从南方带过来十三户农民，让他们在京西给自己种稻子。

北京颐和园旁边有个地方，叫六郎庄。杨家将的故事您一定听过：七郎八虎闯幽州，老令公杨继业碰死李陵碑。六郎杨延昭单枪匹马，杀出重围，回到东京汴梁，要跟潘仁美打官司。民间传说，杨六郎走在半道上，跟六郎庄这地方打过尖①，住了一宿。当地从此留下个地名，叫六郎庄。

传说乾隆皇上当年为了种稻子，从南方带过来了十三户农户，这些人的户口就落在了六郎庄一带。据说朝廷还特意下了道旨令，这十三户人家，一概赏穿黄马褂儿！别的农民下地干活，都得捡破的、旧的衣服穿，唯恐糟践了好衣服。唯独这十三户农民，干活的时候穿着黄马褂儿。这工作服也是蝎子拉屎——独一份。

吃不着京西稻，来块中科院的点心也成

玉泉山山根儿底下产的米，是御田米，拿它焖米饭的时候，讲究用玉泉山的水来焖，这叫原汤化原食。玉泉山的水，焖玉泉山的米，最后做出来的米饭是淡绿色的，油汪汪，亮晶晶，嚼在嘴里特别有韧性，顶风香十里！

那位说了，谦儿哥，说得这么邪行。京西稻，你真吃过吗？

实话跟您说，没吃过，可是我看见过。这话说起来，又是差不多三十年前的事儿了。20世纪90年代初，《戏说乾隆》火遍大江南北。这个电视剧跟后来的清宫戏不一样，它基本上是实景拍摄的。

---

① 打尖：指在旅途或劳动中休息进食。

现在的清宫戏，但凡拍宫里的镜头，都是用的布景，要么在横店影视城，要么在北京怀柔的影视基地。但《戏说乾隆》里，所有宫里的镜头，几乎都是在北京故宫实景拍摄的。自从拍完这部戏以后，故宫几乎就再也没有让影视剧组来取过景。

到现在我对这部戏的印象都特清晰。我记得，《戏说乾隆》跟北京拍完了以后，郑少秋还按戏里那个扮相做了造型，跟电视上做了个访谈节目。在这个节目里，郑少秋就提到了京西稻，说用京西稻煮出来的米饭是绿色的。据郑少秋说，特别香。

写来写去，又写到吃了。咱们前头写了半天中关村、中科院的事儿，回头您要是有机会去中关村，可以去中科院宿舍楼旁边走走，那里有个点心铺，您一定得进去看看。

那位说了，点心铺？什么地方没有点心铺呀？大老远的，我干吗非得跑到攒电脑的地方买点心？

这事儿您有所不知。中关村那个点心铺，有来历。这个点心铺原本是中科院食堂的下属部门，做的是最地道的俄式点心。为什么说是最地道的俄式点心呢？ 20世纪50年代那会儿，中科院有好多俄罗斯专家，还有好多跟俄罗斯留过学的中国知识分子。这些人吃俄罗斯风味儿的点心，吃习惯了。中科院为了照顾他们，特意跟食堂开了个糕点部。这个糕点部一开，还就开了小七十年。您说，人家那点心，能不地道吗？

三环

啊　五环　你比四环多一环

啊　五环　你比六环少一环

终于有一天

你会修到七环

修到七环怎么办

你比五环多两环

　　您各位都知道，这是岳云鹏的《五环之歌》。

　　每个相声演员，都有自己爱用的那么几句口头语，也就是招牌段子。我就不用说了，三大爱好，您都知道。甭管到了什么地方，郭老师站在台上一招呼："于老师三大爱好……"您再看台下，好几百人齐声呐喊："抽烟！喝酒！烫头！"

　　喊得还倍儿齐整，弄得跟大合唱似的。

　　再往远点儿说，20世纪80年代，高英培先生的《钓鱼》里头，"二个他妈妈，你快拿大木盆来呀"那段词儿特别火，大伙儿都愿意听。甭管高先生到什么地方演出，节目单上排的什么节目，台底下观众都得起哄，要求来段《钓鱼》。

按说这段词儿，那时候话匣子上也播，电视上也播，老百姓差不多能把词儿都背下来了。那也不成，大伙儿非得让高先生现场再说一遍！听多少遍，都不觉得腻。尤其是天津的观众，看见高先生上台，扯着脖子就嚷嚷："我说，高大爷，《钓鱼》！"

观众就是演员的衣食父母，有要求，得满足呀！高先生站台上，刚说到"二个他妈妈"这句，您再看台底下，集体刨活！大家跟大合唱似的，"你快拿大木盆来呀！"台上台下都挺高兴，挺乐和。

岳云鹏就更不用说了，甭管走到哪儿，都得带着观众唱一段《五环之歌》，"啊——五环——"

先有三环，后有二环

听了这么多年"啊——五环——"，有个事儿，不知道您各位琢磨过没有？

您说，北京这几条环路里边，是二环的年头长呢，还是三环的年头长？

那位朋友说了，谦儿哥，您今儿是不是又去哪儿喝来着？您掰着手指头数数，一，二，三。二在前，三在后，那肯定是先有的二环，再有的三环呀！这不是秃子头上的虱子——明摆着的吗？

这个事儿吧，您还真没猜对。

四十年前，北京城的面积比现在小得多，出了二环这个圈儿，就算农村，除了庄稼地，就是大野地。新中国成立后，二环外才开始兴建工厂，修建各种配套设施。

中学地理课上，您都学过，工厂一般都建在城市下风下水的位置。不能说把工厂建在上风头，大烟筒呼呼一冒烟，然后全城人都跟着闻味儿。工厂必须得建在下风头，所以当时北京周边的工厂都建到了东郊。比方说

"798"，您各位都听过吧？

798 为什么叫 798 呢？它原先是个生产电子元件的工厂，多少带点儿保密的性质，代号叫 798。就跟《智取威虎山》里边的少剑波一样，少剑波的代号是 203，战友们就叫他 203 首长。

直到 20 世纪 90 年代，城市发展得越来越大，工厂都搬走了，废弃的厂房才逐渐被改造成 798 艺术区。

北京的东郊都用来盖工厂了，西北方向建的是不会污染环境的大学和科研院所，比方说清华、北大，还有学院路上的八大学院。工厂、大学、科研院所这些单位的人，平常也得过日子呀，也得出门办事儿、买菜做饭呀，所以配套的交通设施必须得跟上。为了解决这些单位职工的交通问题，1958 年，北京市政府建起了现在的北三环、东三环和南三环。

那位说了，不对啊，西三环呢？

当时就差西三环没建起来，就因为缺了这一部分，三环线没能全线贯通。但老百姓们约定俗成，就管这条路叫"三环路"。约定俗成归约定俗成，您要是查查那个时代的北京地图，绝对找不着"三环路"这仨字。直到 1981 年，西三环缺的部分才补上，从此以后，北京地图上才有了"三环路"。

桥没了，课文还在

二环路的开工时间，比三环路要晚十多年。20 世纪 60 年代，北京的老城墙都拆了，这才开始修地铁，修二环路。所以您看二环路上，但凡比较重要的交通枢纽，差不多都在原先老城门所在的位置。

就拿我小时候住过的白塔寺来说，挨着西二环，有个阜成门立交桥。阜成门立交桥往南，有复兴门立交桥，那是全中国第一座城市立交桥，1974 年建成的。阜成门立交桥北边，是西直门立交桥，那是当时全中国最大的立交桥。初中课本里边有篇课文，叫《北京立交桥》。课文里有这么一段话，讲的就是西直门立交桥：

> 西直门立交桥与建国门桥风格迥异。顶层机动车车道是圆形转盘；中层非机动车道是椭圆形转盘。整个空腹转盘桥外径东西长140米，南北长95米，比工人体育场的足球场面积还要大。凌空鸟瞰，有人说它犹如满月，有人说它好似盘龙。

好多外地朋友，学完这篇课文，来北京的时候，还特意去西直门立交桥看看，瞻仰瞻仰。一瞻仰就发现，哪儿哪儿都跟课文对不上号。这事儿不赖当初写文章的人，现在的西直门立交桥是1999年新修的。《北京立交桥》这篇课文呢，讲的实际是已经拆了的老西直门立交桥。老西直门立交桥比现在这个立交桥简单，就是上中下三层的一个大圆盘，中间那层走自行车和行人，上下两层走汽车，进去以后绕圈儿走就行，跟环岛差不多。

1988年的老电影《傻帽经理》，里头有好几个片段，都是跟老西直门立交桥附近取的景，还给了好多特写镜头。其中有一段特别逗，宋丹丹老师演的北京大妞英子，站西直门立交桥上唱80年代很火的一首流行歌曲。什么流行歌曲呢？——《妹妹你大胆地往前走》。

一环在哪儿？

话说到这儿，有朋友就该问了，眼下北京都修到七环了，可是一环呢？一环路在哪儿？

网上有个说法，说北京的一环路，就是南边的长安街，北边的平安大街，再加上东边的东四、东单大街，西边的西四、西单大街。这么绕一个圈儿，就算一环路。

这个说法吧，也不是特别准确。为什么这么说呢？因为平安大街也是

1999 年修的。您可以查查 80 年代出版的地图，老北京压根儿就没有"平安大街"这个地名。

现在您去前门大栅栏，还能看见那种老式的有轨电车，老北京人叫铛铛车。读"铛"字的时候，必须得读 diāng，diāng diang 车。

diāng diang，形容的是老式有轨电车的铃铛发出的声音。眼下，赶上路口乱，或是走到拐角，汽车按喇叭，为的是提醒行人注意安全，那意思就是"您留神，来车了"。铛铛车没喇叭，但司机脚底下有一个铃铛，赶上过路口，人多，或者轨道上有人碍事儿，他就踩这铃铛，就会发出"diāng diang"的声音。

老北京人管有轨电车叫铛铛车，就是拿这个铃铛的声音说事儿。据说近一百年前，北京铛铛车走的路线，跟网上说的"北京一环路"差不多。最不一样的地方，就是铛铛车到了北海公园北门东边，地安门路口这儿，就不能再往东走了，不能直接奔东四。它得从地安门路口先往北，走鼓楼南边的地安门外大街，过后门桥，一直走到鼓楼墙根儿底下。然后往东，走鼓楼东大街，过南锣鼓巷北口，到交道口，奔北新桥。然后再拐弯儿，往南去东四、东单，再上长安街，这么着，绕一大圈儿。

那位问了，铛铛车为什么不从地安门路口这儿走平安大街，直接往东走，去东四呀？刚才我就告诉您了，那时候压根儿没有"平安大街"这个概念。直到 1999 年 8 月，平安大街才正式竣工通车。

按老式年间的说法，铛铛车走的这个环线，就是北京的一环路。再往外头说，老北京的城墙根儿底下，当年还有一圈儿环城铁路，这条铁路线，大概就相当于那时候的二环。

有这么两条环线垫底，1958 年，北京城南、北、东三面的环城公路修好了以后，老百姓就给它起了个名，叫三环路。实际上呢，真正的二环路，当时都还没修。

这么一解释，您明白了吧？北京的环路，是先有的三环，后有的二环。

盼盼到家，幸福安康

说完了一、二、三环，再说说四环。

眼下北四环附近，有个地铁站叫北土城站，也算是个交通枢纽。好多朋友每天早晚上下班，或是去奥林匹克森林公园玩儿，都得从这地方走。

北土城站，十几年以前，还有个名字，是老百姓约定俗成的叫法，地图上查不着，叫"熊猫环岛"。

地铁北土城站，为什么又叫熊猫环岛呢？这么着吧，我还是先给您放首歌：

我们亚洲

山是高昂的头

我们亚洲

河像热血流

我们亚洲

树都根连根

我们亚洲

云也手握手

莽原缠玉带

田野织彩绸

亚洲风乍起

亚洲雄风震天吼

1990年，北京开亚运会那会儿，满大街的喇叭放的全是这首《亚洲雄风》，就跟2008年满大街放的全是《北京欢迎你》一样。

开亚运会，得修场馆，修运动员住的公寓。北京的亚运村就是这么来的，北土城站可以说是当时大家进出亚运村的必经之地，每天来往的人多，车也多。

那时候，立交桥还算新生事物。想要解决交通问题，最省事儿的办法就是修个环岛。要在亚运村的"村口"修环岛，那得把亚运会的特色体现出来呀！于是，在1990年亚运会举办之前，四川宝兴县特意挑了最好的汉白玉和大理石，做了个熊猫盼盼的雕像。

雕像运到北京以后，就放在亚运村村口的环岛中间，一放就放了十五年。老百姓都管这个环岛叫"熊猫环岛"。实际上您去查那时候的北京地图，根本就没有"熊猫环岛"这么个说法。

直到2005年，北京要开奥运会，修地铁八号线。当时这条线还叫奥运支线，好多朋友2008年去鸟巢看开幕式、看比赛，都是凭入场券免费坐这条地铁线去的。

修地铁的时候，亚运村村口这个环岛太碍事儿，就给拆了。环岛中间的熊猫盼盼雕像，起初有人说，等地铁修好以后，会原封不动地放回来。后来不知道怎么回事儿，也没放回来。

地铁修好了以后，好多朋友就跟网上呼吁，说是新修好的这个地铁站，不如就叫"熊猫环岛站"，也算给大伙儿留个念想。有关部门可能考虑到熊猫和环岛都没了，地铁站要还叫熊猫环岛，别说外地来的朋友了，就算土生土长的北京小孩儿，年纪稍微小点儿，没经历过那个年代的，到这边也得晕头转向，闹不明白怎么回事儿。这么着，在原先的熊猫环岛这个地方修的地铁站，最后定下的名字就是"北土城站"。

2017年9月13日，网上传出来个消息，说熊猫盼盼的原型（那只叫巴斯的大熊猫）走了，享年三十七岁。

北京亚运会，一晃就过去了三十多年。全国各地的熊猫盼盼雕像也基本拆没了，您要是想看，可以去趟北京老宣武区，我们德云社湖广会馆那个场子旁边，虎坊桥路口的东北角，那里还有两座"熊猫盼盼"雕像跟大街上站着。

为什么这里还留着两座熊猫盼盼的雕像呢？回头有机会，您可以实地去看看，一看就明白了。

《我爱我家》还没搬"家"

离开亚运村，一直往南走，南三环旁边，有个地方叫南磨房。

一说南磨房，眼下好多年轻的朋友可能觉得这就是个普通地名，没什么特别的东西。跟我岁数仿上仿下的朋友，一提南磨房，那感觉就不一样了。

为什么这么说呢？20世纪90年代初，北京开完亚运会，南磨房是老城区拆迁改造后，最早修起来的居民小区。

那时候好些人从平房搬到楼房。住胡同大杂院儿里的老街坊搬家，有两个主流的去处：一个是往北走，去亚运村；再一个就是往南走，去南磨房。

南磨房现在算是三环附近的黄金地段，这个地方的房价，少说也得好几万一平方米。90年代初可不是这样，那会儿街坊邻居晚上吃完饭，搬着小板凳、小马扎出来，摇着蒲扇，坐在马路边上。就有那好事儿的主儿，跟大伙儿散布小道消息："知道吗？咱这片儿可算有信儿了！要拆，全去南磨房！"

您再看大伙儿的表情，全都龇牙咧嘴，直嘬牙花子："南磨房？那地方，能去吗！"

那位说了，南磨房，三环旁边的黄金地段，有什么不能去的？

您这是现在的观念。90年代初那会儿，南磨房就算郊区，到那儿就相当于到了农村。别的不说，那时候学生每天上下学，都得买月票坐车。您要是住在二环里，每月买市学月票就成。要是住南磨房呢？每月就得多花点儿钱买通学月票，算长途。

电视剧《我爱我家》里有一集，讲的就是拆迁这个事儿。小区要拆迁，一帮老街坊在一块儿商量："去通县干吗呀？不去！"

三十年以后您再看，甭说三环外了，好多老街坊恨不得搬到七环外，搬到河北涿州那边去！反倒是《我爱我家》那个老小区，一直安安静静地立在西便门外，这么多年没变过样。

有的影迷还特意找到这个小区，就为了看一眼当年老贾家住的那套单元房，看看外头的小阳台。说是只要看看这个小阳台，就觉得那家人好像还没搬走，还跟这地方，每天逗着咳嗽①，乐乐呵呵地过日子。

面粉厂，玩儿文创

话说到这儿，您知道南磨房为什么叫南磨房吗？那位说了，谦儿哥又来这套，前头写了那么多，我们也摸着规律了。南磨房为什么叫南磨房呢？肯定是因为这地方原先有个磨坊，又是在北京南边，所以叫南磨房。

这么说的话，您就是只知其一，不知其二了。南磨房叫南磨房，还真是因为这地方当年有好多磨坊，可是磨坊为什么就非得修在南磨房这个地方呢？北京地方大了，有南磨房，它怎么就没有东磨坊、西磨坊呢？

其实呀，磨坊修在南边的这个地方，一个是因为这儿离通州近，粮食顺着大运河从南方运过来，能就近加工。再一个就是因为这地方的河多、水多。

那位说了，水多就多吧，跟磨坊有什么关系？

眼下，您去南方好多地方，尤其是农村，还能看见那种传统的水磨坊。人家碾米、磨面，不用牲口拉磨，都是守着河边，弄个水车，靠水力驱动。

---

① 指开玩笑。

南磨房当年的磨坊也是这样的。这种用水力驱动的磨，在文言里边，有个专门的说法，叫"水碓"。

"碓"这个字，按字典里边的正音，应该念"duì"，不过好多老北京人，习惯念"zhuī"。就拿南磨房那片儿来说，有个地名，就叫水碓（zhuī）子。

您各位都知道，北京有个老官园花鸟鱼虫市场，名气很大。但那些土生土长的北京玩儿主们还真不见得去那儿买东西。在20世纪90年代初，凡是要买点儿花鸟鱼虫什么的，玩儿主们都讲究去老水碓子花鸟鱼虫市场。为什么非就认准这地方了呢？水碓子当年算郊区，地方宽敞，东西比老官园花鸟鱼虫市场多，也全。

现在您要是想见识见识这种用水力驱动的磨，也有去处。北京南二环，天坛往南走，永定门城楼子旁边，有个大磨坊文创园，以前叫北京市面粉二厂。20世纪80年代，市面上有种天坛牌的方便面，海鲜味儿的，包装袋是绿塑料的，上头印着半个鸡蛋，还有一只大虾。这种天坛牌方便面，就是面粉二厂的产品。

面粉二厂这地方，跟前边说过的798差不多，也是生产线外迁以后，把老厂区改成文创园了。老厂区里开了个首都粮食博物馆，各种跟粮食沾边的老物件，这儿几乎全有。人家还特意原样复刻了一个老国营粮店。

各位朋友，有空的话，您可以去这个老厂子遛遛。年纪大的朋友，找找当年生活的感觉。年轻的朋友呢，您也可以感受感受父母那代人当初过过的生活。

老北京的面子

　　我有这么个习惯，每天只要有工夫，吃完了早晚饭，必须得去街上遛遛，过过风。要不然老跟屋里待着，时间长了，觉得头晕、眼晕，浑身上下都拧着劲儿。只要到了大街上，小风一吹，看看来来往往的人和车，立马就觉得舒服了。

售货员不卖货，改玩儿兵法了

　　没事儿上街遛遛，应该算是我这代人小时候养成的生活习惯。那会儿没手机、没电脑，家家户户撑死了也就有台电视机，电视机拢共就俩频道。每天晚上先播新闻，再播电视剧。电视剧每天就播一集，抻着播，跟说评书一样，老吊着您的胃口。

　　一集电视剧播完，最多八点刚过，九点不到，您总不能马上拉灯，上床睡觉，是不是？要想再找点儿娱乐活动，只能上大街上遛去。

要是说上街就是为了干点儿什么，或者说去什么地方，也不一定。轧马路，遛大街，纯粹就是为了遛而遛。遛的过程中，顺便再看看热闹，扫听①扫听新鲜事儿。用济公的话说，那就叫看看世间人情。搁街上遛烦了，还可以去大商场里边遛。

二十世纪八九十年代那会儿，老百姓家里冬天生蜂窝煤炉子，夏天最多开个电扇，谁家能有空调这种奢侈品啊？想吹空调，您得去商场，人家那儿有中央空调，冬暖夏凉，比家里都舒服。

况且商场里边还有好多东西呢！遛的过程中，看见有什么漂亮衣服，就可以让售货员拿出来试试，过过瘾。看见有什么稀罕的玩意儿，也可以让售货员拿出来看看。买不买的，都无所谓。反正那时候商场的售货员全是正式职工，每月甭管东西卖多卖少，都挣那么些钱。他跟柜台里头站着，闲得五脊六兽，没准儿还巴不得能有个人搅搅乱，逗逗牙签子②呢。

眼下大伙儿要是不打算买东西，轻易都不敢去商场里边溜达。为什么呢？售货员忒热情，热情得有点儿过了。恨不得您刚进商场的门，气还没喘匀溜，七八个售货员就围上来了，前后左右全方位无死角围堵。"先生您看点儿什么呀？""大妈，我们家今天打折，要不您过来看看？""大爷，我们家有礼品，送鸡蛋，您还不赶紧领一份去？"

好不容易把这帮祖宗糊弄走了，进到商场里边，您也遛不踏实，必须得一直走，不能停。但凡您跟哪个地方停了超过十秒钟，准得有售货员过来："您看点儿什么呀？"这时候，您要是嘴里随便应付两句"啊，我随便看看"，脚底下加劲儿赶紧走，那走了也就走了。怕就怕您跟人家搭上话了，东西也拿出来看了，试了，最后不买。这时候您再看售货员，小圆脸当时就改长方脸了。赶上有那素质不高的，您前脚走，他后脚就得甩两句闲咧子："就知道你买不起，穷逛个什么劲儿！"

---

① 探询；从旁打听。
② 无意义地争辩；开玩笑。

售货员甩这么句闲咧子，也算是一种营销策略——激将法。碰上有那暴脾气、爱呛火的主儿，听见售货员甩这句闲咧子，觉得挺没面子，就得掉头回去："你说什么?! 买不起? 爷们儿有的是钱! 不就一千块钱一个吗? 先来八个! 开票!"

您这儿觉得没面子，一置气，售货员的买卖就算做成了，提成也拿着了。

有人活成了面子，有人活成了里子

我还赶上过这么一件事儿，不是在商场里边，是跟大街上。

好多朋友应该还有印象，20 世纪 90 年代初，全国各地的城市街上都能看见卖瓷器的。小贩挑着个扁担沿街叫卖，扁担两头全是盘子、碗，把这些瓷器摞一块儿，拿绳子捆结实了，挂扁担上，前头一摞，后头一摞。

有一次，我正闲得没事儿干，跟大街上就碰见这么一位小贩。家里正好缺几个盘子，但是呢，要得也不是特别急。我是半想买半不想买，跟人家逗了半天咳嗽，砍价砍到二十块钱，还是觉得不大划算，就想，干脆拉倒吧，不买了。

卖瓷器的那位眼瞅着生意要黄，就给我来了这么一句："我早就知道你不想买，你没钱，跟家做不了主，二十块钱的主都做不了!"

我那时候也就二十出头，正是血气方刚，好跟人较劲的岁数。听见这么一句话，您想想，心里能舒坦得了吗? 二话没说，我当时就从兜儿里掏出来二十块钱，往那哥们儿手里一拍："二十就二十，给你! 你看我做得了主，做不了主!"

卖瓷器的那哥们儿还挺随和，拿着钱，再没说别的话，把两摞瓷器给我往便道上一放，扛着空扁担就走了。我跟那儿站着，看他走出去得有一里多地，这才回过味儿来，自己八成是中计了。

买东西中激将法这种事儿，好多朋友在日常生活中可能都碰见过。眼下不是有这么个说法吗？"不管过程，只要结果。"售货员的工作就是卖货，东西卖出去了，钱挣回来了，就算完成了任务。可是，拿激将法忽悠买主儿掏钱，这个套路，用句俏皮话来说，那就叫砂锅捣蒜——一锤子买卖。

为什么这么说呢？全世界甭管什么地方，但凡正正经经做生意的，讲究的都是和气生财，拉回头客。这回您上我这儿来，花钱买东西，痛快了，高兴了，下回您还惦记着上我这儿来。做买卖的人用了激将法，虽说买主儿当时脑袋一迷糊，当了冤大头，可面子也伤了。用北京话讲，栽了面了。除非太阳打西边出来，这辈子，您都甭惦记他再上这儿来，掏第二回钱。

电影《一代宗师》里边有句经典台词儿："人活这一世，能耐还在其次，有的成了面子，有的成了里子。"中国人，讲究的就是个面子。其实不光中国人，只要是人，都有个脸面问题。要不怎么有那么句俗话，叫"人要脸，树要皮"呢？

鸽子就是飞翔的面子

前几年我出了本书，叫《玩儿》，里边有一篇讲的都是养鸽子的事儿，末了说了句"老北京人的面子是金不换的"。那位问了，养几只鸽子，怎么就能体现出老北京人爱面子呢？这话要说起来，还得往一百多年以前捯。

老北京人玩儿鸽子，玩儿得最热闹的时候是在晚清那会儿。为什么呢？道理很简单。八旗子弟不用上班，按月领工资，到了日子就发钱，好多人每天除了吃饭、睡觉，就是一门心思地琢磨怎么玩儿。

那会儿玩儿鸽子，大概就两个路数。一个路数跟现在信鸽协会玩儿的方法差不多，把鸽子装在笼子里，带到远处去，笼门一开，鸽子一撒，让它自己飞回家，这玩儿的是鸽子的耐力和方向感。大伙儿各玩儿各的，并水不犯河水。万一鸽子半道上有什么闪失，丢了，也只能自己认倒霉，不能饶世界嚷嚷去。真要那么着，就是既丢了鸽子，又栽了面子，往后跟这圈儿里就没法混了。这就跟以前逛琉璃厂，买了打眼货，只能自己认倒霉，不能找后账的道理一样。

　　再一个玩儿鸽子的路数，对抗性就比较强，容易激化矛盾。具体怎么个玩儿法呢？眼下您来北京胡同里边溜达，经常还能看见有那养鸽子的人家，每天定时定点，把鸽子撒出来。鸽子也不往远处去，就跟他们家房顶上头，结成群，绕着圈儿来回飞。尤其是秋天，秋高气爽，蓝天白云，鸽子尾巴上再挂个哨，飞的时候"呜呜"地那么一响，立马就能找着老北京的感觉。

　　现在养鸽子的人少了，天上也宽敞，不存在"堵鸽子"的情况。过去不一样，大伙儿都养鸽子，都往天上撒，这里边就有个水平高低的问题。怎么个水平高低呢？比如说我养的鸽子，调教得好，就认自己家的人，就认自己家这块地，意志坚强，立场坚定，别人拐不走。那我甭管什么时候，都敢把鸽子往天上撒，这就叫拔份①。牛！有面子！

　　那位呢，手潮点儿，鸽子调教得也差点儿，撒手就没了。碰见这种情况，稍微要点儿脸面的人，看见水平高的人撒鸽子，自己就忍了，不凑那个热闹。真要是说不识相，您这群鸽子撒到天上去，让别人的鸽子给拐走一半，那也只能自认倒霉。除非关系特别好，不然轻易不能上门找人家要去。

　　也有人养鸽子，是为了故意呛火玩儿，你撒鸽子，我也撒。咱们赛赛，看看谁高谁低。结果手艺不济，输给人家了。当时不好说什么，心里憋着一口气，过后再找碴儿打架。为了两只鸽子打出人命来，也不算新鲜事儿。

　　那位说了，为了两只鸽子，闹这么大动静，值吗？真不值！要不怎么

---

① 耍野蛮，抖威风。

有句俗话叫"死要面子活受罪"呢。可话说回来，人活着真要是说一点儿面子都不要，没脸没皮，那活着好像也没多大意思。

面子的度数

单田芳先生说评书，老爱用这首定场诗："酒是穿肠毒药，色是刮骨钢刀，财是惹祸根苗，气是雷烟火炮。"

这四句话出自《酒色财气歌》。据民间传说，《酒色财气歌》是北宋年间，东京汴梁大相国寺的佛印大和尚写的。原文是这样的："酒色财气四堵墙，人人都在里面藏。谁能跳出圈外头，不活百岁寿也长。"

佛印大和尚写完了这首诗，觉得这诗境界挺高，挺有哲理，就把这四句诗写在自己屋的墙上了，意思也是想露露脸，找找面子。话说有那么一天，苏东坡去大相国寺找佛印大和尚串门聊天，看见墙上这四句诗，觉得稍微差点儿意思，跟旁边又给添了四句："饮酒不醉是英豪，恋色不迷最为高，不义之财不可取，有气不生气自消。"

再后来，王安石陪着宋神宗去大相国寺烧香，看见墙上这八句诗，也拿起笔给添了四句："无酒不成礼仪，无色路断人稀，无财民不奋发，无气国无生机。"

宋神宗一看，手底下的人都这么有才，当领导的也不能渗着^①呀。干脆，今儿个就今儿个了，我也对付四句吧！提笔就跟墙上写："酒助礼乐社稷康，色育生灵重纲常，财足粮丰家国盛，气凝太极定阴阳。"

前前后后四个人，总共写了十六句诗，流传到民间，老百姓给总结了一下，弄出来这么一首打油诗：

---

① 静静待着，消极等待。

无酒毕竟不成席，无色世上人渐稀；

无财谁肯早早起，无气处处受人欺；

饮酒不醉量为高，见色不迷真英豪；

非分之财君莫取，忍气饶人祸自消。

说来说去，其实就是个"度"的问题，讲的是辩证关系。

"面子"这东西，该要不该要，全看您怎么把握这个度。《聊斋志异》里边有个故事叫《邵女》，说柴廷宾柴大爷娶了个大奶奶，柴大奶奶这人呢，您也不能说她纯粹就是个坏人，只能说她这人挺浑的，不明白事理。成天价跟家里降爷们儿，打下人。好家伙，折腾得盆朝天，碗朝地，这日子简直就没法过了。

柴大爷后来又娶了个妾，叫邵女，邵女有文化，讲策略。你柴大奶奶不是浑吗？我不跟你硬碰硬，不和你正面冲突，对卷对骂。我可以编个套，拿面子把你拘住了，架得高高的，让你拉不下脸来折腾。

偏赶上这时候，柴大爷跟柴大奶奶闹别扭，俩人冷战，谁也不理谁。邵女就跑到柴大奶奶那儿劝架："大奶奶，要不您姿态高点儿，咱们好鞋不踩臭狗屎，给大爷个台阶下？"

柴大奶奶闹到这份上，心里其实早就后悔了，就是面子上过不去，硬撑着还想端端架子，顺口搭音地问了邵女一句："你说，我要是先给他台阶，上赶着和好，是不是有点儿犯贱呀？"

邵女听她这么问，马上连摇头带摆手："不能，不能，不能！谁敢这么想？谁能这么想？大奶奶您是谁呀，您就是孟光在世，活孟光！"

柴大奶奶也是倒霉催的，饶是没文化吧，还挺爱学习，紧跟着就问："孟光是谁呀？"

"孟光您都不知道？那是咱们妇女界的标兵！晓三从，知四德，上炕一把剪子，下炕一把铲子。人家对自己爷们儿，那家伙，没治了。大奶奶就是孟光在世，活孟光，您要是主动点儿，先给大爷一个台阶下，大伙儿都得说您是高风亮节，万古流芳！"

柴大奶奶让邵女这么一忽悠，脑袋瓜子一热："得，豁出去了，我今儿还就来一把活孟光了！"

这么着，柴大奶奶让活孟光这面子拘着，家里也就消停了好几个月，全家人都少受了不少罪。

眼下学校老师收拾刺头学生，好多用的就是邵女这套路数。学生不是淘气吗？不是破坏纪律，不服管吗？没关系，我让你当班干部，管别人去。您想想，刺头学生当了班干部，开始管别人了，他还好意思自己带头折腾吗？

"有里有面"到底什么意思？

老北京有个说法，眼下全国人民差不多都知道，叫"有里有面"。"有里有面"这个说法到底是什么意思呢？好多朋友，包括北京本地人，都以为是"做人应该有外在，有内涵"的意思，其实不是这么回事儿，"有里有面"讲的是做人必须有个相互性的问题。

"有里有面"这个说法，在北京土话里有个反义词儿，叫"怀儿来"。什么叫"怀儿来"呢？现在您开车走到大马路上，赶上特别窄的路面，两辆汽车顶了牛了，那就得想办法错车，两个司机都转方向盘，各自往右打一把轮。一百多年以前，北京的大街上看不见几辆汽车，最常见的就是骆驼祥子拉的那种洋车，南方叫黄包车。两辆洋车要是赶上路窄，顶了牛了，洋车夫就得喊一声"怀儿来"。意思就是说，咱们两个都往右，往自己怀里这个方向歪歪车把，错错车，就过去了。

"怀儿来"这个说法，经过演化，慢慢地又多了个新意思，指的是"自顾自，不管别人"。"有里有面"跟"怀儿来"正好反着，意思是说，大伙儿跟社会上混，都得有个互相包容的心，得懂得互相给面子，不能只讲一面理。

什么叫"一面理"呢？十多年以前，郭老师有个经典段子《揭瓦》，最早是和张文顺先生说的，我后来也跟着说过一版。相声里边，租房还偷摸揭人家瓦卖钱的那位，玩儿的就叫一面理：

郭：他站在院子里骂我啊！我是个老实人啊……

张：你老实？

郭：我从小到大没说过脏字啊！我手直哆嗦啊，手都木了！我都不知道我这胳膊还有知觉吗？我抡起来给他一嘴巴！

张：打老头？

郭：还是没知觉。啪！啪！把我累的啊……

张：七十多岁老头你这么打？你缺德吧你！

郭：我哪能抽他啊？我试试手啊！我一薅脖领子，咚！

张：怎么样？

郭：老头"噔"就出去了。孩子过来拿过拐棍儿，咔！

张：这是你孩子？

郭：撅了。我媳妇过来把老头的鞋扒下来了，唰，唰，扔房上了。

张：瞧这一家子。

郭：家有贤妻，丈夫不做横事儿！有理讲理，不讲理不行，欺负人不行。

张：给你家四个字评语。

郭：哪四个字？

张：男盗女娼！

郭：哎？

郭老师跟台上老爱说这句话:"当面教子,背后训妻。"这句话,说的就是有里有面的问题。小孩儿,您都知道,脾气秉性和大人不一样,自尊心有时候没那么强。真赶上犯了什么错,家长、老师当着别人的面,批评了也就批评了,孩子一般不会特别往心里去。要不怎么有句老话说"小孩儿没脸"呢。

真要是说孩子长到十几岁了,明白事儿了,自尊心也强了,您就得懂得给他留面子。好多话,当着外人,在大庭广众之下讲,跟在私底下两个人谈心的时候讲,效果肯定不一样。

比如说,单位同事做什么工作,您发现他什么地方做得不对,有问题,俩人平时关系不错,那您不妨把这位同事约出来,找个小饭馆,点几个菜,弄两瓶儿啤酒,俩人一吃,一喝,一聊,捎带手把问题一说。同事回去把错误一纠正,人家心里没准儿能感谢您一辈子。

反过来呢,有问题私底下不说,非得等到单位好几百人开大会的时候,当着领导的面,您站起来"嘡嘡嘡"一发言,把人家一踩咕①。您当时是露了脸了,同事可是栽了面了。那这人要是不恨得牙根儿痒痒,回头要是不琢磨着报复您,他还能算正常人吗?

工作当中是这样,日常生活中也是这样。最简单的,走在大街上,人多,备不住谁就踩谁一脚。赶上踩人这位是个外场人②,懂得给面子,马上就得跟挨踩的这主儿客气:"您瞧这话是怎么说的!人多,我可不是故意的,没踩坏了您吧?"

俗话说,伸手不打笑脸人。人家把面子给到这地步了,挨踩的这位,也就说不出来什么了,只能是互相给面子:"哎,没什么,都是没留神。"这么着,一天云彩满散,事儿也就过去了。

真要是说挨踩的这位不懂得给面子,得理不饶人,有理的事儿最后也

---

① 贬斥,欺侮。
② 指见世面、知情达理的人。

可能弄成没理。走前头那位没注意，踩他一脚，人家本来正打算道歉呢，他这儿先嚷嚷上了："哎哎哎！你长俩眼睛出气使的？瞎呀?!踩着我了，知道吗?!"

听见这么两句话，踩人的那位，火也给拱起来了："踩你脚怎么着？我看呀，就应该踩你的嘴！"

挨踩这位一听，火更大了，一把薅起踩人那位的脖领子："你踩我脚，还敢骂人！今儿这事儿没完！你把我踩坏了，先带我看病去！"

俩人连骂带嚷，连推带搡，挺小一件事儿，非得闹到派出所才算完。进了派出所，小屋一关，白耽误半天工夫，人家民警还不管饭。损人又不利己，纯粹是吃饱了撑的。

新朋友，老朋友，都是说得来的朋友。你聊会儿，我说会儿，都是大家伙儿喜爱的话题。大家坐在一起，没有烦心事儿，没有利益关系，没有钩心斗角，没有高低贵贱，有的只是共同的爱好，欢快的气氛。

人，在交往中，要以尊重为基础。看不惯归看不惯，只要不往外头说就成。老百姓有句俗话："做人留一线，日后好相见。"面子这玩意儿，说白了，就是人际关系的润滑剂。太多了不成，没有也不成。只要不是原则性问题，大家不妨试着互相给面子。有里有面，才能有个好人缘。您说，是不是这么个道理？

追往昔

二

拉大锯，扯大锯，
姥姥家，唱大戏。
接闺女，请女婿，
小外孙子也要去。

店小二

广告这玩意儿挺有意思，赶上看电视剧，看球，中间来回插广告，您觉得烦。但也有些广告，拍得挺好，大家看着也觉得挺有意思。

多少年以后，当年那些老广告里卖的东西都没了，广告词儿大家倒还记得挺真。比方说，当年来福灵有个广告歌："我们是害虫，我们是害虫……"还有燕舞录音机的广告："燕舞，燕舞，一曲歌来一片情……"还有什么"孔府家酒，叫人想家"之类的，我现在都记得。

20世纪80年代末，有个电冰箱的广告，也挺哏儿①。那阵子流行《加里森敢死队》《第一滴血》之类的。女青年找对象，都愿意找糙老爷们儿，用现在的话说，肌肉男，还得有点儿沧桑感，没事儿喜欢玩儿深沉的那种，那会儿奶油小生不吃香了。

我说的这个电冰箱广告的主人公，就是一糙老爷们儿。穿着牛仔裤，牛仔背心，膀子上全是疙瘩肉，脸上胡子拉碴，一脑袋烫着卷的长毛，脑门上还系了根儿布带子。这哥们儿走在沙漠里，头上还有大太阳晒着，眼瞅要渴死了。就在这个裉节②上，"噗"的一下，冒出一冰箱来。拉开门，

---

① 滑稽，有趣。
② 关键时刻。

里边全是冰镇的易拉罐饮料。糙老爷们儿一顿猛灌，喝得嗓子眼都要冒泡了。

广告最后一个镜头，是糙老爷们儿跟沙漠里边走，猛一回头，目视远方，眼神特深沉，说了这么一句："每当我看见天边的绿洲，便会想起东方——齐洛瓦。"这地方必须用朗诵腔，得饱含深情地说："东方——齐洛瓦。"

小二，为什么一定是"二"？

> 店小二：客官，您是打尖，还是住店啊？
>
> 大侠：我吃面。

这段对话其实出自20世纪90年代的一个方便面广告。有一回郭老师还跟台上，把这广告当包袱糅到相声里去了。

不知道您注意到没有，评书先生说评书，但凡说到大侠出门行走江湖，或者皇上、钦差大人去民间微服私访的时候，总会提到店小二。大侠、皇上、钦差大人溜达累了，想打打尖，找个能吃饭、睡觉的地方。甭管前头是饭馆、茶馆，还是客栈，只要您走进去，找地方一坐，后头的套路就固定了：一定有一个店小二，穿青衣戴小帽，腰里系着围裙，肩膀上搭着雪白的手巾板，满脸堆笑，跑过来招呼客人。摘下来手巾板，擦抹桌案，顺嘴问一句："客官，您是打尖，还是住店啊？"

听说书先生说了这么多年店小二，您知道店小二为什么叫店小二吗？数字多了去了，他怎么就不能晋一级，叫"店老一"呢？再不就退一步，叫"店小三"？哦，这么叫好像不大合适，那叫店小四、店小五也成呀，干吗就非认准这个"二"了呢？

有朋友说，这是山西铺子里边的叫法。山西人会做买卖，大名鼎鼎的晋商，您一定听过。

那有些买卖压根儿不是山西人开的，为什么也有"店小二"呢？

中国传统买卖铺户，早在南宋那会儿，就有了"店小二"这么个说法。有个故事叫《宋四公大闹禁魂张》，此故事在南宋时已经是说话的题材之一了，当时只是流传在艺人之口。宋四公是个会易容术的飞贼，有点儿"百变神偷"那意思。

《宋四公大闹禁魂张》里边有个桥段，说的是宋四公打算出远门，兵马未动，粮草先行，宋四公托客店的店小二跑腿，让他去大街上替自己点外卖。书中原话是这么说的：

> 宋四公便叫将店小二来说道："店二哥，我如今要行。二百钱在这里，烦你买一百钱爊肉，多讨椒盐，买五十钱蒸饼，剩五十钱，与你买碗酒吃。"

蒸饼，就是《水浒传》里边武大郎卖的炊饼，相当于现在的馒头。就有朋友问了，蒸饼为什么又改叫炊饼了呢？

爱追剧的朋友，可能就猜到怎么回事儿了。前一阵有部电视剧《清平乐》，里头有个小太监怀吉差点儿死了，就因为他原名叫梁元亨，他自报名字时又说了个"元亨利贞"，犯了避讳——"贞"字与当时的天子的大号同音。当时的天子是宋仁宗，就是民间传说"狸猫换太子"里面李宸妃生的那位。宋仁宗的大号叫赵祯，"祯"跟"蒸"谐音，所以武大郎卖的那个蒸饼，后来就改名叫炊饼了。

宋四公那段话的意思就是说，让店小二出去帮他买一百五十个铜钱的肉和馒头，买肉的时候，多要点儿椒盐。剩下五十个铜钱，用现在的话说，算配送费。

话说回来，为什么要管伙计叫店小二，不叫店大哥呢？因为店大哥指的是买卖铺户里边的一把手，这可不能随便乱叫。

现在您看好多讲中国传统买卖、铺户的影视剧，往远了说，有《乔家大院》，往近了说，有《芝麻胡同》。在这类影视剧里边，老能听见"东家"和"掌柜的"这俩词儿。

"东家"和"掌柜的"有什么区别呢？东家，用现在的话说，相当于董事长，那是一个企业的最高领导，一把手，大哥！人家就负责投资，掏本钱，再就是布置大面上的战略。平常不见得每天都上班，东家不用老跟铺子里盯着，您轻易也见不着这位。

真正见天跟铺子里待着，监督伙计们干活，负责迎来送往的人，那是掌柜的。往好听了说，掌柜的相当于现在的总经理。往难听了说呢，就是伙计们的头头，大伙计。东家是大哥，掌柜的是二把手，也就是单位里的二哥。眼下好多单位不也是这样吗？管一把手叫老大，再不就说谁谁谁是我们单位一哥，谁谁谁是我们单位一姐。

最近这两年流行互相称呼"老师"，算是一个尊称，甭管是不是真跟学校教书，见了面，彼此都称呼老师。"店小二""店二哥"这类称呼，在古时候也算尊称。为什么这么说呢？每个铺子里头一般只有一个二把手，就是掌柜的。普通伙计的级别还够不上"二哥"这个档次。您进了店门，看见一个小伙计，叫他声"小二哥""店二哥"，等于给他口头上升了好几级，那还不算尊称吗？这就跟新兵看见老兵就统一喊"班长"的意思差不多。

瞪眼说瞎话，也是技术

以前在传统服务行业上班的人，也就是咱们今天说的服务员，全都是老爷们儿，基本上没有女同志。见了服务业从业人员，您可以大大方方地尊称人家一声"小二哥"。就拿 2004 年播出的电视剧《天下第一楼》来说，濮存昕老师演的那个修先生，就那个每天站在福聚德门口瞭高的，也算店小二。

"瞭高的"这个说法，您要是喜欢听相声，经常能听着。以前不光饭馆门口有瞭高的，相声园子门口也得站着一个瞭高的先生，穿着长衫，跟那儿迎来送往。

这个工作性质，大概就相当于现在的迎宾小姐，外带大堂经理。用老北京人的话说，吃这碗饭的主儿，必须得是外场人，得脸皮厚，见人说人话，见鬼说鬼话，见谁都能自来熟。杵窝子[①]，八棍子打不出一个屁的人，干不了这行。

您看《天下第一楼》里边的修先生不就这德行吗？脸皮薄，磨不开面子。眼下做买卖都讲究杀熟，拿亲戚朋友开刀。修先生呢？看见熟人，按说正是拉主顾的机会呀，哎！人家修先生故意把脸扭过去，装看不见，再不就是离老远，绕着走。那这买卖不就是等着赔本关张嘛！

眼下的饭馆，门口都爱站着一个迎宾小姐，穿着高开衩的旗袍，蹬着高跟鞋，烫着头，肩膀上披着红缎带，老远看见您走过来，马上微笑服务，一哈腰，嘴里还说一句："先生您好，欢迎光临。"

有那老北京风味儿的饭馆，也不知道是哪位高人给定的规矩，一有吃主儿进门，十好几个大小伙子就跟门口戳着，扯着脖子嚷嚷："来啦您哪？里边请！"万一赶上进门这位心脏不好，或是血压有点儿高，当场就能给吓撅过去！

跟门口戳着瞭高的，眼睛得毒，心眼得活泛。明面上看，这就是个大闲人，吃饱了没事儿干，跟门口站着，卖单儿玩儿。实际上呢，要盯着来来往往的人，两只眼睛得紧着寻摸，心里得紧着合计。

大街上的行人多了去了，有的兜儿里有钱，有的兜儿里没钱。有的是老主顾，吃惯了那几个馆子，别的地方不认，您过去硬拉也没用。有的呢，

---

① 胆怯的人；见生人害羞的人。

兜儿里揣着钱，嘴上还招呼着哥们儿，心里惦记着要请客，准地方还没定，溜达着看。

瞭高的就有这本事，能从满大街的人里边，把后头这种潜在客户给挑出来。

远处来人了，瞭高的认准了人，一溜小跑，跑到人家面前，抱拳作揖，再不就是按旗人的规矩，打个千，请个安。未说话，先带笑："哟，爷，您今儿怎么有空上街溜达来了，可老没来了。"

甭管是不是真认识，都得这么说。

您再看这位，当场就是一愣："可老没来了？我原先来过这地方吗？哦，保不齐上回喝断片了，来过，又给忘了。"

心里边这么嘀咕，嘴上肯定得顺口搭音："啊，是，是，前些日子忙，今儿得闲，叫上几个朋友，出来小酌。"

您别看就这么几句话，瞭高的就能从里头听出来说话这位大概是什么地方的人。

听出来是什么地方的人，管什么用呢？

那用处可大了，比方说，这位是南方人，打江浙那边来的，瞭高的就可以这么说："上回您来，想吃口鲜竹笋，可惜鄙小店料备得不全，实在对不住您。我这心里老觉得过意不去。今儿可赶巧了，新打南边来的春笋，熟人坐火车，走平汉线，昨晚上刚送过来，倍儿嫩！倍儿鲜！还带着露水呢！爷，您，还有这位爷，全是吃主儿。要不您几位，啊？哈哈哈，赏光进去尝尝？也算我补补上回的情。"

这位要是北方人，比方说，要是从郭老师他们老家来的天津主顾，瞭高的就会换一套词儿。天津老百姓有句俗话："当当吃海货，不算不会过。"碰见天津吃主儿，瞭高的就会这么说："我们这儿有打塘沽新来的鲜对虾，还'嘣嘣嘣'乱蹦呢！给旁的人吃，那就糟践了！也就只有爷，您这体面，这身价，才配得上这么好的东西！"

这套烟炮鬼吹灯玩儿下来，周围的人就能从里头总结出来两条重要信息。哪两条重要信息呢？一条是这位平常老出来下馆子，消费能力强，腰里横，有实力，跟饭馆伙计都吃熟了。再一条信息就是，这位是真正吃过见过的主儿，有身份，有地位，有文化，有底蕴，是"四有"新人，不是土财主、暴发户。

人，您想，谁不愿意吃两句捧呀？明知道这位是瞪眼说瞎话，吃捧的那位心里头照样美了吧唧、甜了吧唧、乐了吧唧的。腰里掖着票子，原本就打算出来消费，跟哪儿花不是花呀？今儿还就在这儿吃了！我图个痛快！

这个真没有，这个可以有

那位说了，瞭高的跟门口顺嘴瞎编，满嘴跑火车，那要万一赶上个爱较真的主儿，进门真要吃对虾，店里没有！怎么办？

没事儿，还有堂倌儿跟那儿盯着呢。

真要说没有的话，人家肯定不能直截了当地告诉您店里没有，更不能直眉瞪眼来一句："吃什么对虾呀！你长吃对虾的肚子了吗？"噎得您回家吃两根儿象牙白大萝卜，都顺不过这口气来。

堂倌儿说话，讲究的是个技巧，说出话来，让您听着心里舒服。干这行的人，跟我们说相声的一样，都是吃开口饭的。真赶上您打算吃什么，比方说鲜对虾吧，偏偏后厨的料没备齐，堂倌儿就可以这么说："爷，我们那对虾确实是昨晚上刚打塘沽运过来，送进厨房的时候，还'嘣嘣嘣'地乱蹦呢！饶是一节，后厨小力巴①偷懒，忘了加冰块了！刚才我再一看，好家伙！您猜怎么着？挺好的虾，都有点儿臭了！爷，您是老照顾主儿了，

————————————

① 小徒弟。

我们字号上上下下，十几口子老少爷们儿，都等着您赏饭呢。您说，我敢拿臭虾糊弄您吗？"

您听听，这小梯子给的！2009年春晚，小品《不差钱》火了，本山大叔演那老大爷，兜儿里没钱，又想充个面子，提前给服务员塞了一百块钱。客人但凡点个稍微贵点儿的菜，服务员都告诉人家"没有"。请客充面子这种事儿，好多朋友可能都干过，我年轻时候也干过。兜儿里明明就那儿个钱，非得死要面子活受罪，愣充大款，真是小鸡吃黄豆——强努！癞蛤蟆上马路——愣装军用小吉普！菜单拿过来，往客人手里一塞，跟人家拍胸脯："愿意吃什么，随便点！没事儿，咱不差钱！"

嘴上这么说，心里可是直打鼓，直念佛："千万别点忒贵的菜啊，千万别点忒贵的菜啊。"偏赶上吃请的这位，大实在人！实在得有点儿过了，专挑贵菜点。服务员呢？就算看出来也假装看不见。反正您最后得想辙结账，菜点得越贵，他拿的提成就越高。至于说您怎么堵这个窟窿，人家管不着。

传统饭馆里边的堂倌儿，碰见这种情况，就得想办法帮您省钱，面子上还会让您过得去。

怎么个帮法呢？比方说，吃请的这位要点菜了："清蒸石斑鱼，来一条！鲍鱼，来四个！澳洲龙虾，二十八斤半，来一只！"

堂倌儿偷眼一看，您这小脸也绿了，眉毛也拧了，黄豆大的汗珠子顺着腮帮子直往下流。右手攥着衣服口袋，都快拧出水来了。这意思不用问，准是罗锅上山——钱紧。

这时候，稍微懂点儿人情世故的堂倌儿，就得帮着您拦一下："爷，您就来了俩人，点这么多菜，吃不了。搁桌子上摆着，回头凉了也不好吃了。要不您先点这几样，不够回头再添，还能吃新出锅的，热乎！"

堂倌儿说完这话，您再看花钱请客那位，一天云彩满散！脸色也"多云转晴"，心里还得竖大拇哥，这堂倌儿不错，够意思！够朋友！

堂倌儿里边级别最高的那位，叫堂头，相当于现在的服务员领班，《天下第一楼》里边，有个常贵师傅，就是堂头。老北京餐饮行业有这么个说法，一个好堂头能顶半个饭馆。这话是什么意思呢？我给您解释解释。

堂头每天干的是迎来送往的活，交的是天南海北的朋友。中国传统文化里，尤其是人际关系这块儿，说到底，最看重的就是个"情"字。堂头真心实意，把吃主儿当朋友相处，像照顾自己家里人那样照顾吃主儿，人心换人心，天长日久，吃主儿自然也愿意把堂头当朋友待承。

每个好堂头身边，都有那么一个特殊的"朋友圈儿"，也可以说是他的人脉、客户资源。堂头要是跳槽去别的馆子，这群人没准儿以后就跟着去新馆子吃了。人家不冲别的，冲的是朋友间的面子，得给朋友捧场。

所以您看《天下第一楼》里边，常贵师傅走了，好多非亲非故的吃主儿，哭着喊着非要跟着送殡去，拦都拦不住。这样的人，用现在的话说，那就是情商高，把人情世故琢磨到极致了。

别把简单的情商搞复杂了

"情商"这个概念，眼下炒得挺热乎。别的不说，您有空上书店逛逛去，整柜子整柜子摆的全是讲情商的书。讲来讲去，归了包齐，也就两大类：一类是告诉您怎么算计别人；再一类呢，是告诉您怎么防着别人算计。

要我说，这么个活法，忒累。情商这个事儿，要是往玄乎了说，那就越说越玄乎。要往简单了说呢？其实就一个字——情。您对别人有情，设身处地地替别人着想，别人自然也就对您有情，替您着想。

二十世纪八九十年代那会儿，流行过一阵吃拔丝土豆、拔丝山药，也有吃拔丝白薯的，现在饭馆里轻易还看不见这路菜了。这路菜，原材料便宜，做起来也简单，主要看的是厨师炒糖的手艺。

甭管土豆、山药，还是白薯，您先给它切成象眼块。什么叫象眼块呢？这是厨师界的行话，意思就是跟大象眼睛形状、大小差不多的块，大概就是您平常炖肉，里头搁的土豆块、萝卜块那么大。太大了不行，回头放到油里炸不透，太小了当然也不成，容易炸煳了。咱们就按做拔丝土豆来说吧，把切成象眼块的土豆搁到热油里，炸得外焦里嫩。然后拿大笊篱捞出来，控油，备用。

接着就开始热油锅，炒白糖，必须得把糖炒得黏黏糊糊，跟糖稀似的，而且还不能炒煳了。这道工序特别考验厨师的手艺。白糖炒够了火候，再把土豆块放下去，稍微一扒拉，铲出来装盘。连同一碗凉白开，赶紧端上桌。

为什么得赶紧上桌呢？要是耽误了工夫，糖一凉，凝住了，打死也拔不出丝来！拔丝土豆这道菜，做得成不成功，主要就是看上桌以后，拔丝拔得怎么样。据说原先厨师学校毕业考试，都是让学生做一道拔丝土豆。简单菜，见功夫。

以前，这路菜在老北京的馆子里头，算敬菜，不要钱，就跟现在有的饭馆，吃完饭送果盘的道理一样。堂倌儿站桌子旁边伺候着吃主儿，看着您几位吃得差不多了，蔫了吧唧的，就跟后厨大师傅打招呼，让后厨上敬菜了。

敬菜有时候是拔丝土豆、拔丝山药，有时候是冰糖莲子、什锦八宝饭，都是便宜菜，值不了几个钱。做得了，堂倌儿往桌上一端。正常人碰见这种事儿，第一反应肯定是问一句："哎，怎么回事儿？我没点这个菜呀？"

这时候您再看堂倌儿，满脸堆笑，透着特亲热、特不好意思的那个劲儿："是，您是没点这个菜。这不我们大师傅觉得今儿可能手上稍微差点儿意思，有的菜火候不到，炒得不是特得味儿。爷，您是老照顾主儿了，知道心疼我们，不忍心砸哥几个的饭碗，自个儿忍着，也没言语。您知道心疼我们，我们也不能不懂人事儿，是不是？这不后厨大师傅赶紧又炒了个菜，送给您几位清清口，账算我们的。哥几个有什么做得到、做不到的地方，您这回多包涵。下回，等下回您再来，指定得让您满意！"

您咂摸咂摸这话里的滋味儿，这么几句话说出来，花钱请客的这位，他心里能不美吗？下回，要是兜儿里再有俩钱，想请客，他好意思不往这地方送吗？中国传统买卖人就有这么个本事，乐乐呵呵的，就能从您兜儿里把钱掏出来，还让您觉得占了他的便宜，欠了他的人情。

形式主义，也得搞点儿

那位说了，谦儿哥，你说的这套都是糊弄人的玩意儿，形式主义。什么敬菜呀？应名①不要钱，其实呢，羊毛出在羊身上，早就含在那桌饭里了。这里边的事儿，我懂！

这话您不能这么说。人活在世上，要是成天价弄些虚头巴脑的东西，玩儿形式主义，那指定混不下去。可真要一点儿形式主义都不搞呢，也未见得就能混得好。

就拿小两口过日子来说，都是双职工，下了班，从单位回到家，谁都懒得动弹。好比说，媳妇先到家，累了，跟沙发上歪着，没做饭。爷们儿下班回来了，一般就两个套路。

一个套路就是嚷嚷："你怎么还不做饭呀?! 惦记饿死我呀！"

这时候您再看媳妇，坐沙发上，白眼一翻，脖子一梗，鼻子眼直出气："哼，老娘凭什么白伺候你呀？就不做，你怎么着吧！"

老按这个套路来，甭多了，有半年，家里准打得跟热窑似的，两口子弄不好就得离婚。

可您要是换个套路，搞点儿形式主义呢？爷们儿进家，看见媳妇没做饭，跟沙发上歪着呢，赶紧上前赔个笑脸："哟，上班累了吧？你歇着，我做饭。"

———————————
① 名义上。

070

再不就是说："干脆甭做啦，咱们点外卖吧？要不出去吃？"

这时候，您再看媳妇，虽说也是鼻子眼先出气，眼角眉梢可就带了笑模样了："哼，说得好听，你会做吗？出去吃，多贵呀！点外卖，多不卫生呀！得，还是我来吧。"

本来挺虚的几句话，就化解了一场家庭危机。再往远点儿说，姑爷上丈母娘家串门，媳妇去婆婆家串门。吃完了饭，您别跟在自己爸妈家似的，酒足饭饱，往沙发上一坐，茶水一喝，电视一看，当甩手掌柜，任嘛不管。您帮着擦擦桌子，打打下手，说两句暖人心的话。哪怕就是虚头巴脑的形式主义呢，家里的氛围，立马就不一样！

就算跟自己家待着，对着自己的爸妈，有些话，说和不说，有些事儿，做和不做，效果也不一样。在家是这个道理，您到了社会上，也是这么个道理。

现在有个挺火的说法，叫"经营人生"。人活一辈子，道理跟做生意、做买卖也是相通的。有朋友问了，谦儿哥，我怎么才能把这单"生意"给做好了呢？其实老祖宗早就告诉过您了。做买卖又叫"经商"。经商的这个"商"字，当怎么讲呢？您有空可以翻翻《说文解字》，里头的原话是："商，从外知内也。"

从外知内也，用现在流行的话说，叫换位思考；用老北京的话说呢，就叫有里有面。为什么海能纳百川？不是因为海大，也不是因为海深，是因为海的姿态低。为人处世，多替别人想想，多带点儿人情味儿。单从眼前看，您没准儿稍微吃点儿亏，可要往长远了看，您可能还占个大便宜。要不老话怎么说"吃亏是福"呢？

快递

您各位要是有那好听评书的，肯定知道《雍正剑侠图》（又名《童林传》），特别精彩！这回咱们的故事就从《雍正剑侠图》讲起。

求子得找女神仙

最早编《雍正剑侠图》的这位常杰淼先生，年轻时曾在北京说书。所以他编的故事，好多桥段，多多少少都能在北京找着点儿影子，不纯是虚构。

就拿"三月三，蟠桃宫亮镖会，天下英雄争十三省总镖头"这段故事来说，直到1987年，您去北京东便门外，现在的北京站附近，明城墙遗址那一片儿，还能找着"蟠桃宫"这么个地方。

蟠桃宫，全名叫"护国太平蟠桃宫"，它是明朝那会儿修的一座道观——王母娘娘的道场，在北京乃至整个华北地区，都特别有名。

为什么这么有名呢？

传统相声《拴娃娃》，您都听过。拴娃娃，讲究去京西妙峰山上的老娘娘庙拴。这里面说的"老娘娘"，指的是泰山山神的闺女碧霞元君，按说跟王母娘娘没什么关系。可是中国人呢，就有这么个心理，觉得只要是女神仙，应当应分，就得管生孩子的事儿。

所以您看，全国各地的宗教建筑，甭管是和尚寺、尼姑庵还是道观，但凡里头立着女神仙的塑像，甭管是妈祖娘娘，还是观音菩萨，还是女娲娘娘，肯定就有老百姓跑来找人家烧香磕头，许愿求子。

就有那求子心切的，见庙就烧香，提溜个猪头上关帝庙，找关老爷要孩子。

关老爷收了猪头，那就得办事儿呀。让来求子的老百姓挤对得实在没辙，夜里派周仓去老娘娘庙，找老娘娘说说情，愣借了一孩子给人家送去了。要不然老百姓怎么有句俏皮话，叫"关帝庙求子——踏错了门"呢？有段天津快板，叫《关公送子》，讲的也是这么个笑话：

关氏父子，吓出一身白毛汗，

连人带马八条腿是抱头鼠窜。

回到庙中，见有香烟，

忙问周仓是何人来还愿？

周仓就把以往情由学说一遍。

关公闻听，掉下了大红脸，

又瞪圆了丹凤眼，

说你大脑进水了，吃饱了没事儿干？

结婚多年没孩子你让他们去医院。

咱是铁路警察管不了这一段哪！

周仓说，关爷，这事儿您得管哪，

吃人嘴短，我拿人手短。

您不看僧面，也得看佛面！

求子，北京最灵的地方，是京西妙峰山的老娘娘庙。您要是说，不方便走远道，不愿意出城，那就去东便门的蟠桃宫，找王母娘娘。别的不说，单从级别上论，王母娘娘，那可比碧霞元君高好几级呢！没准儿还更灵！

庙会十三郎，了解一下

王母娘娘，民间传说，是阴历三月初三的生日。要是四月初三呢？那就是王母娘娘过满月。

阴历三月初三，天宫里头可就热闹啦。上八洞神仙、中八洞神仙、下八洞神仙都聚到瑶池，一起开蟠桃会。刚从树上摘下来的大桃，几千年一开花，几千年一结果，大家"噔噔噔"那么一吃，可劲造。

天上的神仙吃桃，地上的老百姓也得给王母娘娘过生日。具体怎么个过法呢？就是每年三月初一、初二、初三连开三天庙会，大家跟东便门这块儿，城墙根儿底下，守着蟠桃宫，连着吃喝玩乐三天，要么就看人打把式卖艺，买点儿小商品、小零碎。反正传统庙会的那套玩意儿，蟠桃宫庙会全有，别的庙会没有的呢，蟠桃宫也有。比方说，过去北京前三门大街，内城城墙的墙根儿底下，也有护城河。临开庙会头一天，从崇文门到东便门这段护城河，就得提前把两头的闸门都关上，把水憋得高高的。

三月初一到初三，连着三天，老百姓就在这段护城河上头划船玩儿。各地的票友，甭管是唱京剧的，唱大鼓的，还是唱评戏、莲花落的，都讲究赶蟠桃宫庙会，大家站在船上，跟护城河里头一边划，一边唱。为的是借护城河的那个水音，每个字从嘴里蹦出来，都透着股水灵劲儿。"让我们荡起双桨，小船儿推开波浪……"那位说了，当初的票友，怎么唱这个词儿啊？这事儿吧，您就别太较真了。我随便一唱，您随便一听，就是个乐。

王母娘娘过生日，票友们扎堆跟护城河上荡起双桨，还有一层意思，就是众人都想卖派①卖派，互相比比，较较劲，看看谁的水平高，谁得的碰头好②多。

不光水里边有人比，岸上也有人比，比什么呢？赛马。

现在的赛马比赛，都有专门的场地，赛场里边不能有人满世界胡溜达。过去的人赛马，专挑人多的地方！赛马，就是为了在人前卖派卖派，一是显摆显摆自己这匹马，再一个，是想让大伙儿瞅瞅，自己骑马的技术有多高。那心态，就跟现在的年轻人爱在大马路上飙车的意思差不多！二环十三郎嘛！

直到50年代末，我父母那代人年轻的时候，蟠桃宫庙会还年年举办呢。1987年，为了修东便门立交桥，这才把蟠桃宫拆了，在蟠桃宫的位置上修了立交桥。眼下您顺着明城墙遗址往东走，东便门立交桥附近，还能找着当年蟠桃宫庙里的一块石碑。

大侠李尧臣

话说到这儿，有朋友问了，您说这半天，说这么热闹，亮镖会呢？哪天开？我跟您说，哪天都不开！这事儿就是说书先生瞎编的，纯属艺术虚构！

当然，也不是纯虚构，多少还有点儿影儿。

怎么叫多少还有点儿影儿呢？

这事儿要说起来，就得往前捯八十多年了。1937年，爆发了著名的"七七事变"。七七事变中，守卫卢沟桥的二十九军大刀队，您一定知道。不是有首歌叫《大刀进行曲》吗？就是夸二十九军的。

①炫耀，卖弄。
②指演员一出场就受到观众的喝彩。

二十九军的大刀耍得好，可您知道他们的刀法是谁教的吗？

教二十九军耍大刀的教官，原先就是镖局里头的一位镖师，叫李尧臣。日本鬼子吃了二十九军大刀队的亏，心里头老觉得不忿。鬼子占了北京城以后，就打算报复报复这位李镖师。把人家抓起来直接枪毙吧，好像不大光彩，怕大家不服。后来日本鬼子就想了一辙，从自己国家请过来一位武士，这武士功夫挺高，叫武田熙。日本人就把这个武田熙使出来，让他给李镖师下帖子，要跟李尧臣约架，单挑！李镖师要是打赢了呢，他以前教二十九军练大刀这个事儿，日本鬼子从此不再追究。要是打输了呢，那就得拜武田熙为师，当众磕头。双方比武的时间地点，就定在阴历三月初三，蟠桃宫。

为什么非得定在这个地方呢？三月三蟠桃宫开庙会，逛的人多，热闹呀。日本鬼子当时觉得自己指定能赢，回头当着这么多中国老百姓，中国镖师给他们的日本武士一磕头，一拜师，那全体中国人的面子，就算彻底栽了。

没想到三月初三比武那天，武田熙上了擂台，比画了没几下，就让李镖师给摔了个狗吃屎。第二回合，日本裁判就抗议了，说你这个打法不公平，不符合武士道精神。有本事你站这儿别动，让我们的武士结结实实来两下子。

李镖师也挺豪横，答应了。人家正经是打小练的童子功，十三太保的横练，铁布衫的功夫。扎了个马步，骑马蹲裆式往那儿一站，老老实实地挨了几下。不光什么事儿没有，最后浑身一较劲，发动内力，愣把日本武士给震飞出去了！

这武田熙平常闲得没事儿，大概也好听个评书，估计没少听比武打擂的事儿。第三回合就提出来了，说是我在拳脚上比不过你，可是咱们还没比兵刃呢，头两局都不算了，重新来，我跟你比兵刃。

说完拽出武士刀，搂头盖顶，就是一刀！

李镖师原先跟二十九军就是教大刀的，武田熙跟他来这一套，那真正就叫关公面前耍大刀。打了没几个回合，只见李镖师飞起来一脚，"噔"的一声，正踢在武田熙拿刀那只手的手腕子上，当场就把武田熙的手腕子给踢折了。

武田熙疼得满台打滚，直喊爹娘祖奶奶，日本鬼子忙着救人，台下瞧热闹的老百姓连鼓掌带叫好："好呀！高呀！实在是厉害呀！……李大镖师壮我国威！……旗开得胜，马到成功！……"

李镖师知道日本鬼子不讲江湖规矩，说出来的话，没几句算数的。于是趁着这个乱劲儿，"噌"地往擂台底下一蹿，往人群里边一躲。从此隐姓埋名，浪迹江湖。直到抗战胜利以后，李镖师才重出江湖，寿活九十七岁，1973 年才去世。

北京有条佟麟阁路，为的是纪念在抗日战争中殉国的佟麟阁将军。佟麟阁将军殉国的地方在永定门外，大红门那边。将军的遗体运回北京城后，一时来不及下葬，又怕落到日本鬼子手里。众人只能把将军的遗体藏在雍和宫附近的柏林寺里。

当年帮着藏佟麟阁将军遗体的几位江湖义士里边，就有这位李镖师李尧臣。

李尧臣一生，桃李满天下。京剧名家杨小楼演《闹天宫》（又叫《安天会》）的时候，耍了一套猴儿拳；梅兰芳梅老板演的《霸王别姬》，虞姬抹脖子以前，得先练一套剑。这些拳法和剑法，都是得自李尧臣的传授。

最早编《雍正剑侠图》的常杰淼先生是在 1929 年过世的，没赶上三月三蟠桃宫比武。不过这部书自打问世以来，多少位说书先生添砖加瓦，磨来磨去，最后磨出来这么一套活。没准儿就是哪位老先生见识过，或是听说过蟠桃宫比武的故事，才把这段故事情节拿过来，糅进评书里了。这才有了三月三，蟠桃宫亮镖会，天下英雄争十三省总镖头的故事。

会友镖局

李尧臣，李镖师，那是江湖豪杰，名满天下。

他当年工作的那个单位，更有名，喜欢听相声的朋友准知道。这单位，叫"会友镖局"。

> 甲：有一天，我跟我哥哥正在后花园中传枪递铜……
>
> 乙：您还学"罗成"呢？
>
> 甲：忽听有人叩打我的柴扉。
>
> 乙：有人叫门就完了。
>
> 甲："外边何人击户？"
>
> 乙：什么叫"击户"啊？
>
> 甲：有人敲门。开开门我这么一瞧：原来是前门外会友镖局请我们哥俩保趟镖。我们这么一听哪，露脸的日子到了。
>
> 乙：是啊。
>
> 甲：能够不去吗？跟我哥哥打点好了行囊包裹，随手家伙带好喽，到了前门外粮食店会友镖局，门口站着一位老达官，八十多岁，胡子挺老长，精神百倍。带领三十多名啊，完全是高的高、矮的矮、胖的胖、瘦的瘦，胖大魁伟，瘦小精神，咳嗽都二踢脚。

传统相声《大保镖》里说的这个会友镖局，历史上真有，大概位置就在现在我们德云社前门大栅栏那个场子附近。眼下您有空去大栅栏那边溜达，找当地的老住户打听打听，应该还能找着这个地方。

据说会友镖局那个院子，原先是个大车店。什么叫大车店呢？就是专门接待车把式[1]的客栈，车把式们赶车拉货，就爱住这儿。

---

[1] 赶大车的人。

大车店跟普通民宅有个不一样的地方：大门的门槛是活动的，可以挪动。为的是方便大车进出。所以您看末代皇帝溥仪当年为了骑自行车方便，把紫禁城里边的好多门槛都给锯了，有的老太妃就说，这是把皇宫改成大车店了。

公元1845年，也就是清朝道光二十五年，出了位了不起的武术家。此人姓宋，名彦超，字迈伦。宋迈伦打小投名师，访高友，练就一套绝技，叫"三皇炮捶拳"。艺满出师，他来到北京神机营，投军报国，凭着一身武艺，得了个五品顶戴，江湖喝号"神拳宋迈伦"。

后来宋迈伦到前门大栅栏，开了家镖局。这家镖局在当时那是赫赫有名，叫"会友镖局"，字号取的是"以武会友"的意思。宋迈伦有位高徒，跟我同宗，叫于鉴，于鉴的拳法特别厉害。后来于鉴在北京大开山门，传授三皇炮捶拳，使"三皇炮捶门"在北京名声大震。

前门大栅栏的会友镖局，曾经是北京最有名、买卖最大的镖局。直到1921年，中国的交通比以前方便了，商人运货大都由火车托运，保镖的生意越来越少，这么一来，会友镖局只好彻底关张歇业。

李尧臣李镖师从会友镖局出来以后，到外五区警署所办的半日学校教武术。后来还跟天桥开了一个茶馆，茶馆里边摆着刀枪剑戟斧钺钩叉，什么兵器都有。茶水俩大子一碗，就算白饶，不为卖茶，主要是以武会友。这样的太平日子，一直持续到"七七事变"前。

侠之大者，为国为民

大约在一百年以前，前门大栅栏有不少镖局。不光是北京，全国各地都是，但凡是大城市的商业区里边，肯定就有镖局。

您比如说，山海关有个镇远镖局，金庸的《书剑恩仇录》里边老提这个镖局，历史上的镇远镖局经常跑东三省路线，是专门做关外业务的。再比如说，平遥古城里头有个中国镖局博物馆，博物馆原址其实就是清朝的一个老镖局。

《雍正剑侠图》后半部里头，有个"金弓小二郎"李国良，家里开的买卖叫"东光裕镖局"。东光裕镖局这字号，历史上真的有，就在前门外的西河沿大街上。过去西河沿大街上不光有东光裕镖局，还有个西光裕镖局，俩买卖是一个东家，分工各有不同。

当年前门大栅栏，还有一个特有名的买卖：源顺镖局。这就是传说中的"大刀王五"原先上班的那个单位。老电影《大刀王五》，好多朋友都看过。戊戌六君子里边有位谭嗣同，跟大刀王五是好朋友。戊戌变法失败以后，大刀王五偷偷跑到法源寺旁边的浏阳会馆，找到谭嗣同，劝他赶紧跑。谭嗣同就说了一番话："世界各国的变法，没有不经过流血而成功的，中国却从来没有人为了变法而流血，要有，不妨从我开始。"

后来六君子被押赴菜市口，开刀问斩。大刀王五联络了一帮江湖义士，打算劫法场，可惜没劫成，最后是大刀王五给谭嗣同收的尸。八国联军进犯北京的时候，大刀王五带着一帮江湖豪杰抵御外敌，无奈寡不敌众，最后英勇就义。据说，大刀王五过世以后，霍元甲听说了这件事儿，专门坐着火车，由天津赶到北京，替他收的尸。

好汉，请让路

话说到这儿，有朋友就该问了，前门大栅栏怎么就有这么多镖局呢？

因为这地方是商业区，它方便呀！

甭管您去什么地方旅游，肯定都愿意买点儿当地的土特产。我记得二十世纪七八十年代那会儿，说是北京产的水果糖比外地产的质量好点儿，好多外地朋友来北京，都愿意去王府井百货大楼，上糖果柜台买点儿水果糖带回去。要不最后怎么练出来个张炳贵，一抓就准呢！

我跟大街上亲眼看见过，真有人拿着那种老式的帆布大旅行包去买糖。旅行包不是手提的吗？人家给改造了一下，找条白毛巾，一头系一个手提包的提手。然后往肩膀上一搭，前头一个包，后头一个包，就跟老式年间大家出门用的褡包一样，里边鼓鼓囊囊，装的全是水果糖，有好几十斤。

这两年就没这么麻烦啦。旅游区的商店全跟窗户上贴个条，写着"代发快递"四个大字。您跟店里买完了东西，交完了钱，把地址留清楚，别的就不用管了，卖东西的直接把货给您寄到家门口。

一百多年以前，镖局开在商业区，也是这个意思。甭管是买主儿买了货，还是掌柜的做买卖赚了钱，要把现银子往别的地方送，都是就近找镖局。进了镖局办手续，也跟现在发快递的规矩差不多。看您要送的东西值多少钱，分量有多少，道有多远，然后根据统一标准收费。

交完了钱，您的任务也就完成了，这趟镖的具体路线怎么走，您得听镖局的，人家爱怎么绕就怎么绕。哪怕说把镖送到乌鲁木齐，镖局非得从海南岛绕一圈儿，那也得听人家的，您管不着。

为什么这么着呢？

以前的镖局，都有自己固定走的几条路线。这条路上，到处都有熟人，黑白两道，人家早就打点好了，轻易出不了事儿。您要是说非得抄近道，走人生地不熟的线路，那这趟镖发出去，能否安全送达目的地，可就不好说了。

老话讲，人熟地熟好办事儿。过去的人找镖局买服务，归了包齐，买的其实是镖局在江湖上的人脉，是人际关系！不是为了让镖师保着自己的东西，出去到处跟人家打架去。

镖师保着镖走在路上，真说碰见劫道的了，轻易也不能动手，双方先得盘道，套近乎。

怎么套近乎呢？劫道的这位要是老江湖，懂规矩，就先得张嘴问："吃的谁家的饭？”

听了这句话，保镖的就得回："吃的朋友的饭。"

劫道的还得问："穿的谁家的衣？"

保镖的还得回："穿的朋友的衣。"

两边这么一盘道，信息就传过去了。劫道的知道，来的这位也懂规矩，说一声"误会"，把镖车放过去。过后，再找他们镖局分账去。镖局这趟收的快递费里边，得有他们一份。

要是赶上劫道的不懂规矩，酸枣眼——青红不分，怎么办呢？保镖的轻易也不能动手，必须得压着心火，跟人家说这么一句话："朋友听真，我乃线上朋友，你是绿林兄弟。你在林里，我在林外，都是一家。"

劫道的这时候要是回过味儿来了，就会说声"误会"，把镖车放过去，事后再分账。要是这位真就是属四季豆的，油盐不进呢？保镖的语气就得再硬气点儿，威胁威胁对方："五百年前俱是不分，是朋友吃肉，别吃骨头，吃了骨头别后悔。"

劫道的这位要是王八吃秤砣——铁了心，不让不让就不让呢？那就不说了，领头的镖师朝着自己人高喊一声："众家兄弟一齐打狗，合吾！"两边这才能动上手。这种动手的事儿，保一百回镖，都不见得能赶上一回。

特种部队也兼职

保镖的镖师，为什么要在动手前喊"合吾"呢？民间传说，保镖这行的祖师爷，叫"神拳张黑五"，山西人，当过乾隆皇上的武术教练。清朝乾隆年间，张黑五在北京前门开了中国历史上第一家镖局，字号叫"兴隆镖局"。

后来保镖行业就把张黑五当成了祖师爷。合吾，是"黑五"这两个字的谐音。老式年间，镖局行业有这么个说法："合吾一声镖车走，半年江湖平安回。"您听说书先生说评书，镖师走镖的时候，讲究"喊镖"，喊的就是"合吾"两个字。每趟镖，走在最前头，举着镖旗，专门负责喊镖的这位镖师，就叫"趟子手"。

话说到这儿，有朋友就该问了，我听说书先生说评书，除了有趟子手，还有个"达官"。传统相声《大保镖》里边，也有这么个名称。"达官"这两字，当怎么讲呢？

"达官"这个说法，跟蒙古族有关。明朝那会儿，汉族老百姓管蒙古族人叫"鞑子"（这是一个有点儿贬义的称呼，不是很尊重人家，咱们可不能用），而"鞑子"又是从"鞑靼"两个字演化过来的。

明朝那会儿，军队里不光有汉族人，还有蒙古族人。蒙古族的兵打小就跟草原上骑马射箭，战斗力比汉族的兵强。于是，当时的军队负责人就把这些兵归置到一块儿，用现在的话讲，组成了一个特种部队。

都特种部队了，就不能再叫人家"鞑子"了，明朝老百姓于是换了个说法，管他们叫"达官"。

北京西二环以西，广安门外有个地方，叫达官营。也不光北京，好多大城市都有叫达官营的地方。达官营，据说就是明朝那会儿蒙古族特种部队驻扎的军营。

那蒙古族的特种部队"达官"，怎么又跟保镖扯上关系了呢？

我琢磨着，明朝总共持续了两百多年，太平的日子多，打仗的日子少。刀枪入库，马放南山，那时候部队纪律管得又不严。特种部队的兵闲得没事儿干，就得想辙，开辟第二职业。

干点儿什么好呢？

那就充分发挥特长，给人家保镖去呗！这帮人都是职业军人，真打起来，比一般人厉害得多。打来打去，镖局行业里边，达官的牌子就闯出来了。所以，江湖上从此就有了保镖的达官，这个说法一直传到今天。

拉大弓，扯大锯

我小时候，街坊邻居家的小孩儿跟胡同里边玩儿，有个小游戏，叫"拉大锯，扯大锯"。这个游戏，必须得是俩人玩儿。俩小孩儿，面对面站着，两条胳膊平伸，手拉着手。比方说，我跟您一块儿玩儿，我起头，先拉着您的左手，往我这边拽一下，再松回去。您呢，等我这边完事儿了，也得拉着我的右手，往您那边拽一下，再松回去。这么着，俩人互相拉，来回捯。

拉胳膊的同时，嘴里还得有一套唱词儿。这套词儿，不同的地方，多少也有点儿区别。老北京的小孩儿，是这么唱的：

　　　拉大锯，扯大锯，
　　　姥姥家，唱大戏。
　　　接闺女，请女婿，

小外孙子也要去。

今儿搭棚，明儿挂彩，

羊肉包子往上摆。

不吃不吃吃二百，

二百不够，加一百六！

有句话您都知道，艺术来源于生活。"拉大锯，扯大锯"这个游戏，模仿的是木匠拿大锯锯木头的动作。

什么叫大锯呢？

现在好多地方还能看见那种骑着二八大自行车，蹲在马路边上揽零活的装修工人。装修工人的自行车上挂的那种带木头框的锯，叫手锯，一个人就能使。

大锯，说白了，就是一根儿大号的锯条，特别长，特别宽。以前的木材厂专门拿这种锯锯大木头。大锯，一个人可用不了，必须得两个人互相配合着用。大锯有两个头，锯木头的俩人面对面站着，你攥一头，我攥一头，来回推拉，"刺啦刺啦"把大木头锯开。所以儿歌里唱"拉大锯，扯大锯"，这是有根据的。

平则门，拉大弓

我小时候住在北京西城，阜成门白塔寺底下。白塔寺一带，胡同里的小孩儿，都听过一首儿歌。它是这么唱的：

平则门，拉大弓，

过去就是朝天宫。

朝天宫，写大字，

过去就是白塔寺。

白塔寺，挂红袍，

过去就是马市桥。

马市桥，跳三跳，

过去就是帝王庙。

平则门，指的是阜成门。我们那片儿的老街坊，一般都说"瓶子门"。

平则门，拉大弓。现在好多人一想，大概就像《斯巴达300壮士》《勇敢的心》这些电影里头演的一样，两头的人，跟战场上，你一边，我一边，都站好了。这头的人，张弓抽箭，认扣搭弦，还得有一个人统一喊口号："一，二，三，放！"

哧哧哧哧，一大片箭头，密密麻麻，就飞出去了。

那头呢？也得有个人负责喊口令："蹲下！举盾牌！"大伙儿赶紧蹲下，把盾牌举到脑瓜顶上，然后箭头就跟下雨似的，直往下掉。

儿歌里唱的"拉大弓"，其实和打仗一毛钱关系都没有，压根儿就不是兵器。哪位要想见识见识这个玩意儿，您不能去战场，得去老天桥。

"关公面前耍大刀"这句话，应该都听过。"关公面前耍大刀"里的"大刀"，可不是古时候关羽、黄忠、魏延这帮人，拿着上阵杀敌的那个大刀。"耍大刀"其实是中国传统杂耍里边的一个项目。

有朋友问了，什么叫杂耍呀？杂耍，就是现在说的杂技。新中国成立后，成立了各种正规文艺团体，文艺表演也都正规化、现代化了，"杂技"这个词儿才流行起来。在这之前，耍中幡、顶坛子、吞宝剑这些玩意儿，在中国传统文化里边，都算杂耍。

耍大刀，也算杂耍里的一个项目。干这行的人用的大刀，都是中间一个大木头杆儿，杆儿的一头装个刀头，另一头装个刀纂。刀头挺大，刀纂也挺大，虽然外形不一样，两头的分量实际差不多。这玩意儿，说白了，就跟个杠铃差不多，不是真正拿来打仗用的。

那位说了，杠铃就杠铃吧，干吗非把杠铃做成大刀那样呀？

其实就是为了显得精神、好看。俗话说，话是拦路虎，衣是瘆人毛。甭管是过去还是现在，做艺这行，讲究的是个扮相。一样都是说相声，演员花一百多块钱做身大褂儿，弄双千层底的布鞋，捯饬得有模有样的，往台上一站，您在下头看着，就觉得很正规、很专业，挺像那么回事儿。要是演员按平常过日子的扮相来，大背心，大裤衩，光脚丫子穿两只趿拉板，跟台上一站，怎么看怎么别扭，那还怎么演出啊？

杂耍行业的人把杠铃做成大刀的样子，也是这么个道理，为的是让您愿意看，觉得这是掏钱看玩意儿，值！

弓太厉害就没用了

大概一百年以前，北京老天桥撂地卖艺的人里头，有个张宝忠，江湖喝号"大刀张"。大刀张有三样绝活，第一样是耍大刀，第二样是拉大弓。第三样呢？我在这儿先拴个扣子，咱们待会儿再说。

现在奥运会举重比赛，杠铃的分量分好多个等级。运动员上台，从分量轻的开始举，一点儿一点儿往上加，越往后，举的杠铃越沉。耍大刀，也是这个路数。卖艺的时候，得按着关老爷青龙偃月刀的样式，预备三把大刀。第一档，八十斤；第二档，一百斤；第三档，一百二十斤。演员下场以后，从最轻的开始耍，耍完一套活，再换一把刀，也是越耍分量越沉。

奥运会举重比赛，只要选手把杠铃举起来，就算齐活。绝对不会说，运动员上台，"嗷"的一声，把四五百斤的杠铃举过头顶，正打算往脚底下扔呢，裁判一挥手："停！很好！坚持住啊！坚持住！你就举着这个蹦两下，再跑两圈儿，对，出去跑两圈儿。"

真要这么玩儿的话，运动员非得吐血不可。

中国传统杂耍里的耍大刀呢，讲究的是观赏性，人家那是表演，不是为了显摆自己胳膊粗，有力气。大刀，不光得举起来，还得耍起来，前后左右来回抡，就跟孙猴儿耍金箍棒差不多，得耍出花来，观众才爱看。

但老耍大刀，耍来耍去，观众看着也就烦了，演员也受不了呀！卖艺的就得想辙，多玩儿几个花样。所以大刀张的第二门绝活，就是拉大弓。

拉大弓，又叫拉硬弓。"弓"字的前头，为什么非得加个"大"字或者"硬"字呢？因为这种弓，跟耍大刀的大刀一样，纯粹就是表演用的道具，不是上阵打仗用的兵器。说白了，大弓、硬弓，就是个拉力器。

现在咱们说起打仗用的枪，一般都讲究"射程"，也就是说子弹出了枪口，能飞多少米。中国传统弓箭的射程，指着弓弦的强度说话，都是说这张弓有多少劲儿。劲儿越大，箭射得就越远。

按过去的"小两"的概念说，九斤十二两，用在弓箭上头，就叫一个劲儿。什么叫"小两"呢？有个成语叫半斤八两。老式年间的秤，十六两算一斤，那时候的一两，比现在的一两分量轻，所以叫"小两"。

九斤十二两，差不多就是十斤的分量。八个劲儿往上的弓，就算硬弓。这种弓，多数只能当拉力器用，练膀子可以，但是用来射箭就不行了。

那位说了："不对！谦儿哥，你刚不还说嘛，劲儿越大的弓，箭射得越远。"

这种事儿吧，得从辩证的角度看待，也不是说劲儿越大的弓就越好。人的力气有限。您就说，我胳膊根儿粗，勉勉强强能把这张硬弓拉开，可您站在那儿满头大汗，龇牙咧嘴，哆哆嗦嗦，您还有闲工夫瞄准射箭吗？就算把这支箭凑凑合合射出去，它也是瞎飞。那就不能指哪儿打哪儿了，只能是瞎猫碰死耗子，打哪儿指哪儿。

在古时候，真正打仗用的弓，劲儿不能特别大，拉力六十斤左右的占多数，一百斤左右的，就算特别厉害的了。

话说到这儿，爱抬杠的朋友就该问了："那《三国演义》里边说，老黄忠七十岁还能开两石的弓。一石相当于现在的一百二十斤，两石，就是二百四十斤。这事儿怎么解释呢？"

这事儿吧，我只能这么跟您说，故事，它就是故事，不能太较真。再者说，您可以翻翻《三国演义》原文，人家光说了开弓，可没说放箭。"开弓"和"放箭"，那是两回事儿。真要较真的话，老天桥大刀张，一个人能开五张硬弓，比老黄忠可厉害多了。

武状元到底怎么考？

说书先生说到某个古代大将军的时候，如果想要形容这个人有多厉害，他有一套固定的词儿，通常会说这位"熟读兵书战策，征杀战守，斗引埋伏，弓刀石马步箭样样精通"。

"弓刀石马步箭"这六个字，到底应该怎么断句呢？弓、刀、石，这仨字还好理解一些，问题是什么叫"马步箭"呢？

弓刀石马步箭，这六个字，指的其实是清朝武科举考试的科目。古代的读书人得参加科举考试，这事儿您都知道。读书人从白丁开始考，一级一级往上走，童生，秀才，举人，进士，进士里边的第一名，就是文状元。

会武术的人去考武功名，也是这么个套路。一级一级往上考，考武童生，武秀才，武举人，最后集中到北京来，考武进士。武进士里边的第一名，就叫武状元。

考武功名分文化考试和专业考试两大项。文化考试，考"策"和"论"，说白了，就是先默写一段《武经七书》，默写完，还得写一篇军事题材的论文。大概就是这类的东西。

专业考试，拢共五个小项目。一天考不完，得拆开了，分两天考。头天考骑马射箭和原地射箭，这两样合起来，就叫马步箭。除了考射箭，捎带手还能考考骑马技术。

第二天，考三个小项目，开硬弓、耍大刀、举石墩子，这三样合起来，叫弓刀石，相当于现在的体能测试，就看谁的力气大。那位说了，耍大刀跟举石墩子，性质都是举重，考的是傻力气，这不重复了吗？

我跟您说，不重复。举石墩子，跟现在奥运会举重比赛的意思差不多，纯就看谁的力气大，不要求玩儿花样。举大刀呢，光举起来还不成，还得能耍起来，玩儿的是老天桥那套。不光考力气，还考身体的灵活性、协调性，考查的是综合素质。

秋天到了，武状元来了

清朝，全国各地的武举人进京夺武状元，最后当着皇上的面，举行殿试。举办殿试的那个武科场，您知道在哪儿吗？这个武科场，就在今天的中南海和故宫里边。

老北京有句俗话，臭沟开，举子来。读书人考文状元，那是三年一考。丑、辰、未、戌，就是牛年、龙年、羊年、狗年，这四年的阴历三月，开春的时候，举子们进京考试。那时候正赶上北京搞环境整治，全城统一掏下水道，所以留下这么个说法——"臭沟开，举子来"。

考武状元，也是这四年考，就是得跟考文状元的时间错开几个月。考文状元是在春天，考武状元是在秋天，一般在阴历八九月份。

北京中南海里边有个紫光阁，紫光阁前头是个大空场。骑马射箭考试就在这地方举行。故宫景运门旁边，有个御箭亭，那是皇上平常闲得没事儿射箭的地方，原地射箭考试，就在这地方举行。射完了箭，还是就着这个地方，再考开硬弓、耍大刀、举石墩子。

考试全部结束后，最后总评第一的，御笔钦点，就是武状元。

中国最后一个文状元，叫刘春霖，河北肃宁人。最后一个武状元呢，人家名字就起得特别吉利，叫张三甲，直隶开州人，就是今天河南濮阳那边的人。

1901 年，光绪皇上一合计，大伙儿都改玩儿枪啦，武状元那套没用，纯属瞎耽误工夫。干脆就下了道圣旨，把武科举考试给停了。好多练家子没饭辙①了，为了挣口嚼裹儿，把考武状元的那点儿手艺拿到老天桥，撂地卖艺，后来慢慢就有了拉大弓、耍大刀这些传统杂耍里边的玩意儿。

黄帝是射箭的祖师爷

我小时候住的白塔寺那片儿，有三条弓匠胡同，东弓匠胡同、西弓匠胡同，外加一条小弓匠胡同。全是清朝那会儿，弓箭作坊扎堆的地方。

有朋友问了，白塔寺周围弄这么多弓箭作坊干什么？

这事儿说起来，也挺简单。清朝那会儿，满族实行的是八旗制度。八旗子弟平常是老百姓，打仗的时候，就是兵。当兵打仗，那不得用各种兵器吗？所以八旗里边的每个旗，都得有个配套的兵工厂。白塔寺那片儿，当年算正红旗的驻地。这三条弓匠胡同，就是正红旗的附属兵工厂。

清朝那会儿，东四那一带归正白旗管。东四路口有个地方，叫弓箭大院儿。这个大院儿里，一百多年前全是大大小小的弓箭铺。最有名的，眼下还是个网红店，叫聚元号。

弓箭铺有这样一个传统，每年阴历四月二十一日，弓箭铺的这些手艺人都得放假，放假干什么呢？到庙里给黄帝上供、烧香。

有朋友问了，射箭的，干吗给黄帝烧香呢？民间传说，有一回黄帝吃完了饭，跟树林子里边遛食儿，碰见一只老虎。黄帝惹不起老虎，只能上树先躲躲。

没想到，老虎还挺有耐性，往树底下一趴，跟黄帝耗上了。黄帝跟树

---

① 谋生的门路。

上实在猫不住了，想了个辙：弄根儿小树杈儿，再从衣服上扯根儿布条。树杈儿两头拿布条一系，弄成一张弓。然后呢，再撅根儿小树杈儿，拿刀削个尖头出来，这就算一根儿箭。

这种弓箭，我小时候也玩儿过，有根儿竹劈，有条麻绳，就能做。除非射在眼睛上，一般也没什么危险。黄帝那天是赶寸了，张弓搭箭，往树底下瞄准，偏赶上老虎仰着头，正看他呢。老北京管这叫犯照 [①]。

黄帝一箭射下去，"噗"的一声，老虎改独眼龙，跑了。从此以后，老百姓就说是黄帝发明了弓箭。做弓箭的手艺人，就把黄帝当成自己这行的祖师爷，每年阴历四月二十一日，都得祭黄帝，给祖师爷上供。

二郎神八成也是老和部队的

黄帝发明这个弓箭，就是撅根儿树杈儿，随便那么一弄，纯粹是小孩儿玩儿的东西。后来不知道怎么回事儿，越传越神，就传成了乾坤弓、震天箭。

商朝那会儿，郭老师他们老家天津那边，有个陈塘关。黄帝传下来的乾坤弓、震天箭，就供在陈塘关的城门楼子上头。陈塘关总兵爷李靖他们家，生了个三儿子，叫哪吒。

哪吒这孩子，淘得都没边啦。趁家里人没留神，跑到城门楼子上，抄起黄帝的乾坤弓、震天箭，就来了这么一下子。这支箭飞出去，也不知道飞了多远，飞到一个地方，叫骷髅山白骨洞。

白骨洞里边住着一位石矶娘娘。石矶娘娘手底下，有个负责端茶倒水的小孩儿，叫碧云童子。也是赶寸了，那会儿碧云童子正带着一帮小丫鬟，跟白骨洞门口做广播体操呢。

---

① 乱看，胡看。

"第七套广播体操，第一节，伸展运动……"碧云童子是领操的，站在最前头，仰着头，挺着胸，刚要喊"一二三四"。这么个褃节上，一支箭飞过来，"扑哧"一家伙，来了个透心凉。

好不秧儿的，碧云童子让人给射死了，石矶娘娘得报仇呀。掐指一算，没别人，就是李靖他们家三儿子哪吒干的。哪吒那时候才七岁，从法律上讲，这叫无行为能力，干什么都没责任。

石矶娘娘心里这口气咽不下去呀。一咬牙，一跺脚！冤有头，债有主！我找他们家大人去，他们有监护责任！

没想到，哪吒他师傅太乙真人，特别护犊子，跟石矶娘娘说："我们家孩子平常乖着呢，特听话！你们家碧云童子，你瞧瞧他站那地方，那叫妨碍交通，知道吗？好狗都不挡道，他那是故意撞我们家箭头上了！这叫碰瓷，知道吗？"

俩老神仙你戗我、我戗你，一来二去，就动上手了。俗话讲，财压奴婢，艺压当行。石矶娘娘法力没太乙真人厉害，最后让太乙真人给扣在九龙神火罩里，变成一块大石头了。

民间传说，石矶娘娘变的这块大石头，后来跟海边猫着，每天吸收天地灵气、日月精华。有那么一天，也不知道怎么回事儿，这石头"啪"一声就炸了。然后，一只猴儿，翻着跟头打着滚就飞出来了。

这只猴儿，您都知道，就是天产石猴儿，美猴儿王孙悟空。

后来又过了好几百年，大唐贞观年间，孙猴儿保着唐僧去西天取经。师徒四人路过一个国家，叫祭赛国。祭赛国有个金光寺，金光寺有座宝塔，宝塔里边有件佛宝。这件佛宝，让碧波潭老龙王他们家姑爷九头虫给偷了。

孙猴儿带着猪八戒，找九头虫打架，正好碰见二郎神路过，二郎神还给孙猴儿帮忙来着。二郎神打九头虫时用的那件兵器，就是老和部队专用的家伙什儿，什么家伙什儿呢？崩弓子，又叫弹弓。这个事儿郭老师还在相声里边说过：

郭：我今儿是没带着我那枪，我要是带着机关枪我早突突你了我！

于：你也得有那玩意儿啊！

郭：手榴弹一块钱六个，我先扔你一百块钱的！

于：嘿，没那么便宜！

郭：不尊敬军事家，我们这到哪儿去，这个，兵——（打步枪）！

于：打枪。

郭：嗤——（打手枪）！

于：手枪。

郭：砰——（打弹弓）！

于：崩弓子都有啊?! 什么军事家?!

郭：不同的战况不同的兵刃，你不知道啊？

于：不知道！

郭：你知道我是哪儿的吗？

于：没听说过。

郭：我是老和部队的！

于：什么部队您哪？

郭：老和部队！

二郎神是玩儿崩弓子的，这事儿不是我瞎说。《西游记》里边有段人物赞，给二郎神开脸，说的就是这么四句话："腰挎弹弓新月样，手执三尖两刃枪。斧劈桃山曾救母，弹打棕罗双凤凰。"

崩弓子玩儿好了，能当教授

二郎神玩儿的那个崩弓子，回头您有空可以上网查查图片，跟射箭用的弓差不多，就是弓弦那地方多了个小皮兜子，皮兜子里边，能装泥球这类的东西。

现在小孩儿玩儿的那种 Y 字形的崩弓子，应该算是二郎神的崩弓子的简化版。为什么叫简化版呢？因为 Y 字形的崩弓子，拿着更方便，不用的时候，往兜儿里随便一揣就成。

做这种崩弓子，先得去树林子里边找根儿树杈儿，找那种不大不小，正好长成 Y 字形的树杈儿。选什么树也有讲究，最好选柳树、榆树，槐树也能凑合。这几种树的木头，硬度高，弹性好。杨树的木头太软，就不能用。

找好了树杈儿，崩弓子上头要用的那个皮筋，也好办。找一截自行车、汽车轱辘的内胎，再不就是医院用剩下的压脉带、输液管。最难找的是装弹丸的那个兜儿。这个兜儿，甭管用什么材料，对崩弓子的性能都没有影响。关键是，整个崩弓子弄得都挺讲究，最后您要是来个用破布做的兜儿，它不好看呀！几个小伙伴跟一块儿玩儿，您都不好意思往外掏。

最地道的崩弓子，装弹丸的那个兜儿，应该是拿皮子做的。这个皮子上哪儿找呢？规矩的小孩儿，就得去修皮鞋的摊儿，跟修鞋师傅套近乎。把人家哄高兴喽，好跟人要一块没用的废皮子。

要是不规矩的小孩儿呢？自己家大人的皮鞋不可能老跟脚上穿着，总有脱下来的时候。瞅冷子①，找个当口，拿剪子偷偷摸摸铰一块下来。这种事儿，反正不能让大人逮着，逮着的话，那后果可就严重了。

崩弓子做好了以后，拿着它，崩小纸团，崩小石子，崩自行车钢珠什么的，都成！最讲究的弹丸，得出去找有沙土地的地方，挖胶泥。把胶泥挖回来，加水，和成黏糊糊的泥浆子。和泥的时候，里边还得加点儿碎头发楂儿，为的是增加弹丸的强度和弹性，道理就跟在混凝土里边加钢筋一样。把加了头发楂儿的泥浆子，搓成中药丸子那么大的小球，一个一个的，

---

① 看准时机，趁人不备。

放在太阳晒不着的地方，阴干。不能让阳光直晒，直晒的话，泥球容易裂。这种泥球干透了以后，就是崩弓子用的弹丸。

在我小时候，崩弓子最露脸、最有面子的玩儿法，是把一个弹丸高高往天上一扔，把这个弹丸扔起来以后，再立马用崩弓子打出去一个弹丸。两个弹丸，"啪"的一声，跟天上碰头，撞成碎末，就相当于奥运会射击比赛打飞碟。老天桥管这手玩意儿叫"天鹅下蛋"。

文章一开头，咱们还拴了个扣子。老天桥大刀张，不是拢共有三手绝活吗？除了耍大刀，拉大弓，这第三样绝活，就是能百发百中地打弹弓。

眼下您要想见识见识这手崩弓子的绝活，北京体育大学有位老教授，也是一位著名的武术家，人家组织了一支弹弓队，每年还跟学校里边开崩弓子的选修课。

哪位要是有机会，可以去这学校蹭蹭课，旁听一下，看看咱们中国传统的崩弓子，到底都能玩儿出什么花样来。

打磨厂

今儿咱们接着聊聊老北京，聊聊北京城里边的故事。

白七爷家住打磨厂

"打磨厂的大夫——懂得帽（董德懋）"，这是一句老北京的俏皮话。大概意思就是说，这人任嘛不懂，二百五。

这句俏皮话，郭老师跟台上也说过好几回。好多朋友听完了相声以后，到处打听，打磨厂这地方，在哪儿呀？干什么的呀？姓董的这位大夫，招谁惹谁了，怎么还让人给编到俏皮话里边去了？

今儿，咱们就聊聊打磨厂，聊聊这位董德懋董大夫。

打磨厂，是北京老崇文区的一条胡同。前门大栅栏有条小吃街叫鲜鱼口。大栅栏这边，是鲜鱼口的西口。您从这儿进了鲜鱼口，一直往东溜达，出鲜鱼口东口，马路对面，就是打磨厂的西口。

打磨厂算是北京挺长的一条胡同，按老百姓的说法，门见门，三里三。意思就是说，这条胡同，从这头到那头，差不多得有三里多地。您从前门这边，打磨厂西口进去，一直往东走，走到头，就到了现在的崇文门新世界、同仁医院那边了。

进打磨厂西口，往东走，有条大街，叫祈年大街。打磨厂分东西，以祈年大街为界，路东叫东打磨厂，路西呢，就叫西打磨厂。

好多朋友都学过一篇课文叫《那片绿绿的爬山虎》，作者叫肖复兴，肖复兴小时候就住打磨厂。

整个打磨厂，知名度最高的人家姓乐。现在您去西打磨厂，西打磨厂里边有个同仁堂中医医院。您注意啊，是同仁堂中医医院，同仁堂药店自己开的医院，跟眼科最有名的同仁医院，是两码事儿。

电视剧《大宅门》，您都看过。明眼人都知道，《大宅门》里头好多故事，都能找着同仁堂的影子。同仁堂的东家就姓乐，他们家的老宅子，就在西打磨厂，同仁堂中医医院那块地方。

草厂是给城墙做雨衣的

西打磨厂南边的那片胡同挺有名，叫草厂社区。当地的胡同都叫"草厂×条"，什么草厂头条、草厂二条、草厂三条之类的。

话说到这儿，咱们又得讨论了，草厂为什么叫草厂呢？

北京叫"草厂"的地方，实际不止这么一处。就拿我小时候住的白塔寺来说，白塔寺往北走，新街口附近，有条胡同，就叫北草厂胡同。

那位说了，这还有什么不明白的，草厂，按字面上看，就是存草料的仓库呗。《水浒传》里头，不还有"火烧大军草料场"的情节吗？"草厂"跟"草料场"就是一个意思。

这么解释的话，也对，也不对。

为什么这么说呢？

回头您有空，可以看看老式年间的北京地图。凡是叫"草厂"的地方，多数都在城墙根儿底下。这里边有什么道理呢？

首先，以前老北京的城墙上，每天得有兵丁来回巡逻，站岗放哨。草厂守着城墙，方便就近给战马喂食。

其次，把草厂放在城墙根儿底下，方便就近编草帘子。

有朋友问了，编草帘子干什么用呀？

中国传统的城墙，跟现在您砌的院墙不一样。砌院墙，尤其是那种老式的红砖墙，讲究的是磨砖对缝，里里外外全是砖。传统城墙不是这么回事儿。光外头一层，您能瞧见的地方是城砖。拆了外边的城砖，里边都是夯的黄土，东北那疙瘩管这个叫"干打垒"。

夯黄土以前，先得支上几口大铁锅，熬粥。普通大米粥，棒子面粥，都不成，得是江米粥，再不就是大黄米熬的粥，反正黏度得高。熬完了粥，把米汤澄出来，夯土的时候，掺在黄土里边，万年牢！这也算咱们中国古建的传统技术，老泥瓦匠都知道。

万年牢归万年牢，土墙有一点，怕下雨！尤其是城墙，外边全是砖，不透气。水从砖缝渗进去，挥发不出来，时间长了，甭管多结实的墙，也得给泡趴了架[1]。所以您看，中国各地的古建筑，包括紫禁城三大殿，全是大屋顶，飞檐翘角，房檐必须得远远地伸出去一块。这么着不光是为了好看，也是为了防水，怕雨直接淋在墙上。

可是城墙上头没屋檐啊，您不可能说，垒完了墙，上头再修个顶子。城墙没顶子，又怕雨淋，赶上下雨的时候，怎么办呢？只能弄点儿草席子什么的，临时给它穿个"雨衣"。所以，北京城里，凡是叫"草厂"的地方，多数都在原先的老城墙根儿底下，方便下雨的时候，就近编草帘子给城墙挡雨。

西打磨厂南边的草厂社区，就在崇文门附近，守着北京内城的城墙，当年人们就是在这里给城墙做"雨衣"。现在您去北京站后身，东便门那一

---

[1] 指塌架、垮掉。

片儿，还能看见有个明城墙遗址公园。

山寨这事儿，自古就有

六百多年前，永乐皇上修北京城，不光得烧砖，烧瓦，砍树，锯木头，还得有石匠负责给他凿石头。比方说天安门前头的汉白玉石桥、汉白玉华表，紫禁城大殿的殿座，午门广场铺的青石板，那全是石匠的手艺。

普通老百姓过日子，也离不开石匠。现在您吃粮食，直接去超市，交钱，拿东西，回家打开袋子就能吃。以前老百姓吃粮食，得推碾子推磨，碾米磨面，自己加工。碾子、磨盘，眼下好多地方还见得着，都是用石头做的，这些也都是石匠的手艺。

打磨厂在明朝那会儿，是老北京的石匠一条街。石匠，成天跟石头打交道，俗称"磨石头的"，他们在打磨厂，占个"磨"字。打磨厂的"打"呢，指的是打铁的铁匠。

那位说了，铁匠干吗非得跟石匠扎堆就伴呢？

石匠磨石头，您不可能说让他赤手空拳，拿嘴啃去，是不是？必须得有工具。现在的石匠，用的是电锯、电钻、电磨，全是带电的家伙。省劲儿，出活还快。以前的石匠，那是纯手工操作，用的是钢钎、锤子。

石匠拿着钢钎、锤子凿石头，您就算没跟现实生活里见过，最起码也跟影视剧里看见过。石头硬，一天下来，恨不得就得用坏两三根儿钢钎。

用坏了的钢钎，不能就直接扔了，好好的东西不能就这么不要了，得找人修。谁负责修这些东西呢？铁匠。

好多家在农村的朋友应该还有印象，以前农民下地干活，没有拖拉机、收割机，用的全是锄头、镰刀什么的。锄头、镰刀坏了，找谁修呢？也是找铁匠，求人家重新给回回炉，打打刃口。

赶上农忙季节，生产队就得组织铁匠，把打铁的炉子搬到田间地头，就地修理农具，不耽误干活。铁匠跟石匠当街坊，就伴开买卖，也是为顾客提供配套服务的意思。

打磨厂的铁匠，不光给石匠搞后勤，捎带手也自己做买卖，打点儿别的物件。喜欢篆刻的朋友都知道，篆刻圈儿里边，顶级的刻刀，那得是"刻刀张"做的。大画家齐白石，晚年玩儿篆刻，指名道姓，必须用他们家出的刻刀。后来齐白石还给刻刀张写了副对子："君有钳锤成利器，我由雕刻出神工。"

刻刀张，最早就是在打磨厂打铁的铁匠。普通老百姓不玩儿篆刻，但过日子也离不开切菜刀，离不开剪子。"南有张小泉，北有王麻子"这句话，好多人都知道。好些外地朋友来北京旅游，还特意去王麻子刀剪铺，买切菜刀，买剪子，往家里带。20 世纪 50 年代以前，光是打磨厂这条胡同，挂着"王麻子"招牌的铁匠铺，往少了说，得有五六家。您要是愿意较个真，问一句："这五六家里头，哪家是真的，正宗的？"

我只能摸着良心跟您说："真没谱儿。"

为什么这么说呢？老式年间，确实有位铁匠师傅，姓王，一脸大麻子，给自己起了个字号叫"王麻子"，王麻子信誉好，产品质量过硬，买卖红火。别的铁匠铺一看，他这生意做得好，就想办法蹭热度，用现在的话说，就是模仿人家，做山寨品。

闹得最厉害的时候，打磨厂这一片儿，什么汪麻子、旺麻子、老王麻子，嘿！各式各样的铁匠铺海了去了！您也闹不清楚谁真谁假。

当然，咱们实话实说，山寨品的质量，也不见得就比正品差。1956年，搞公私合营，计划经济，有关部门就把这么一大帮"麻子"都给归置到一块儿，重新整合，弄成一个买卖，这才有了"王麻子"这个统一的名号。

骑驴为什么非得看唱本？

永乐年间，北京城建起来以后，用得上石匠的地方就少了。前门大栅栏是当时北京市的中心，全北京最繁华的商业区，开这么多石匠作坊、铁匠铺，光从房租上讲，它不上算呀！不上算怎么办呢？用现在的话说，那就得把低端产业迁出去，给高端产业腾地方。

到了清朝中后期，打磨厂慢慢地变成了文化一条街。为什么非得弄成文化一条街呢？打磨厂这地方挨着崇文门，崇文门，那是全天下的举子进京考状元的地方。弄个文化一条街，主要就为了挣他们的钱。

喜欢收藏古书的朋友都知道，中国有一个有名的书局，叫"二酉堂"。这家买卖是前店后厂，有配套的印刷厂，自己能印书。

书局相当于现在的出版社。现在的出版社，平常既要印正经的学问书，还得印普通老百姓爱看的通俗读物，纯粹就为了挣钱吃饭。以前的书局也是这么回事儿。二酉堂，既印《论语》《孟子》《大学》《中庸》这些正经学问书，也印了好些小唱本，稍微认得两个字的人就能看，也喜欢看。

"骑驴看唱本——走着瞧"这句俏皮话，中国人差不多都知道。骑驴，为什么就非得看唱本呢？就不能看《论语》、看《诗经》吗？这里边也有它的道理。

驴，咱们之前聊过，那是普通老百姓以前出门必备的交通工具。真正的上流社会人士，大官、大财主、大知识分子，出门都得骑马。就拿《西游记》来说，"白龙马，蹄儿朝西，驮着唐三藏，跟着仨徒弟"。要是给改成"白龙驴"，就怎么听怎么别扭。这个档次的人，就算要展示一下个性，要要酷，也得弄头牛骑，显得自己仙风道骨，轻易不能骑驴！

历史上有一个人叫李密，他是隋末唐初的群雄之一。李密这人，在中国历史上留下了个典故，叫"牛角挂书"。大概意思是说，李密这人特别爱学习，还善于利用碎片化时间，老跟牛犄角上挂几本书，自己骑在牛背上，边走边看。当然了，人家跟牛犄角上挂的书，那也是正经书，不是唱本。

眼下好多朋友跟网上听主播讲故事，听完了觉得不过瘾，还得想方设法找原版的小说看，过去的人也是这么个心态。唱本，说白了就是当时流行的各种民间小曲、大鼓书唱词儿的底本。

这路书，用现在的话说，就是通俗读物，大学问人不稀罕看。真正愿意看这个的人，都是多少认识俩字、兜儿里有俩闲钱、有点儿闲工夫，还成天骑着驴满世界溜达的普通老百姓。有的老百姓跟茶馆、庙会听完了曲，觉得不过瘾，就把唱本买回家，自己接茬儿研究，再细呷摸滋味儿。再就是我们这种做艺的，包括票友，想学唱，也得花钱买唱本。

打磨厂好声音：《探清水河》

二酉堂当年印过一个特别有名的唱本，是什么呢？我给您唱两嗓子，您就知道了："桃叶儿尖上尖，柳叶儿就遮满了天，在其位这个明阿公，细听我来言哪，此事哎，出在了京西蓝靛厂啊，蓝靛厂火器营有一个松老三……"

这首小曲叫《探清水河》，前头咱们写过。《探清水河》这个故事是个真事儿，发生在清朝末年的京西蓝靛厂火器营。

《探清水河》的故事，从京西蓝靛厂传进北京城，经艺人的传唱，改编成小曲以后，火了。大街小巷，甭管白天、夜里，全是"桃叶儿尖上尖，柳叶儿就遮满了天"。书局一看，这玩意儿挺火，能挣钱，那就印吧。不光二酉堂，打磨厂那片儿大大小小的书局，全都在印《探清水河》。

印来印去，萝卜快了不洗泥，没留神，就印出毛病来了。就拿《探清水河》的开头来说。有的唱本，印的是松老三，有的唱本呢，印的就是宋老三。直到现在，您听不一样的演员唱这段小曲，好多细枝末节的地方，也不大一样。

举子来北京考进士，也不能光看书，还得吃喝拉撒。打磨厂的人气旺了以后，各种买卖字号，配套设施，就全有了。您听《雍正剑侠图》，童林童海川跟四贝勒府（就是现在雍和宫那地方）打了贺豹一掌，这才跟云南八卦山结仇，引出来韩宝、吴志广，二小进宫盗宝，偷了康熙老佛爷的翡翠鸳鸯镯。贺豹让童林一巴掌打得吐了血，韩宝、吴志广背着他，去什么地方养的伤呢？您有空再仔细听听《雍正剑侠图》，他们去的地方，就是前门五牌楼打磨厂的一家客栈。

传统相声《卖布头》里边有一段，唱的是老北京卖布最有名的八大祥："到了北京城，讲究八大祥，到了瑞蚨祥、瑞林祥、广盛祥、益和祥、祥义号，廊房头条坐北朝南还有个谦祥益呀。"

八大祥里边最有名的，那得说前门大栅栏，德云社的场子边上，赫赫有名的"瑞蚨祥"！八大祥里边，原先还有个买卖字号，叫瑞生祥，您知道在哪儿吗？就在打磨厂。

又是谐音惹的祸

传统相声里有个经典段子《白事会》，里边提到老北京有四大名医：萧龙友、孔伯华、施今墨、汪逢春。这四位老先生，喜欢听相声的朋友肯定都知道。

　　甲：老爷子不易！
　　乙：是呀！
　　甲：这一辈子真是为家为业操劳过度，以至他老人家年老气衰，心脏之症痛绝俱裂，经北京著名的医师萧龙友、孔伯华、汪逢春、杨浩如、施今墨各大名医临床会诊，结果是医药罔效。
　　乙：唉。

甲：你父亲西方接引、与世长辞，够奔极乐世界……去了！

乙：嗨！你就说死了不就得了！

京城四大名医下头，还有四小名医，您就不见得知道了。四小名医里头有一位，就是这回咱们要说的主角——董德懋。

这四位大夫，为什么叫四小名医呢？有两个原因。一个，四小名医在岁数上，比四大名医差了一辈，算两代人。再一个，四小名医跟四大名医，有的存在着师徒传承的关系。

就拿董德懋董大夫来说，他就是施今墨先生的高徒，满族人，大概是在20世纪40年代成名，之后他就调到广安门医院工作了。董大夫挺高寿，1912年生，2002年过世。眼下您去广安门医院打听，好多大夫、护士都还记得董大夫。

这位老先生医术高，特别擅长治肠胃上的毛病。咱们读者里边要是有学医的朋友，尤其是学中医的朋友，您上学的时候，肯定学过董德懋留下的医案。这么一位好大夫，怎么就留下"打磨厂的大夫——懂得帽（董德懋）"这么一句俏皮话呢？

这个事儿说到底，主要赖北京人嘴贫。

"京油子""卫嘴子"，这话说起来，都是在论的。老北京人，没事儿好逗个咳嗽，闹闹俚嬉。有的话说出来，本身真不见得有什么恶意，纯粹就是闲得慌。

现在您去西打磨厂，大概是在同仁堂中医医院附近，还能找着一座老的西式二层小楼。那地方就是当年董大夫开的私人诊所。那个时候没电视，也没有网络，大夫也没法饶世界打广告去，想要招揽生意，最省事儿的办法就是把招牌做得大点儿，字写得清楚点儿。董大夫当时就跟诊所门口挂了个大牌子，写了"董德懋诊所"五个大字。后来他的名气越来越大，全北京都知道打磨厂有位董大夫，医术高。

在北京土话里头，"帽"这个字，容易跟贬义词儿搭上关系。比方说，"傻帽"，这词儿什么意思，您都知道。1988 年，陈强老爷子、陈佩斯爷俩，拍了部喜剧电影，就叫《傻帽经理》，讲的是 20 世纪 80 年代北京个体户做买卖的事儿。

董德懋的这个"懋"，写起来挺复杂，它跟"傻帽"的"帽"字谐音。这么一来，董大夫算倒了霉了。

比方说，俩北京老爷们儿，光着膀子，摇着蒲扇，穿着趿拉板，跟那抬杠，俩人争竞①起来了。那位说，吃炒肝儿必须配包子，别的都不合规矩。

这位说，我就愿意吃炒肝儿配面包、果子酱，你能拿我怎么着吧？有钱难买爷乐意，我这叫洗脚水冲咖啡，它另是一个味儿！

争竞来，争竞去，俩人脸红脖子粗，急眼了，其中一位就可以说："打磨厂的大夫——你懂得帽（董德懋）呀。"

用更不文明的话说，大概就是你知道个屁呀！

据说董德懋董大夫知道这件事儿以后，心里熬淘②了多半辈子，挺不痛快。所以咱们跟这儿顺便说一句，为人处世，有些玩笑，当开不当开的，话到嘴边留三分，还是得多过过脑子。

① 争执；计较。
② 懊恼；扫兴。

四六级神曲，你听过吗？

《昨日重现》是 1953 年的老电影《罗马假日》中的主题歌。《罗马假日》的女一号是奥黛丽·赫本，男一号是那时候有名的大帅哥，格里高利·派克。

电影里边，格里高利·派克西装革履，骑了个小摩托。赫本呢，白衬衫，长裙子，脖子上系了条小丝巾。脑袋上梳的那个发型，有个专门的说法，叫"赫本头"，近些年重新开始流行了。

俩人穿着这么身行头，男的骑摩托，女的往摩托后座上一坐，跟罗马城里边一转悠，背景一放这首《昨日重现》，大伙儿一看，都觉得挺哏儿，挺浪漫。

《罗马假日》上映以后，这首歌也跟着火了。直到今天，世界各地，到处都有人唱这首歌。后来不知道哪位给定的规矩，甭管是大学英语四六级考试，还是其他的英语考试，但凡要考英语听力的，学校的广播电台播正式的考试内容之前，都得有那么五六分钟的试音。

试音的时候，学生们戴着耳机跟那儿听，顺手往卷子上写名字、写考号，这个时候耳机里边放的大多就是这首歌。好多年轻的朋友就因为这首歌落下毛病了，一听见这首歌，就有点儿肝儿颤。

有种"流氓"叫模特

话说 1979 年春天，意大利有位老裁缝，叫皮尔·卡丹。这位老裁缝跑到北京来，在西单旁边，民族文化宫那儿，搞了中国的第一场时装发布会，据说发布会的背景音乐就是《昨日重现》。

1979 年，中国还没有"时装发布会"这个概念，当时的说法叫"服装观摩会"，属于内部活动，不对外，不卖票。有关部门专门挑了一帮观众，全是素质高、文化高、多少见过点儿世面的人，把大家组织起来，一起过去看。

饶是这么着，观众席的灯一黑，音乐一响，模特们跟 T 台上扭着猫步那么一溜达，台底下可就炸了庙了。

"哟嗬，好家伙！穿成这样就敢出门，这不是耍流氓吗！走大街上，警察不逮呀？"

"这，这，这叫什么呀？他们家里人也不管管！"

"半拉屁股都跟外头露着，这是要干什么？看完了这个，回家都得起针眼，得麦粒肿！"

有朋友说了，看个时装表演，至于吗？我跟您说，真至于。那时候中国老百姓，穿衣服普遍都保守。尤其到了冬天，您大街上看去吧，不分男女，衣服就是蓝、绿、灰三种颜色，从头到脚，捂得严严实实。时装发布会上，模特穿着那些露着膀子、露着大腿的衣服，按那个时代的标准，就跟光着差不多。

1979 年，咱这儿甭说时装，连模特都没有，老百姓根本不知道有这么个工种。皮尔·卡丹用的是自己带过来的模特，全是外国人，八个法国的，四个日本的。

1979 年那场服装观摩会以后，人家才开始在中国（主要在北京当地）挑模特。最后总共挑了那么十几号人，有男有女。男的，要求得帅，身高不能低于一米八；女的呢，肯定得漂亮，身高最少也得有一米七。

挑出来的这十几号人，都是二十岁左右的大姑娘、小伙子，里边有演员，有售货员，还有普通工人，各行各业的人都有。集中起来，每天下了班，利用业余时间，瞒着单位领导，瞒着父母家人，跟着法国来的教练，学模特那套技术。

1981 年 3 月，还是在北京民族文化宫，皮尔·卡丹用咱们本土的模特，又搞了场服装观摩会，此后才有了"时装模特"这么个职业。再往后，时装模特这行就火起来了。

眼下开时装发布会，主要是为了让模特把设计师做的新衣服穿出来，给您看看，引领国际新潮流。20 世纪 80 年代那会儿，中国老百姓的观念不一样。模特穿着各种时髦儿衣服，跟 T 台上走猫步，就和我们说相声差不多，也算一种文艺节目，叫时装表演。

那时候专门有穴头，组织几个模特，置办几身行头，去全国各地到处走穴。临时搭 T 台，就能卖票，还真就有人花钱看。模特跟台上走来走去，拢共就那么几身衣服。

您看 1992 年，郭达、蔡明两位老师演的小品《假爸爸、真爸爸》，讲的不就是看时装表演的事儿吗？郭达老师演的那个老爷们儿，观念挺保守，媳妇想参加时装表演，他不答应，说是自己家的东西，不能随便让别人看。

转过脸来呢，这老爷们儿，带着望远镜，自己跑出去看时装表演去了。没想到让媳妇给逮着了。媳妇来了一句："咱家的东西不兴别人看，别人家的东西你看得挺带劲啊！"

最后一个口罩，给我，还是给你妈

皮尔·卡丹跟民族文化宫搞服装观摩会那个时间段，再往前捯大概五六年，社会上也兴起过一股风，算是个时尚。什么时尚呢？戴口罩。

现如今，口罩挺抢手，人人戴口罩。现在男女青年谈恋爱，女青年考验男青年，都问这个问题："我和你妈同时掉在水里，你先救谁？"那会儿的路数不一样，女青年问的是："就剩最后一个口罩，我和你妈，你打算给谁？"

往前捯二三十年，大伙儿戴的全是那种老式纱布口罩，方方正正的。这种口罩也有好处。什么好处呢？脏了以后，能洗，能消毒，可以反复使用。

评价老纱布口罩的好坏，主要看层数。层数越多，口罩越厚，捂得就越严实。最好的纱布口罩有十几层，那是专门给医院里的大夫用的。除了医院，饭馆炒菜的大师傅，商店卖熟食、冷饮的售货员，面粉厂、水泥厂的工人，大家为了卫生，平时也讲究戴口罩。不过，他们戴的口罩，层数没那么多，没有大夫用的口罩那么厚。这种口罩，用现在的话讲，属于非医用级别的口罩，用当时的话讲呢，叫劳保口罩。

现在的单位，多数都不发劳保用品了，人家是直接折现，给您打到工资里。以前的单位，尤其国营大单位，都有劳保科，专门负责发劳保用品。比方说，三伏天，防暑降温，最起码得给您发两包白糖，捎带手，可能还会发几瓶儿风油精，发几包人丹，发几盒清凉油。

那位问了，防暑降温，发白糖干什么？让您拿回去，用凉白开沏糖水喝去呀。那时候上班，工资普遍都低，见天买饮料喝，花不起那个钱。弄点儿凉白开沏的糖水喝，也能清热去火。

您要是在工厂上班，单位每年还得发几副线手套、几副劳保口罩，发两身帆布工作服，再就是发点儿肥皂、洗衣粉之类的。这几样东西里边，大伙儿最愿意要的，就是线手套和劳保口罩。

为什么愿意要呢？因为拿回家能改成衣服穿。

那位说了，这不是相声里的包袱吗？谁家还真穿口罩、穿手套呀。

这种事儿，我跟您说，以前多的是，真不是我瞎说。眼下有好多小姑娘，心灵手巧，愿意自己拿钩针钩点儿茶杯垫、鼠标垫什么的，这叫DIY①，算是个时髦儿玩意儿。

回头您可以问问老家的人，他们年轻那会儿，大姑娘、小媳妇也讲究玩儿这个。只不过那时候钩东西，买不着现成的线，都得拆线手套。把单位发的线手套拆成线，就可以重新钩各种东西。

小件的，可以钩个电视机罩，钩块桌布。钩完了，上头带各种花纹，也挺好看。大件的呢，可以给自己钩个小披肩、小马甲，往身上一穿，也挺美的。

要是钩再大点儿的物件呢？可以给家里的老爷们儿钩个线衣，每年秋天穿，比秋衣暖和，比毛衣凉快。就是有一节，这路衣服，您怎么穿都成，不能下水洗。一着水，它就抽抽了。好比说，这件线衣，没下水以前，孙越穿，正合适。要是下水洗一回呢？那就只能送到幼儿园，改童装了。

口罩也是这意思。从单位领回家，把它拆开，重新变成纱布。几个口罩的纱布放在一块儿，拿针线缝缝，就可以给家里的孩子改个夏天穿的背心，或是改个大裤衩。纱布的衣服，您想，夏天穿，多凉快，多透气呀。

大概是 20 世纪 70 年代末，我十几岁那会儿，男青年流行戴口罩。之前也有人戴口罩，多数都是年轻姑娘在冬天戴。尤其北京，冬天风大，刮沙子，年轻姑娘嘴上捂个口罩，脑袋上再裹条纱巾，脸上暖和，还省得眼里进沙子。

到了 20 世纪 70 年代末，也不知道怎么回事儿，男青年们就兴起来戴

---

① 指自己动手做。

口罩了。戴口罩，也不是跟现在似的，规规矩矩往脸上一捂，是把那两根儿带子拴在脖子上，口罩呢，必须跟胸口那儿挂着。您看电视剧《血色浪漫》里，钟跃民他们就是这么戴的。

口罩跟胸口那儿挂着，这还不算特别讲究的戴法，再讲究点儿呢，您就得把口罩稍微折一下。那时候的人，冬天穿的全是中山装，闭领的衣服。口罩折好了以后，把它塞在中山装从上往下数第一个扣子和第二个扣子中间，那个衣服缝里边。

塞完了以后，将将露出来口罩的一个小白角，脖子上还挂着两根儿白带子，就特别有一股俏皮劲儿，算是个小装饰品。

这路扮相，它是怎么兴起来的呢？

1970 年，美国拍了部电影《巴顿将军》，好多朋友都看过。这部电影，到了 20 世纪 70 年代末那会儿，国内好多地方就能看见了。您看巴顿的打扮，就是有领带不好好系，多半截塞到衬衫里边，就露出来最上头那么一点儿。

好多男青年看完了电影以后，觉得这扮相，用现在的话说，挺酷，就想跟着学。20 世纪 70 年代末，想要领带，您就是有钱，也没地方淘换去。大伙儿就拿劳保口罩当替代品，兴起来这么一股戴口罩的流行风。

读到这儿的年轻朋友，回头您有空，可以翻翻父母的老相册，兴许就能找着这种脖子上挂着口罩的老照片。

赶时髦儿，学猫王

眼下去各种隆重场合，主办方给您发通知，多数都得写上一句"请穿正装出席"。按现在人的理解，就是得穿西服打领带。

20 世纪 80 年代初，也就是皮尔·卡丹刚开服装观摩会那会儿，中国人刚开始流行穿西装的时候，都不时兴打领带。那时候时髦儿男青年的标配，是喇叭裤配尖头皮鞋。喇叭裤的喇叭口，必须得大，正好能盖住脚面，将将奔拉到地上。这种裤子有个外号，叫净街王，气死扫大街的。上身呢，穿一件那种特别紧身，后边双开气的小西装，相当于现在说的休闲西服。西服里边呢，最好是配绸子的花衬衫，白衬衫也凑合。衬衫领子呢，必须得是大尖领子。不光不能系领带，风纪扣也得敞着，把两个大尖领子翻到西服外边来，露着。

这么身行头，您要是说，脑袋上留个板儿寸，剃个秃瓢，那就没意思了。必须是中长发，头发正好奔拉到脖梗子那儿，烫几个卷，更好。要是兜儿里钱再富裕点儿的话，还可以买个大墨镜，往衬衫领口那儿一挂。肩膀上再扛个双喇叭的立体声录音机，摇滚音乐丁零当啷那么一放。

这套扮相，要说起来，也有出处，学的是 20 世纪 70 年代的美国歌星猫王。郭老师说相声，不也提过这么两句嘛：

郭：说你吧，于谦，不过可不是今天说相声的于谦了。

于：我的身份是？

郭：你是一个十八九岁的大小伙子。

于：年轻。

郭：刚上班，精神头也足，精气神也足，走到哪儿一看，嚄！精神焕发！在家里边，晚上下了班，吃完饭，洗洗澡换换衣服，把头梳一梳，换上自己喜欢的一套服装，小白裤子，白皮带。

于：精神。

郭：上边穿一件白衬衣，那年头兴这个。

于：一身白啊？

郭：要想俏一身孝，对吧？

于：对，那时候是这么说。

郭：大尖领子衬衣，后来的衬衣不行，都小领子，那会儿都兴大尖领子。喷了四斤香水。

于：论斤喷啊？

郭：闻着身上跟偷吃羊屎似的。

于：喷的什么香水啊这个？

郭：打家出来，很高兴啊。街坊打招呼，哎，谦儿回来了，出去啊？于谦说，啊，没事儿，出去耍流氓去。

洋装虽然穿在身

猫王这身打扮流行了没两年，慢慢地就不时兴了，广大男青年还是觉得穿西装打领带更时髦儿一点儿。那时候流行的领带，跟现在不一样，都特别细，花纹还得是彩条的。

脖子上系这么一根儿领带，身上穿的西服呢，最好是浅色的，带格子花纹，大垫肩，不能有腰身，越宽松越好。这么一身打扮，要说起来，也有来历。

1984年央视春晚，香港歌手张明敏上台，唱《我的中国心》，穿的就是这么一身。春晚播完了以后，歌火了，衣服也火了，满大街的人全穿着浅色格子西装，配细领带。

社会上流行穿西装，打领带，问题跟着就来了，什么呢？领带，有钱就能买，要是买回去以后不会系，那可就要了亲命了。

据说洋人那边有这么一种说法，老爷们儿每天出门上班，夹着公文包，临出门以前，都是媳妇负责给打领带。您甭看就是脖子上系那么一个扣，具体怎么系，这个结怎么打，也有多种花样。所以洋人那边，您光看这老爷们儿脖子上领带系得怎么样，就能判断出来他家里有没有老婆，夫妻关系到底好不好。

中国老百姓，那时候多数都不会系领带。不会系，也没关系，最起码小时候系过红领巾，可以按系红领巾那路数来，好歹绕在脖子上就成。赶上这位，手潮点儿，出门的时候又着急了点儿，没留神，系了个死疙瘩，回家还得现拿剪子铰。

大伙儿都不会系领带，社会上又有这么个需求，最后就催生出来一种新生事物，叫"一拉得"。领带系在脖子上，一拉就得。

最早的一拉得，里边是带松紧带的，真是往脖子上一套就得。再后来，就高级点儿了，改成领带背面带拉链了。我记得那时候上自由市场，服装摊儿上都有个铁架子，上头挂的全是这种一拉得。各种花色，十块钱一条，随便挑。

老西服配老爹裤，带货复古风

最近几年，我看满大街的时髦儿小姑娘，好多又穿上了 20 世纪 80 年代流行过的土味儿西装。这种又肥又大，跟短大衣差不多的西装，在 20 世纪 80 年代末 90 年代初，正是这帮小姑娘的爷爷、爸爸赶时髦儿的标配。

西装，到了 80 年代末 90 年代初那会儿，差不多就烂大街了。不光知识分子、白领穿，工人、农民也穿。就连上台说相声的，您看看当时的录像，也都是西装革履。

北京那时候有句俏皮话，"百货大楼卖西装——一套一套的"，意思就是形容这人特别能说。眼下好多年轻人追求生活品质，不去商场买成衣，愿意找裁缝做衣服，搞私人订制。订制完了以后，还得学洋人的范儿，让裁缝把自个儿的名字绣在衣服上头。

三十多年前，正好反着，老百姓觉得商场卖的成衣有商标，有牌子，那才上档次。自己扯布做衣服，跌份①。那时候您要是去百货大楼，买套稍

---

① 指丢失身份，丢脸面。

微好点儿的、有牌子的西装，差不多得四五十块钱，相当于普通工人一个月的工资。好多人花不起这个钱，只能找裁缝做，二三十块钱就能搞定。

西装的商标，一般都钉在袖口上。现在您都知道，新西装买回去，穿的时候，得先拿剪子把商标铰了。三十多年以前穿西装，商标绝对不能铰，为的就是让别人知道，我这衣服有牌子，不是山寨的水货。

有的裁缝呢，秉承"顾客就是上帝"的理念，服务到家。做完了西装，特意还给弄个假商标，上头带好多英文字母那种，给您钉在袖口上。用现在的话讲，这就算贴牌货。高仿！

洋人穿西装，规矩是里边除了衬衫、马甲，不能再穿别的衣裳了。冬天呢，西服外头再套大衣，再加上人家出门也有车，不至于冷到哪儿去。中国老百姓那时候，买身西服都得咬好几回牙。您再让他配件呢子大衣、皮大衣？基本上不可能！买汽车？更不可能！

没大衣，没汽车，冬天还惦记着要风度不要温度，接茬儿穿西装。身上冷，怎么办呢？那就只能跟里边加衣服，上身穿毛背心，把西服撑得鼓鼓囊囊。下身呢，穿秋裤，穿毛裤。赶上这位秋裤买得不合适，长了点儿，皮带那块儿，还得露着一截浅蓝色的秋裤腰。小品《换大米》里边，郭达老师穿的就是这么身行头。这个扮相，现在您觉得挺辣眼睛，土得都掉渣了。按那个年代的标准来说，能穿这么身衣服，也算时尚潮人。

父辈的时尚：麻袋片西服

大伙儿冬天都往西服里边加衣服，后来服装厂干脆就生产了这么一种土西服，又肥又大，没腰身，方便冬天往里边套毛衣。

土西服里边，还有个专门的品种，叫"麻袋片西服"。眼下跟我岁数仿上仿下的朋友，当年好多人应该都穿过。岁数年轻点儿的朋友，您可以回忆回忆，小时候，您的父亲，包括身边的叔叔、大爷，学校里边的男老师，肯定也穿过这路西服。

麻袋片西服，说白了就是一种粗呢子西服，颜色以土黄色为主，看起来跟麻袋差不多，所以得了个名，叫麻袋片西服。穿这种西服，里边配衬衣、领带、毛背心，都可以。最讲究的，是穿一件深色的高领毛衣。鼻梁子上，要是能再架副眼镜，更好。头发呢，还是得长，烫就不行了，必须梳成大背头，多打点儿摩丝、发蜡。这么捯饬起来，让人瞧着就特有派头。1986 年央视春晚，好多男演员，包括头回当主持人的王刚老师，穿的都是这种麻袋片西服。

到了 20 世纪 90 年代中期，麻袋片西服过时了，年轻人也就不怎么穿了，只有经历过那个时代的中老年人，舍不得扔旧衣服，还穿。所以您看，1993 年央视春晚小品《张三其人》里，严顺开老师演的那位看门老大爷，身上穿的就是这么身过了时的麻袋片西服。

这种麻袋片土西服，也可以说是一个时代的符号。没想到，三十多年以后，当年这帮时髦儿男青年的闺女、孙女，重新把旧衣服翻出来，又给穿到街上去了。这可能就应了那句老话了——时尚是个轮回。老物件轮着轮着，没准儿就能再轮回来。

扯闲白

吃了吗，您嘞？

老北京茶馆

喝了吗，您嘞

眼下好多讲老北京的影视剧，为了让您觉得京味儿足，里边的角色，早上起来见了面，都得互相打个招呼："吃了吗，您嘞？"

"吃了吗，您嘞？"这其实是西城的说法，东城那边的老百姓不这么说，人家早上起来，互相打招呼，说的是："喝了吗，您嘞？"这句话的意思就是问您早上起来喝茶了没有。所以老北京人还有这么个说法："渴不死东城，饿不死西城。"

北京东城的老百姓，为什么这么爱喝茶呢？

现在好多外地朋友来北京旅游，导游都有一套固定的解说词儿，他肯定得跟您说，老式年间的北京城，那是东富西贵，南贱北贫。南贱，您都明白，北京南城，住的多为劳动人民和民间艺人，这些人当年被看作下贱之人，所以有了"南贱"的说法。北贫，差不多也是这个意思。清朝那会儿，北城住了很多旗人，可到了清末的时候，八旗子弟家道中落，越来越贫穷，所以说"北贫"。

日子真正过得滋润的主儿，都在紫禁城旁边，守着皇上。用现在的话讲，市中心，黄金地段。紫禁城以中轴线为界，分成东、西两大块。

住在紫禁城西边的人，做官为宦的占大多数。"铁甲将军夜渡关，朝臣待漏五更寒。"这两句定场诗，您都知道。做官为宦的人，见天都得盯着上班，吃饭都不见得有准点。

就拿早上吃的马蹄烧饼夹油炸鬼来说，清朝那会儿，这两样东西，就是王公大臣们每天清晨上班前的早点。吃的时候，还不能跟普通老百姓似的，把早点买回去，踏踏实实地坐在家里慢慢吃。只能是路过早点铺的时候，打发手底下人赶紧进去买两套烧饼夹油炸鬼。买回来，自己坐在轿子里，趁着热乎劲儿，一边走，一边吃，随便对付一顿。吃完了干的，您想再喝口稀粥？没有！

长年累月，吃饭没准点，所以西城的人特重视"吃"，见了面，第一句话都是问："吃了吗，您嘞？"

住在紫禁城东边的人就不一样啦。闲人多，每月干拿钱，不上班。成天价吃得饱饱的，穿得暖暖的，衣食无忧，闲得没事儿干，那就自己给自己找乐，撒开了玩儿呗！

所以说，一样都是旗人，东城的旗人就比西城的旗人玩儿得细致，玩儿得到位，玩儿得高精尖。就拿养百灵来说，百灵的正规叫声，拢共十三种，行话叫百灵十三套，意思就是说百灵能学十三种物件的声音。除了这十三种声音以外，再会叫别的什么动静，甭管叫得多好听，都算脏口。叫了脏口，这只鸟就算废了，不能要了。

百灵十三套，一套接一套

那位问了，谁这么王道呀？管天管地，还管百灵怎么叫？这不吃饱了撑的吗？

这事儿我也说不好，反正养鸟圈儿里边，老猫房上睡，一辈传一辈，定的就是这么个规矩。当然了，时代不一样，百灵十三套具体都是什么内容，也不一样。有些老物件的动静，现在您想让它学，也学不了了。为什么呢？因为这些老物件，早就没有啦！找不着啦！您让百灵跟谁学去呀？

比如说，老式年间，有那种专门送水的水车。这种水车，连轱辘带车轴全是木头的，车上装的水也挺沉，推着走的时候，就有"嘎吱嘎吱""吱扭吱扭"的动静。

清早起来，坐在屋里，听见"嘎吱嘎吱""吱扭吱扭"的动静，不用出去看，您就知道，卖水的来了。您正跟屋里收拾衣服，打算出门把卖水的叫住，来两桶水呢，冷不丁就听见"嗷"的一嗓子，然后是一连串的"嗷嗷嗷"，一声比一声小，透着那么点儿委屈，再往后又高了八度，"汪！汪！汪！"

怎么回事儿呢？俗话说，好狗不挡道！可是呢，喜欢挡道的狗也不少。胡同里边老有那种没链子拴着的小狗，人家就跟大道中间趴着睡觉，您把喇叭摁没电了，都不管用。卖水的车，上头装着好几个大水桶，视线一挡，后头推车的人，根本看不清楚前头有什么。一个没留神，车轱辘正好碾在狗尾巴上。狗睡得正香，做梦正啃骨头呢，尾巴上猛地一疼，心里一惊，噌一家伙蹿起来，嘴里当时就是"嗷"的一声。

这声"嗷"，翻译成老北京话，大概意思就是说："哎哟喂，妈爷子！好家伙，疼死我啦！怎么茬儿呀这是？"

开头的这声"嗷"过去以后，狗算彻底醒过盹来啦，脑子清醒了，也明白是怎么回事儿啦。然后越琢磨越疼，越疼越委屈，嘴里是一连串的"嗷嗷嗷"。

疼到一定份上，它可就生气啦，想找卖水的这位拼命去，心里又怯得慌，没那个胆儿，只能冲着人家的背影大声汪汪几下，大概意思就是说："嘿，小子！你长俩眼睛出气使的？往哪儿压哪？有种你别走，回来！"

就这套流程，从水车响到狗叫，老式年间，在百灵十三套里边，算一套。真正有水平的百灵，这一整套都能给您学下来。现在您要想让百灵玩儿这手，那可不成啦！水车都没有了，让它上哪儿学去呀？

当然了，学不了水车，可以再学点儿别的。就拿20世纪90年代那会儿，我住西直门外高梁桥的时候来说。高梁桥稍微往南一走，西直门外大街上，有个公共汽车站。那会儿有个老大爷，见天提溜俩百灵笼子，守着这车站。说他是坐车的吧，来了那么多趟车，压根儿没见大爷上去过。说他是维持秩序的吧，大爷胳膊上又没戴着红箍儿。我也是闲得没事儿，就上前打听了打听。

您猜老爷子是干什么的？

公共汽车，开门、关门都靠气泵控制。回头您可以观察一下，公共汽车开门、关门，都是先放气，"扑哧"一声，气放出去了，然后才会"咣当"一声，开车门或者关车门。

老爷子见天提溜这百灵笼子，跑车站这儿站岗来，为的就是让那两只鸟学这个"扑哧""咣当"的声音。学会以后，再去公园遛鸟的地方，找他那帮老哥们儿显摆显摆，好压人家一头。

有朋友问了，一只小鸟有这么高的智商吗？能学会这么多玩意儿吗？

话说到这儿，我反过来问您一句：您知道百灵为什么叫百灵吗？民间传说，这种鸟能学天地间的一百种动静！学什么像什么，门门灵！所以人家叫百灵。

王八茶馆，注意读音

养鸟圈儿里还有这么个说法：一样都是养百灵，东城养的百灵跟西城养的百灵，都会叫十三套，不过您要细听的话，多少还有点儿不一样的地方。据说东城百灵叫出来的动静，更水灵，更细腻，尤其是把十三套按整个程序叫一遍的时候，最后收尾的那几个音，跟西城的百灵就特别不一样。

为什么呢？东城那边的人，闲工夫多，在鸟身上下的心思大，养得更精细。

养鸟，尤其是养听叫的鸟，跟养狗一样，见天都得带出去遛。早上五点来钟，天刚蒙蒙亮，鬼龇牙的时候，就得踩着开城门的点出城，专挑有水有树、人少清静的地方去。到了水边，找个合适的小树杈儿，鸟笼子往上一挂，笼子外头那层罩布一开。笼子里的鸟，见着亮光，抬眼一看，周围全是绿的，还有几个小家雀跟那儿来回扑棱，心里一痛快，一高兴，挺着胸脯，仰着头，小嘴朝天，百灵十三套，一套接一套，按程序走，就算哨起来了！

人跟旁边站着，能唱两嗓子的，就借着水音唱两嗓子。会练太极拳、八卦掌的，就打两趟。什么都不会的，来回溜达溜达也成。为的就是过过风，用现在的话讲，就是呼吸呼吸负氧离子，清气上升，浊气下降，把肺管子里边积了一宿的浊气，全给它排出去。

活动得差不多了，天一大亮，太阳一出来，就得收拾鸟笼子，往回溜达。进了城门，街面上各种卖早点的小摊儿刚好出摊儿。大砂锅里头，满满当当，一大锅豆汁儿，白里透着绿，"咕嘟咕嘟"直冒泡。卖豆汁儿的这位，站在豆汁儿锅旁边，手里拿着个大水瓢，伸到锅里去，使劲儿搅和几下。抓起一瓢豆汁儿来，高高一举，"哗啦"一下，往锅里一倒。手上搅和着豆汁儿，嘴里还得吆喝着："哎！粥啊，豆——汁儿！"

提溜着鸟笼子的这位，坐在摊儿上，要一碗热豆汁儿，再来两个新炸的焦圈儿，往刚出炉的热芝麻烧饼里一夹。水疙瘩切细丝，热锅炸点儿花椒油、辣椒油，烧得"呼呼呼"直冒黑烟，猛地往疙瘩丝上一浇，就听

"刺啦"一声响，香气扑鼻！白的是疙瘩丝，红的是辣椒段，黑的是花椒粒儿，免费！随便吃！不限量！

这位把滚烫的豆汁儿碗端起来，嘴贴着碗沿，转着圈儿地吸溜，吸溜一口豆汁儿，"咯吱咯吱"嚼一口疙瘩丝。豆汁儿酸甜，疙瘩丝又咸又辣。这位是一口豆汁儿，一口疙瘩丝，瞅冷子再把热烧饼夹焦圈儿抄起来，"吭哧"就是一口，喝得脑门上"噼里啪啦"直往下掉汗珠子。

撂下豆汁儿碗，一抹嘴，人家心里这才开始合计：今儿上午干点儿啥呢？又不用上班，跟家待着也是闲待着，挺没劲的，那就泡茶馆去呗。

王八茶馆有"鸟叔"

大概一百多年前，老天桥拢共有"三王"，哪三王呢？烤肉王，豆汁儿王，再一个就是王八茶馆。

您注意啊，王八茶馆的"王八"这俩字，念起来必须得规规矩矩的，绝对不能读轻声。王八茶馆，正名叫"福海居"，老板姓王，跟家里行八，所以大伙儿开玩笑，就管这地方叫王八茶馆。

王八茶馆，有两样拿手的绝活，在全国来说，那都是拔尖的！

哪两样绝活呢？

第一样是说评书。茶馆里边说评书，本身不算什么新鲜事儿。只不过王八茶馆的这位王掌柜，自己本身就是个书迷，能顶半个说书先生，所以人家对艺术的要求也高，只请成名的大家，不是随便找个人，扒拉扒拉脑袋，都能去他那儿说。比如郭老师提过的王杰魁，王先生说《包公案》，那是一绝，外号"净街王"。王先生当年说书的地方，就是王八茶馆。

再一样绝活，就是养鸟。当年的王八茶馆，用现在的话说，那是老北京养鸟迷的网红打卡圣地。为什么王八茶馆这么懂养鸟呢？现在您去我们德云社老天桥旗舰店旁边，有条小马路叫永安路。一百多年前，永安路的鸟市在全北京都出名。王八茶馆守着这地方，那就叫近水楼台先得月！加上王老板自己就是个养鸟迷，想进他的茶馆喝茶，有个挺个色①的规矩。

什么规矩呢？

您要是空着手去，没提溜着鸟笼子，那无所谓，随便进，给钱就能听书、喝茶。要是提溜着鸟笼子呢，那就麻烦啦，得多一道手续，必须先让他过一水！王掌柜见天跟茶馆门口盯着，看见这位提溜着鸟笼子来啦，当时就一挥手："停！别往前走啦，先哨一段，哨完了再进去。"

老话讲，不服高人，有罪！王老板是养鸟的高人，轻易还真没人跟他这儿犯滋扭②，都是让哨就哨。

那位说了，人听得懂人话，让他干什么都容易。鸟听不懂人话，说让哨一段，它就能哨一段吗？

这事儿，回头您可以观察观察。好多养鸟的老爷子，他提溜的那个鸟笼子上，都蒙着一层笼罩。这层笼罩蒙着的时候，笼子里是黑的，鸟什么都看不见，只能老老实实待着，也不叫唤。把笼罩打开，见了光，透了气，真正训练有素的，用行话讲，"服了笼"的鸟，当时就叫。

王掌柜站在那儿，眯缝着眼睛，摇头晃脑那么一听，觉得可以，当时就大手一挥："您里边请。"

要是觉得不成呢，您想进去也成，就是多个规矩，进去以后，不能把笼罩打开。

为什么不能把笼罩打开呢？别人的鸟水平高，您这只鸟水平差，油梭子发白——短炼，进去以后瞎叫唤，把别人的鸟给带坏了，脏口了，人家不答应。

---

① 特殊；特别。
② 不顺从，不屈服。

那位问了，我养的鸟，要是老不成的话，去王八茶馆喝茶，是不是就老不能打开笼罩呢？

也不是这么回事儿。现在好多买卖铺户都爱搞促销，隔三岔五弄点儿活动。王八茶馆搞的促销活动就是每隔十天半个月，把养鸟圈儿里的大拿、一哥都请过来，开专场，办学习班。

比方说，您养百灵养得好，王掌柜面子大，把您请到茶馆里，就可以开个百灵专场。这只鸟搁在当中间，十三套，按程序那么一叫唤。别的百灵，放在周围一圈儿，跟着它学，行话叫押押口。鸟跟着鸟学，人呢，也跟着人学，大伙儿互相交流养鸟的经验。这么一来，王八茶馆在养鸟圈儿里的名声就越来越大。

茶房是个什么哏？

中学语文课有篇课文，叫《背影》。《背影》里边有这么个桥段，说的是朱自清先生的父亲，从南京送儿子坐火车上学。火车临开车以前，老头特意跑老远的路给儿子买橘子，还托车上的茶房一路上帮忙照应着点儿。

好多年轻的朋友，学完了这篇课文，弄不明白，到处打听：这个"茶房"到底是干什么的？

茶房这种职业，换成现在的说法，就是服务员的意思。服务员为什么又叫茶房呢？咱们中国的传统文化里，招待客人的时候，讲究沏茶待客，所以"茶房"就成了服务员的代称。

当然了，那时候"服务员"的概念也跟现在不太一样，像什么饭馆跑堂的、铺子里卖货的小伙计，从事这些职业的人，不能叫茶房。茶房专门指的是纯伺候人、不卖东西的服务人员，比如说学校里的工友，大学宿舍的管理员，单位传达室的老大爷，再就是家里赶上红白喜寿事儿，临时请过去帮着端茶送水、迎来送往的人。

老式年间，茶房这个职业，还有个不成文的规矩：一般只用本地人。北京的茶房，只用北京人；南京的茶房，只用南京人；要是到了广州，那就只能用广州人。

这是为什么呢？

茶房这种职业，说到底，是跟人打交道。每个地方跟每个地方的风俗不一样，老百姓的脾气秉性不一样，规矩、忌讳也不一样。外来的人，您让他现学现卖，砍的没有旋的圆，玩儿不了那么顺溜，就容易出问题。所以老式年间，茶房行业就立了这么个不成文的规矩：只用本地人。

北京老天桥东边，崇文门外有条胡同，叫"东茶食胡同"。大概一百多年前，这条胡同就是茶房一条街，相当于现在的保姆市场，用那时候的话讲，叫"茶房口子"。

什么叫"口子"呢？现在好多行业，都有自己办公的地方，有什么事儿，您按地址找过去就成。哪怕说皮包公司，没有准地方办公，也可以跟网上发信息。以前的人，没手机，也上不了网，再没个固定门脸，平常想找活、揽生意，怎么办呢？那就只能去茶馆泡着。

泡茶馆也有一定的规矩，不能随便找个茶馆跟里边待着。相声演员有相声演员扎堆的茶馆；做饭的大师傅、厨子，约定俗成，也有厨子扎堆的茶馆。什么职业的人扎堆的茶馆，就叫什么口子。相声演员扎堆的茶馆，就叫相声口子；厨子扎堆的茶馆，就叫厨子口子。一帮同行，见天跟茶馆里泡着，喝着茶，聊着天，等着主顾上门。您想找什么人，干什么活，就去专门的口子。绝对不可能说，一个茶馆里头，坐了二三十位说相声的，单有一位，是个做饭的大师傅。这两种职业坐在一块儿，互相之间也没话说呀！

马季、刘宝瑞两位先生合说的相声《找堂会》，好多朋友都听过。这段相声设定的场景，就是刘宝瑞先生坐在相声口子里，喝着茶，等活。

马季先生扮演的这位，倒着怯口①，打着家里办堂会的幌子，蒙人家的茶水喝。

茶食胡同的茶馆，一百多年前，就是个茶房口子，茶房扎堆趴活的地方。这种茶馆，用现在的话说，人员构成比较简单，社会关系没那么复杂，轻易出不了什么杂七杂八的事儿，所以又叫清茶馆。

大茶馆，小社会

跟清茶馆对着的，就是老舍先生写的那个"大茶馆"。"大茶馆"前头，为什么非得加个"大"字呢？

那位说了，加个"大"，它显得阔呀！

我跟您说，真不是这么回事儿。大茶馆的"大"，拢共有两个意思。一个意思是说，这种茶馆，三教九流、五行八作，什么人都能去，每天的人流量大，人员构成比较复杂。

再一个意思是说，这种茶馆，能提供吃食。除了能提供茶水点心以外，有的还能炒菜做饭，相当于现在的茶餐厅。比如您都知道的，话剧《茶馆》里边，王利发王掌柜开的老裕泰茶馆，他家的招牌就是烂肉面。这里边有两个地方提到了这个"烂肉面"，一处是黄胖子说合，请打架的人先撂下家伙别争了，吃碗烂肉面一块儿和气和气；还有一处就是常二爷发善心，遇上了孤苦伶仃的母女俩，救济这二位请她们吃了碗烂肉面。

说起来这烂肉面还挺有讲究，茶馆的伙计会问您，是要浑卤、懒卤，还是要清卤、扣卤？有人看到这儿就说了，吃个烂肉面还有这么多讲究，有什么用啊？

要说把这个烂肉面讲透彻了，我能跟您掰扯一整天。可是把这些都给

---

① 外地口音。

您掰扯明白是为了什么？说白了就是"扯闲白"。这就跟"吃了吗，您嘞"和"喝了吗，您嘞"一样，甭管是小茶馆还是大茶馆，又或者是烂肉面，都是老北京生活的一部分，是每一个普通老百姓生活里的鸡毛蒜皮，确实没什么用处，却是生活的一部分。

在这里，我也很高兴地给您提个醒，让您想起生活中不只有工作、付出和一地鸡毛，同时还有回报、获得和数不清的小快乐。

杀马特

杜丘，你看，多么蓝的天。走过去，你可以融化在那蓝天里，一直走，不要朝两边看。

这是电影《追捕》里面的台词儿。

一直走，别朝两边看

《追捕》这个电影，是 1976 年日本人拍的，主演是大名鼎鼎的高仓健。1978 年这个片子在中国上映，一下就火了。火到什么程度呢？电影播了以后，中国的大姑娘、小媳妇，掀起了一场运动，叫"寻找男子汉"。

《追捕》上映以前，中国妇女观众喜欢的大都是奶油小生，用现在的话讲，就是"小鲜肉"。《追捕》播了以后，中国妇女的审美取向变啦，都开始喜欢糙老爷们儿啦！

糙老爷们儿，是二十世纪八九十年代的一种说法，差不多就是按高仓健在《追捕》里的那个扮相来的。

糙老爷们儿，岁数不能太小。太年轻的话，没阅历，行动坐卧，透不出来那个成熟的气质。当然了，岁数太大也不成。最好是三十啷当岁，四十出点儿头，用现在的话讲，就是大叔。脑门上最好有几道褶子，脸也不能太白，腮帮子上必须得有点儿胡楂儿。甭管什么时候，两条眉毛都得拧着，目光忧郁，面无表情。轻易不能说话，但凡说话的时候，都得先起范儿，慢慢悠悠，一个字一个字往外蹦。

这种口风，20世纪80年代那会儿，有个专门的说法，叫玩儿深沉。

剃个板儿寸，穿风衣

有句文言文叫"女为悦己者容"。老爷们儿，说白了，也是这么回事儿。中国妇女的审美取向变了，喜欢糙老爷们儿了，中国的老爷们儿，肯定也得跟上形势呀。

《追捕》播了以后，中国老爷们儿群体，就开始流行两样东西。

一样，是高仓健穿的那种米黄色的长风衣。穿这种风衣，有个规矩，什么规矩呢？领子必须得竖起来，遮住下半张脸。上半张脸上，再戴一副大墨镜。眼下市面上动不动就流行"某某某同款"，哪位明星穿了件什么衣服，让大伙儿瞧见了，用不了几天，网上肯定就能找一模一样的东西。《追捕》播了以后，连着有那么两三年，每年春秋两季，您就看去吧，满大街全是米黄色的长风衣。哪怕说家里条件稍微差点儿，置办不起这身行头，穿普通的衣服，那也得把领子竖起来！2019年春晚，葛优老师穿的那件风衣火了。这件风衣，打根儿上说，应该就是80年代传下来的高仓健同款。

20世纪80年代，高仓健带火的另一样东西，就是他跟《追捕》里边留的那个发型，板儿寸。

板儿寸，现在也有好多老爷们儿愿意剃，只不过就是没以前那么流行。这种发型，对脸型、头型的要求特别高。像高仓健那样的四方大脸，剃个板儿寸，显得精神利落，挺好看。要是小圆脸、瓜子脸，头型长得不那么匀溜，里出外进，四棱子脑袋，这儿鼓出来一块，那儿又瘪进去一块，留个板儿寸，稍微就差点儿意思。这种头型，最好是留长发。头发长，多少还能遮点儿。

以前的人不管这套，什么发型最流行，就按什么样剃。剃完了，合适不合适，那就不管啦，反正自个儿觉得好看就成。走大街上，来来往往的老爷们儿，十个有八个是板儿寸。板儿寸最流行那会儿，国营理发馆门口都得挂块木头牌子，写上大大的"板儿寸"。

此店是我开，管剃不管洗

就拿我小时候来说，全北京剃板儿寸最有名的地方，在北海公园旁边，地安门路口。这家买卖是个体户，字号叫"黑了黑"。

为什么叫"黑了黑"呢？

据说这家掌柜的有俩儿子，一个叫大黑，一个叫二黑。一个大黑，一个二黑，合起来，买卖字号就叫"黑了黑"。"黑了黑"剃板儿寸，一门灵！听说那时候有人特意大老远从通州跑到他们家门口排队，等着剃板儿寸。您注意啊，我说的可是三十多年以前的事儿，那时候从通州到地安门，可得费老大劲儿了。您就琢磨琢磨，他们家的买卖得有多火吧？

俗话说，萝卜快了不洗泥。每天跟"黑了黑"门口排队等着剃头的人，实在太多啦。剃头本身费不了多大工夫，尤其是剃板儿寸，四面拿电推子一推就成。可是剃完了还得洗，那可费事儿了，忒耽误工夫。

"黑了黑"这家掌柜的，可能真有点儿忙不过来，觉得为了挣这俩小钱，丢西瓜捡芝麻，犯不上。后来干脆跟门口挂了块木头牌子，上头写着一行大字：板儿寸不洗。

大字下边，还有一行小字：十五元。

意思就是告诉您，想跟我们这儿剃板儿寸，没问题。剃一个，十五块钱，咱们不讲价。可是有一节，剃完了以后，我们不管洗，您自个儿找地方洗头去。饶是这么着，每天跟他们家门口排队等着剃头的人，照样乌泱乌泱的，就跟不要钱似的。

那时候大街上老能看见刚从理发馆出来的老爷们儿，刚剃完板儿寸，挺精神，就是一边走道，一边来回鼓涌①，后脖梗子跟肩膀上，两边来回蹭。为什么蹭呢？刚剃完头，灌了一脖领子头发楂儿，痒痒呀！

俩老爷们儿跟大街上碰头了，互相就得这么打招呼："哟，二哥，今儿没上班，您跟这儿鼓涌什么呢？长虱子啦？"

您再看这位，摆着苏秦背剑的架势，歪着脑袋，右手从上往下，伸到后脖领子里头挠。这么挠，还觉得不解气，左手再从裤腰那块儿伸进去，从下往上挠。挠得是龇牙咧嘴，挤眉弄眼，您也不知道他到底是舒服还是不舒服。"哎哟嗬！兄弟，你还说呢。这不今儿倒休吗，去理发馆推个板儿寸。碰上个小年轻，刚上班的，手潮，头发楂儿灌我这一脖子……哟嗬！那叫一个刺挠……不成了啊，不跟你聊了啊，我得上澡堂子洗澡去……哎哟嗬！"

理发的地方，叫"馆"

前些日子，我闲得没事儿，刷手机，看见这么条新闻，说是太原那边有一家 50 年代传下来的老国营理发店。您要是去这个理发店剃头，还能看见那种老式的理发椅。就是那种整个刷白漆，带海绵坐垫、海绵靠背，旁边还带有一个舵轮似的物件的理发椅。人坐在上头，能把理发椅放躺下，能来回转悠。

这样的老国营理发馆，北京其实也有，就在丰台区，长辛店那边。以

---

① 蠕动；翻动。

前，长辛店是京汉铁路的起点。火车站周围，有那么一大片平房，算是铁路职工的宿舍区。这片宿舍区里边，不光有老国营理发馆，还有国营的老副食店。您要是有工夫，过去转转，没准儿还能穿越一把，找找80年代的感觉。

话说到这儿，眼尖的朋友可能已经看出来了。咱们写到这儿，已经出现了两个特定的名词儿，一个是"老国营理发馆"，再一个是"老国营发店"。

为什么用这两个词儿呢？

回头您可以上网查查，网上但凡讲二十世纪七八十年代理发那点儿事儿，用的词儿好像都是"理发店"。我不知道这是因为写这些东西的人岁数小，没弄明白，还是外地的习惯跟北京不一样。哪位要是门清，欢迎您发私信告诉我，帮我长长见识。

三四十年以前，北京街面上的各种买卖字号，多数都叫什么什么店，再不就是叫什么什么铺，但有两个地方，必须叫什么什么馆。

哪两个地方呢？

一个是照相的地方，老百姓约定俗成，必须叫照相馆。您去前门大栅栏，能看见一家特别有名的老字号照相馆，叫大北照相馆，人家就叫"馆"，不叫"店"。

再一个就是国营理发馆。老北京人要是打算理理发，走大街上，见了熟人，都得这么说："哟，大叔，您忙着哪？那什么，我上西边街口理发馆，推个头。"他绝对不会说"西边街口理发店"。

老北京人为什么一定要管剃头的地方叫理发馆，不叫理发店呢？这个事儿要想掰扯明白喽，根儿又得往一百多年前捯。

中国传统的小买卖人里边，有种说法，叫"八不语"，意思就是说，有八种买卖，做生意的时候不能吆喝。传统相声里边，也有这样的段子。比方说，以前那些挎着药箱子走街串巷的大夫，就不能吆喝。

为什么呢？他没法吆喝。您想啊，您大早上起来，天气不错，早点也挺可口，家里的事儿也都顺顺当当的。您往当院儿一站，心情不错，家人也不错，心里正美着哪，外头"啪啪啪"有人砸门。打开院门一看，是个大夫，穿着白大褂儿，戴着白帽子，挎着急救包，开门见山，张嘴就问："先生，您有病吗？"甭说别的，就冲这句话，赶上脾气差点儿的主儿，当时就能一个巴掌抡过去。

　　所以说，老式年间，走街串巷的大夫，不能吆喝，只能摇铃铛，他的铃铛，叫"串铃"，又叫"虎撑子"。

　　剃头的也不能吆喝。

　　为什么不能吆喝呢？相声里边早就告诉您啦！这位老老实实跟前头溜达呢，没招谁，没惹谁，后头来了一个剃头的，底气还挺足，纸糊的驴——大嗓门，张嘴就是一句："别走！好快的刀啊！"

　　您再看前头这位，弄不好一个大跟头，当时就能撅那儿。

　　剃头的不能吆喝，所以他们走街串巷的时候，手里就得拿着一个跟大镊子似的物件。这东西是铁的，学名叫"唤头"。剃头的左手拿着唤头，右手拿着根儿小铁条。小铁条贴在唤头上，从下往上使劲儿那么一磨，就能发出来"嗡嗡"声。剃头的一边走，一边"嗡嗡""嗡嗡"。想剃头的人，坐在屋里听见这声音，就可以出门，把他叫住剃头。

　　"人分三六九等，木分花梨紫檀。"传统相声里边说的这种拿着唤头，饶世界溜达的剃头匠，是最低档的剃头匠。老式年间，找他们剃头的，多数也是社会最底层的穷人。

　　您要是说，我兜儿里稍微富裕点儿，对发型的要求也稍微高点儿，那就得去有门脸的剃头铺。

　　这种剃头铺门口，都得挂一块白布，上头写着八个大字——"朝阳取耳，灯下剃头"。

　　朝阳取耳，意思就是说，传统的剃头铺，除了剃头、刮胡子以外，还管掏耳朵。除了管掏耳朵，剃头铺一般还管打眼、放睡。

打眼，相当于给您做一个眼部护理。剃头匠拿一个小竹片，跟您眼皮上来回刮。刮完了以后，眼睛觉得特别舒服，透亮。

放睡，其实就相当于按摩。剃头匠给您从头顶到腰眼整个按摩一遍。穴位找准喽，劲头使匀喽，就能包您舒舒服服睡上一觉。您醒过来后，就觉得比躺炕上睡三天都解乏。浑身上下的骨头节都觉得松快。这种手法，就叫放睡。

这种传统的剃头铺，您要是进去说"师傅给我来个小分头"。剃头的师傅，肯定会摆摆手，告诉您："没这本事。"

有朋友问了，剃头的，连分头都不会理，对得起祖师爷吗？

这事儿您有所不知。那时候的中国老爷们儿，没几个留长头发的，剃分头的、烫头的更没有。老百姓觉得，这路扮相的，压根儿就不是正经人。就拿同仁堂、六必居这些老字号来说，人家对伙计的要求是整齐利落、干干净净。穿衣服必须得规矩，不能太花哨，用现在的话讲，不能穿奇装异服。脑袋呢，据说一律都是剃秃瓢。您还不用自己花钱到外边剃，掌柜的会定期把剃头师傅叫过来，统一花钱，统一剃，也算是一项员工福利。

传统的中国老爷们儿，主流的发型，就是平头和秃瓢，所以传统的剃头师傅，只要会这两种手艺，就算有口饭吃啦。那位问了，要是大姑娘、小媳妇，想多弄几个花样，染染发、烫个卷什么的，怎么办呢？

我跟您说，老式年间的剃头铺，根本不接待女的。

为什么呢？以前的中国人呀，封建！男女授受不亲！剃头师傅全是老爷们儿，大姑娘、小媳妇不可能让他们随便摸头发。再者说，以前的妇女都留长发，当姑娘的时候梳辫子，嫁了人以后，把头发盘起来，梳个发髻。除非是出家当尼姑，轻易也用不着剃头。

中国老爷们儿开始留分头，大姑娘、小媳妇开始讲究各种发型，开始烫发、染发，说来说去，这都是晚清的事儿。

清朝末年，好多外国人到中国来，他们平常过日子也得剃头呀。上海这些地方，从此就有了最早的西式美发厅。您看现在的美发厅，甭管国营的，还是个体的，门口都得有一个三色的转灯。这个东西，当初也是跟着西式美发厅一块儿传进来的，中国原先没有。

一百多年前，普通老百姓花不起那个钱，不敢进这种地方，站在门口看两眼都觉得眼晕，觉得高端大气上档次，所以就给这种外国传进来的洋剃头铺起了个名字，叫"理发馆"。"馆"的意思就是说，比那些什么什么店、什么什么铺都要高几个级别，属于高档消费场所。

剃头就找托尼老师

我小时候剃头，也是去国营理发馆。国营理发馆跟现在的发廊规矩不一样。进门以后，有个服务台，您得先跟那儿交钱。大人好像是五毛，小孩儿呢，半价，两毛五。买完票以后，坐在那种木条钉的大长椅子上，排队，等着叫号。理发师傅叫到谁的号了，谁就过去剃。

眼下全国各地有好多女子美容院、女子养生馆，人家直接跟门口戳一块"男士免进"的牌子。这种事儿，一百多年前也有。就拿老北京来说，原先就有一个"春风女子理发店"。人家的买卖字号，明明白白就告诉您了：老爷们儿甭进来，我们这儿不接待。

现在的女子美容院，顾客是女的，服务员也是女的，为的就是互相方便。以前的女子理发馆，顾客是女的，服务员、剃头师傅什么的，可都是老爷们儿。所以说，那时候敢去这种地方拾掇头发的主儿，都得豁得出去，观念必须得特别开放。

1962年，上海天马电影制片厂拍了部电影，叫《女理发师》，讲的是中国早期那拨女剃头匠的故事。您要想看看老国营理发馆到底长什么样，理发馆的师傅怎么给大伙儿剃头，从这部电影里头就能看到。

现在满大街都是的那种发廊，连带"发廊"这种说法，归了包齐，是从广东那边兴起来的。发廊从南方传到北方，刚开始的时候，为了显得正枝正派、手艺地道，甭管是不是广东人开的，买卖字号都得加上"广式"两个字，叫"××广式发廊"。

后来，也不知道谁定的规矩，发廊、美发厅里的剃头师傅，还都得起个英文名，叫"托尼"的好像最多。"理发馆"这个说法，慢慢也就过时了，没什么人知道了。

待你长发及腰，我就上个厕所

大概在 20 世纪 70 年代末，日本有个特别有名的指挥家，叫小泽征尔，跑到中国转悠了一圈儿，还开了个音乐会。音乐会开完了以后，广大人民群众，尤其是老爷们儿，当时就炸了庙。为什么呢？这哥们儿留的是一脑袋披肩发。

现在，老爷们儿留个披肩发，哪怕说再烫几个卷，也无所谓，只要您自个儿乐意就成。四十多年以前，不成！按那时候老百姓的观念，男的留长头发，一定不是好人。甭说披肩发了，您看二十世纪五六十年代拍的老电影里边不都是这么演的嘛，正面人物留的肯定都是寸头，汉奸、特务才留分头哪。

小泽征尔起了这个头以后，中国的老爷们儿，心里多少就有个合计啦。人家那么有名的大指挥家都留披肩发，我是不是也可以啊？玩儿一把？

心里这么合计，终究还是有那个贼心，没那个贼胆儿。后来在两届春晚上，唱《我的中国心》的张明敏留的是长头发，唱《冬天里的一把火》的费翔，不光留长头发，头发上还带卷。这么着，大街上明目张胆留长头发的老爷们儿才越来越多。

周围的人看见这德行，嘴上不说什么，心里还是觉得别扭。那时候的相声，也拿这个事儿找过包袱。大概意思就是说，农村老太太进城，内急，想上厕所，不认识字，分不清楚男厕、女厕。分不清楚，怎么办呢？那就看哪边有女的进去，自己就跟着去哪边呗。老太太的眼神可能也差点儿意思，离着老远，看见有个"大姑娘"，长发及腰，那就跟在"她"的屁股后头走吧。结果呢，就跟进男厕所了。

1985 年，有部特别火的电视剧，叫《寻找回来的世界》，讲的是工读学校里的一名问题少年的故事。电视剧的主角，外号叫"伯爵"，小伙子长得挺帅，留了个披肩发，还会弹吉他，会唱歌。用现在的话讲，是个标准的文艺青年。

按编剧当初的想法，伯爵应该是个反面典型，是个犯了错误的孩子。没想到电视剧播了以后，全国好几十万小姑娘，被伯爵迷得神魂颠倒、五迷三道的。

老话讲，三十年河东，三十年河西。《寻找回来的世界》播了三十多年以后，中国人的审美观念不知不觉就倒过来了。二十出头的小伙子，现在要是想玩儿文艺范儿，背着个吉他，剃个板儿寸，怎么看好像都不如留个披肩发那么顺眼。

杀马特鼻祖叫黄毛

《寻找回来的世界》播出十三年后，1998 年，香港拍了一部电影《龙在江湖》，刘德华演的角色染了一脑袋金发。再后来，张国荣、郭富城、黎明这些大明星，都把头发给染黄了。大伙儿跟着有样学样，于是社会上掀起一股"染黄毛"的流行风。

眼下好多四十岁往上的朋友，年轻时候都有这种经历。看见身边的同事、同学染黄毛，心里觉得痒痒，想染，又不敢染。好不容易一咬牙，一跺脚，染了吧！弄了个杀马特造型。晚上回家，蔫了吧唧地推开门，父母

第一句话就是："你这什么德行?! 弄得跟小流氓似的!"

全家人为这个事儿，鸡吵鹅斗，能折腾一宿。转过天来，学校升旗仪式，好几百人开大会，操场上全是黑的，就您那儿是黄的，目标特别明显。校长站在台上，手里拿着麦克风，第一句话就是："那黄毛! 看什么看?! 说你呢! 你给我上来! 你看看你，还有个学生样吗?!"

2001 年的情景喜剧《东北一家人》，有一集讲的就是那时候年轻人流行染黄毛的事儿。一晃二十多年过去了，当初染黄毛那帮年轻人，现在脑瓜顶上还有没有头发，这事儿还真不好说。

花式短捻儿挑战赛

眼下全国各地，好多小吃名字里都带个"炒"字。比如说广州那边的炒河粉，扬州的炒饭，北京的炒红果、炒肝儿、糖炒栗子。

不知道您听说过炒气球没有？

对，您没听错。就是炒气球，灌上氢气就能上天的气球。

那位说了，谦儿哥，我们知道您喜欢聊各种好吃的，可是聊来聊去，也得有点儿谱儿呀。中国烹饪，那么多菜系，川、鲁、粤、闽、浙、湘，炒气球算哪个流派的？炒出来是咸口的，还是甜口的？吃的时候，蘸不蘸醋？

有种球叫欢乐球

这事儿，您别着急，容我慢慢道来。

爆炒气球，我肯定是没吃过，真吃过的话，就该上医院找大夫去了。可是呢，我亲眼看见过，有人在大年三十夜里炒气球。

现在全国好多大城市，过年那几天，都有禁放烟花爆竹的规定。禁放烟花爆竹这个事儿，北京是带头的城市之一，早在1993年就开始实施了。北京禁放烟花爆竹的规定，我记得公布的时候，是在夏天的六七月份，学校临放暑假以前，我印象特别深。

为什么印象这么深呢？那时候过年放炮，家家户户能一直放到正月十五，最后家家都得剩下点儿。这东西都是花钱买的，剩下的也不能说随便就扔了。大伙儿都是找张报纸，给它包上，搁在见不着明火、受不着潮的地方存一年，留着第二年再放。

禁放令公布了以后，留了个缓冲期，谁家还有存着的烟花爆竹，麻利儿的，自己抓紧时间处理。过年的时候再放，那就算犯法啦。电视新闻把这个事儿说了以后，最起码有一个礼拜，每天晚上连着有人放炮，您就听外头那声音吧，"噼里啪啦——咚""噼里啪啦——咚"……嚯，好家伙，家家户户全忙着处理存货，比正经过年都热闹。

这把瘾过完了以后，转过年来，真就不让放炮了。

过年不让放炮，老百姓觉得不习惯，没年味儿！怎么办呢？那就得想点儿其他的招儿，弄出点儿跟放炮差不多的动静。比方说，有种电子爆竹，插上插销，当时就能"噼里啪啦"响，还能闪光。这种电子爆竹，打根儿上说，就是从禁放烟花爆竹以后才兴起来的。

现在好多地方，临到过年的时候，还能在年货摊儿上看见电子爆竹。禁放令实施以后，还流行过一种玩意儿，眼下就看不见了，稍微年轻点儿的朋友，可能都不知道。

什么好玩意儿呢？欢乐球。

欢乐球，其实就是婚礼庆典上搭气球门用的那种小气球。大气球得好几块钱一个，要是没留神，"啪"一声爆了，家大人可能还觉得挺心疼。小气球，一个都要不了一分钱，爆了也就爆了，无所谓。

禁放烟花爆竹以后，市面上流行过一阵这种小气球，论包卖，五百个一包，每包好像卖十来块钱。您要是想玩儿档次再高点儿的气球，可以去大商场买，质量更好，花色品种也更多，那就得百十块钱一包了。

老百姓把这种小气球买回去，拿那种脚踩的小气泵，挨个打上气。您要不怕腮帮子疼的话，直接拿嘴吹也成。小气球全打上气，等到年三十晚上，夜里十二点，您就可以把这堆小气球拿出来，"哗"往地上一倒。全家老少，连说带笑，吱哇乱叫，一顿狂踩。

踩准了的话，小气球"啪"一声就爆啦！要是眼神不济，没踩准，脚底下一出溜，来个大屁蹲，结结实实往地上一坐，没准儿就能"啪啪啪"爆好几个球。大家伙儿一块儿在这儿踩气球，热闹劲儿有了，过年的气氛也有了，大伙儿都挺乐和。所以这种小气球就得了个名，叫欢乐球。

我小时候住阜成门白塔寺，白塔寺附近，有个特别有名的小商品批发市场，叫天意市场。北京禁放烟花爆竹之后，还有记者特意去天意市场做了采访，写了篇报道，叫《欢乐球"啪啪"响京城》：

> 春节之际，北京街头时兴玩"欢乐球"。几名中学生在西城区"天意"小百货商场每人购得一袋"欢乐球"，兴高采烈地边走边玩，连声叫喊："真好玩！"摊贩说："欢乐球卖得很俏，供不应求。"

欢乐球最流行的那两年，不光过年有人玩儿，夏天也有人玩儿。三伏天的时候，常有小孩儿把它套在自来水龙头上，使劲儿往里灌水，灌到小气球紧绷绷的，眼瞅着就要爆了。这种灌水的欢乐球有个别名，叫"水雷"。

小孩儿弄个"水雷"，跟手上来回捏咕，觉得挺凉快。看谁不顺眼，胳膊抡圆了，往外一扔，嘴里还得喊一声："看镖！"然后就听"啪"一声，气球就碎了，崩那位一身水。

年夜饭之爆炒气球

欢乐球跟鞭炮一样，都带响。问题就是，鞭炮能连发。一挂小鞭儿，点着火，就不用管它了，"噼里啪啦""噼里啪啦"，自己就能响。欢乐球呢，您得一个一个踩，一个一个拍，就跟拆散了放小鞭儿一样，永远都是"啪""啪""啪"，单发，老半天才能响一下，听着不过瘾。

我们街坊有一大哥，脑洞开得有点儿大，琢磨出来个歪招儿，能让欢乐球连发。

什么招儿呢？气球这东西呀，最怕热胀冷缩，吹满了气以后，要是不注意，搁在暖气旁边，用不了多大工夫，它自己就能炸了。我们街坊大哥利用的就是这个原理。

年三十晚上，全家人吃饱喝足，临到夜里十二点的时候，这哥们儿把煤气灶点上，把锅烧上，也不放油，就那么干烧。烧得铁锅"呼呼呼"直冒烟，关上煤气，抱起来一大堆欢乐球往锅里一扔，这叫"爆炒欢乐球"。

小气球根本都不用挨着铁锅的边，飘到半空的时候，一受热，"啪"就爆了。别人家年三十夜里踩欢乐球，"啪……啪……啪……"都是老半天才响一声，唯独他家，"啪啪啪啪啪啪……"跟炒豆子似的，连发。

只不过欢乐球爆了以后，有好多碎片，都是胶皮的。胶皮的碎片掉进锅里以后，一受热就化啦！这哥们儿年三十晚上，玩儿了把连发的欢乐球，转过天来，大年初一，街坊邻居全都忙着和馅儿包饺子，只有他们家没法开火。

为什么呢？炒欢乐球的那口锅，里面整个镀上了一层胶皮。这玩意儿，谁还敢拿它炒菜吃呀？只能是大年初一早上起来，拍商店的门，先买锅，再做饭。等到第二年再玩儿这手的时候，这哥们儿就总结经验教训啦！他提前预备了一个破搪瓷脸盆，不用锅了。

买炮竹，也得讲套路

这十来年，全国好多地方，过年卖炮竹，都是跟大街上临时搭个摊儿。每年过完腊八节，喝完了腊八粥，大街上就开始搭那种彩钢板棚子。卖炮竹的棚子搭起来，过年的氛围立马就有啦。最起码说，大家心里就有个盼头啦。

从这天往后数，差不多一个来月，每天都像在过年。等到过了正月十五，炮竹摊儿关张了，临时搭的棚子，一个一个开始拆了，好多人心里可能就有点儿酸了吧唧的，有一种怅然若失的感觉。

我小时候，过年买鞭炮、花炮，不是从临时搭的摊儿上买，都是去国营的日杂商店买。快到过年的时候，日杂商店就得把平常卖的锅碗瓢盆先收起来，专门卖一个来月的烟花爆竹。

每年过完元旦，开完新年联欢会，眼瞅着要期末考试的这个时间段，就有好些小孩儿开始心不在焉了，每天上学、放学，有事儿没事儿都得跟日杂商店门口转悠两圈儿，为的就是看看商店是不是开始卖炮竹啦。多咱商店开始卖炮竹了，小孩儿心里这根儿弦也就绷起来了。

现在大伙儿的日子普遍都富裕，去买炮竹都是一次性买齐。这头交钱，那头装车，拉回家，"噼里啪啦"一放，挺痛快。以前的小孩儿，过年买炮，那都跟耗子搬家似的，一点儿一点儿往回赅搂①。今儿没舍得吃零食，省下来两毛钱，买挂小鞭儿。明儿没舍得吃早饭，省下来的钱，买几根儿钻天猴儿。

小孩儿身上那点儿钱，再怎么省，归了包齐，也就是块儿八毛的事儿。要想置办几个大件，还得跟家大人身上想辙。尤其是每年过年前，家里来了远处的客人的时候，这是最好的机会。

---

① 搜罗。

为什么非得是远处的客人呢？

近处来的客人，过年前来您家串个门，提溜两瓶儿酒，拎个点心匣子，坐下抽根儿烟，喝口茶，待半个钟头，差不多也就走了。顶到头，最多也就是再跟家吃顿饭。

远处来的，那就不一样啦。按那时候的规矩，远处来的客人，都得留在家里住几天。人家过来串门，一个是为了看看亲戚朋友，再一个也是为了出来散散心，溜达溜达，顺便再置办点儿年货。

客人住久了，肯定也想找热闹的地方转悠转悠，可是人生地不熟的，主人这边，从道理上讲，也得安排个人陪着客人逛呀！家大人见天得去单位上班，不到年三十不能放假，谁有工夫陪着客人出去到处溜达，轧马路呢？

那就只有家里的小孩儿呗。反正也考完试不上课了，马上就要放假，跟家猫着看电视还费电。帮着家大人陪陪客人，这不挺好的嘛。

陪着客人出去遛，用现在的话讲，就是提供导游服务。服务了这么老半天，能让小孩儿白服务吗？无多有少，总得给小孩儿来点儿甜头。

这时候，小孩儿就得讲点儿策略，抓住机遇。比如说，平常家大人舍不得花钱给买变形金刚，您就可以带着这位，故意上玩具摊儿周围转悠。您千万记住，什么话都甭说，咱就站那儿不走！惦记买哪个，两只眼睛就直勾勾盯着哪个！脸上的表情也得做足喽！一定得体现出那种无限向往、依依不舍的心情！

这么个裉节上，您想想，哪个大人这么不会来事儿，情商这么低，硬拽着小孩儿胳膊，把人家拉走？还是说他就一直跟那儿陪着小孩儿看？真要是那么着的话，这大人就忒没溜儿啦！

十有八九，大人当场就得掏钱。当然了，您看中的这样东西，必须在人家的承受范围以内，太贵了也不成，这里头有个"度"的问题。

小孩儿想买炮，也是这么个套路。带着客人去炮竹摊儿上溜达溜达，最不济也能落一把"彩明珠",再不就是"闪光雷"什么的,反正肯定都比自己平常买的档次高!

哥放的不是炮,是寂寞

小孩儿期待过年,期待买炮竹,他那个心态呀,就很像眼下好多年轻的朋友"双十一"的时候买买买,然后见天查物流信息、等快递上门的心态。说到底,玩儿的是一种对美好事物的期待感,过的是心瘾。

卖家那边发了货,订单上显示"此物品正在运输途中,'双十一'期间物流相对缓慢,请耐心等待"。您这边呢,心里就算是长上草了,从此就有盼头了。逮着点儿工夫,就得琢磨琢磨:"这件衣服,要是穿在我身上,得多好看啊!这水果,我以前没吃过,也不知道什么味儿?这手机,别人都没有,最新款的,回头拿到学校,那帮同学还不得炸了庙?"

心里这么琢磨着,您跟那儿坐着,不知不觉就能乐出声来,享受的就是这么个过程。等真正拿着这件东西,拆开快递一看,没准儿觉得也就那么回事儿吧。

放炮竹,归了包齐,也是这么回事儿。从买回炮竹来,到大年三十点炮竹,这中间大概也就一个月不到的时间。小孩儿每天必做的事儿,就是把家里这点儿存货盘一遍。每个炮竹拿在手里,这小孩儿都得想象一番,这玩意儿点着捻儿以后到底什么样,得有多好看。

等到年三十,真正要放炮竹了,实打实地一看,其实也不怎么着,就那么回事儿吧。没准儿您跟这儿点完了捻儿,猫着腰小碎步跑出去十几米,扭过头再一看,炮竹已经放得差不多啦!反倒不如周围瞧热闹的人看得带劲。

捻儿的长度和胆子成反比

模型圈儿里有这么个说法：玩儿模型，最过瘾的玩儿法，不是照着图纸，原封不动地把这东西给拼出来。真正过瘾的玩儿法，是按自己脑子里的想法做各种改装。最后看谁改得更魔幻，改得跟别人不一样。

玩儿炮竹，也是这么个道理。真要说拉一卡车炮竹过来，让您拿着烟头，按部就班地一个一个点，甭多了，玩儿不了半个钟头，准烦！玩儿炮竹的精髓，不在于砸多少钱，买多少炮，关键是看您能不能把手里这点儿炮竹，玩儿出点儿门道！

我小时候，最便宜的炮竹只要两毛钱，掏两毛就能买一挂二百响的小鞭炮。这挂小鞭炮，您要是直接拿火那么一点，"噼里啪啦"一响，没多会儿工夫，也就没了。

玩小鞭炮要想玩儿出感觉来，必须得拆。二百响的小鞭炮，整个拆开，理论上说，那就是两百个小炮竹。当然，一般都不够两百啊，肯定得少点儿分量，通常也就是一百来个。除了这一百来个小炮竹，您还能落着两三条导火索，就是每挂炮竹中间，把所有小炮竹穿起来的那几根儿长捻儿。拆下来的一百来个小炮竹，还可以接茬儿细分。

那位问了，炮竹长得都差不多，有什么可分的？

这事儿，回头您可以注意观察一下。一挂鞭炮上拆下来的小炮竹，多少都有点儿不一样。有的炮竹捻儿稍微长一点儿，有的炮竹捻儿稍微短一点儿。您要是再细看的话，会发现每个炮竹里头装的火药不一样多。有的装的火药多，瓷实；有的相对就虚一点儿，纸多，火药少。

捻儿短、火药多的炮竹，用小孩儿放鞭炮的行话讲，就叫"快捻儿"。捻儿长、火药少的炮竹，就叫"慢捻儿"。捻儿的快慢不一样，点着火以后，给人留的反应时间就不一样。

"快捻儿"炮竹，留给人的反应时间短，危险性大，玩儿起来的花样也少。最多就是小孩儿淘气,点着了以后,拿它崩点儿什么。比如说,往茅坑里一扔。郭老师抖的那个"吃虾仁"的包袱,多少可能有点儿夸张,不过也是来源于生活,好多人小时候都干过这缺德事儿。

"慢捻儿"炮竹,点着了以后,给人留的反应时间长,那就可以多玩儿几个花样。比如说,短捻儿挑战。

什么叫短捻儿挑战呢?

几个坏小子,蹲在地上,围成一个圈儿。领头的孩子拿出一个小鞭炮来,必须是慢捻儿的,搁在正中间的地上,然后当着大伙儿的面,点着它。

炮竹捻儿"刺啦刺啦"直冒火星,几个孩子都伸出手指头来,轮流摁那个捻儿。捻儿上的那点儿小火星,轻轻拿手指头一摁,也就灭了,炮竹就响不了了。

短捻儿挑战,比的就是看谁出手晚。要是人家那边刚点着,您立马就摁,那您跟这帮孩子里边,就算栽面了!大伙儿都得说,这人没胆儿,尿包一个。伸手越晚,剩下的捻儿越短,大伙儿越觉得这人胆儿大。

有朋友问了,要是手伸得忒晚,炮竹真响了,怎么办呢?

这个事儿嘛,其实响了也就响了。小鞭炮,本身个头就不大。老式年间的炮竹,里头填的都是最传统的黑火药,没多大劲儿。除非崩在眼睛上,否则出不了大事儿。要是跟手上响了,最多也就是黑一块皮,破个小口,出不了太大的危险。小孩儿淘气归淘气,心里其实都有数,不是纯瞎胡闹。

现在的炮竹就没谱儿啦,好多填的是化学火药,威力大。所以我也得多说两句,咱们各位朋友,尤其是未成年的朋友,您看了这本书,知道以前的小孩儿怎么淘气,看个乐就得,千万别模仿!禁放烟花爆竹的地方,您就遵守规定,别放。让放的地方,您也注意安全,看着大人放就成,别靠近,更别上手。大过年的,千万别自己给自己添堵。

钻天猴儿的黑历史

好多讲民俗的图书，写到老式年间的烟花爆竹的时候，经常提到一种高级玩意儿，叫烟火盒子。

北京前门大栅栏北边，国家大剧院旁边，有个地方，叫兵部洼。明朝的时候，这地方是兵部衙门。相传以前每年大年三十到正月十五，每天晚上，兵部的人都跟门口放烟火盒子，这也算当年老北京过年的一处风景。

烟火盒子，说白了，就是现在的组合烟花。品种不一样的炮竹，用一根儿总捻儿，给它都连起来。点火的顺序，有先有后，按照各种排列组合点火，最后就能出来各种效果。

现在您要是想见识见识中国传统的烟火盒子，也有办法。

广东那儿，好多地方过年都有"抢炮头"的风俗。抢炮头，就是把炮竹点燃以后，炮头崩到天上去，又掉下来，趁炮头掉下来的当口，大伙儿争先恐后地抢这个炮头。一群人你争我抢，玩儿得不亦乐乎。

每年到了这时候，看热闹的老百姓那叫一个人山人海，大家扎堆抢这个炮头。谁要是能抢着这个炮头，接下来的这一年，就能有好运气。

转体运动

欢迎，欢迎，热烈欢迎

1990 年的那个夏天，对北京大榆树小学四年级的学生安建军来说，注定是一个不平凡的夏天。

再过二十一天，亚运会就要开幕了。外号"安大傻子"的安建军却因为动作比别的同学慢半拍，被体育老师刷了下来，没法参加亚运会开幕式的团体操表演了。

语文老师给大家出了个作文题，让他们说说自己的梦想。安建军告诉大伙儿，他希望北京工人体育场能自己变大点儿，这样他自己，还有那两个一块儿被刷下来的倒霉同学，就都能参加团体操表演了。

这是 1990 年的电影《我的九月》里的故事情节。这部电影，好多朋友应该都看过。20 世纪 90 年代上中学、小学的朋友，可能不光跟电视上看过，还集体被带去电影院看过。

北京的中学、小学，有一个比较特别的地方，就是小孩儿们老得参加各种活动。比如我小时候，东城、西城两个区的学生，每个学期差不多都能赶上两三回。正坐在教室里上课呢，教导主任"咣当"一声推门进来，先冲上课的老师点个头，扭脸再跟大伙儿说："同学们，赶紧收拾收拾，今天咱们的课就不上啦，有任务！去机场欢迎外宾！大家抓紧时间，该上厕所的上厕所，该喝水的喝水，整理一下服装。半个小时以后，排队在学校门口上车。别迟到，别忘了把花带上。"

那位问了，什么叫把花带上呢？回头您有工夫，可以上网看看老的新闻纪录片，以前学生跟机场欢迎外宾的时候，手里都得举把花，来回晃悠。那个花不是真花，是拿绸子做的，平时归学校统一保管。赶上有任务的时候，老师再把这个绸子花发到学生手里。学生举着花，站马路边上，一边晃悠花，一边嘴里还得喊："欢迎欢迎！热烈欢迎！欢迎欢迎！热烈欢迎！"

这套流程走下来，最起码半天的课就不用上啦！大伙儿都觉得挺光荣，挺有意思的。运气好的话，还能发个面包、苹果什么的，所以那时候我们都特盼着有任务。

老天爱笨小孩儿

《我的九月》里讲的故事，差不多也就这么回事儿。1990 年 9 月 22 日，北京亚运会开幕了。一般来说，但凡举办文艺晚会、开幕式这种大型活动，开场肯定都得来个集体项目，参与的人越多越好，为的是把现场的气氛给烘起来。

1990 年的亚运会开幕式，有一个团体操表演，叫《相聚在北京》。《相聚在北京》拢共分六个小节，第三小节叫"中华武术"。《我的九月》里边，安建军参与的就是武术团体操表演。

安建军外号叫"安大傻子"，实际根本不傻，就是心眼没别的孩子那么多。用北京话讲，这孩子有点儿"傻实诚"，心里没那么多弯弯绕绕。您可以好好回忆回忆，从幼儿园到大学，直到后来参加工作，身边可能都有过这样的人。平常话不多，蔫了吧唧的，偶尔碰见个事儿，甭管好事儿坏事儿，全都往后躲。只要跟别的小孩儿一块儿玩儿，吃亏的永远是他。吃了亏，人家也照样乐乐呵呵，不长记性，也不计较。

说起来，这种脾气的人反倒更容易相处，因为他不知道怎么给别人挖坑，您不用操心防着他。甭管干什么事儿，计划做好了，规矩定出来，交到这样的人手里，那是一万个放心，办得绝对走不了样。可是呢，您要是指望这样的人独当一面，搞搞创新，干点儿开创性的工作，那是必定砸锅！因为他没那个脑子！

《我的九月》里边，安建军就是这样。脑子比身边的机灵孩子慢半拍，手和脚也跟不上趟。辛辛苦苦练了小半年的操，没承想，临到快上场的时候，让体育老师给刷下来了。

有句话您都知道，叫"勤能补拙"，机遇总是留给有准备的人。安建军让体育老师给刷下来以后，不抛弃，不放弃，闷着头自己接茬儿练。结果呢，皇天不负苦心人，亚运会眼瞅着就要开幕的时候，有个同学没留神，脚崴了，空出来一个名额。

一大帮被刷下来的孩子，都惦记占这个坑。于是，故事的高潮就来了，好几个学生站在操场上比武，争名额。班主任领着一帮同学跟旁边站着，替安建军加油叫好、打拍子，大家一起从"一二三四"喊到"四二三四"……

一起来做"辣椒操"

1990 年开亚运会的时候，安建军刚上小学四年级，那他应该比我小十岁左右。

我小时候上学，做的是第五套和第六套广播体操。现在好多学校开运动会，学生走分列式入场，喊口号的时候，最爱喊的那句"发展体育事业，增强人民体质"，我没记错的话，就是第五套广播体操伴奏音乐开头的一句话。

20世纪50年代以前，广播体操不叫广播体操，叫"辣椒操"。为什么叫"辣椒操"呢？广播体操这个东西，是从日本那边传过来的。日语里边的"广播"，就跟"辣椒"俩字发音差不多。

日本有个NHK电视台，在以前NHK还只是个广播电台，日本老百姓每天守着话匣子，听的都是他们家的广播节目。从1928年开始，日本政府让NHK每天上午定时播放一段音乐。老百姓听见这个动静，甭管手里正干着什么呢，都必须把手里的活放下，马上跟着音乐做操。

我小时候赶上学校放寒暑假，每天都能睡到自然醒，太阳不晒屁股，我绝对不从床上爬起来。好像还真没听说同学里边有谁大早上爬起来做广播体操的。

日本的规矩不一样，学校有规定，就算是放假，大家都跟家待着，每天只要广播里的这个音乐响了，学生就必须从被窝里爬出来，出门做操。不光自己做，还得拉着爸爸、妈妈、爷爷、奶奶一起做。

中国小孩儿，上学的时候，流行考各种级，像什么英语六级、钢琴八级、计算机二级。日本那边，做广播体操也考级。做操的水平不一样，评的级也不一样，评完了级，还有专门负责发证书的地方。

晚清以后，好多中国学生去日本留学。日本学生见天做广播体操，中国学生也得入乡随俗，跟着一块儿做。这些留学生毕业回国以后，就把广播体操传到中国来了。那时候会这个洋玩意儿的，多数都是大学体育系的老师和学生，再就是留过洋的知识分子，普通老百姓根本不知道广播体操是什么玩意儿。

1951年，归国华侨杨烈和毕业于北京师范大学体育系的刘以珍拿日本的"辣椒操"当底子，编出来一套咱们中国人自己的广播体操。1951年12月1号，中央人民广播电台正式开始播放广播体操的音乐，每天准点开播。从此，全国到处都可以看到大家伙儿一起做广播体操的场面。

那些年，我们逃过的操

眼下还能每天坚持做广播体操的人，一般都是在校中小学生，上了大学以后，也就不做了。二十世纪五六十年代那会儿不一样，全民都做广播体操。每天上午十点，大喇叭里边音乐一响，跟单位上班的人，只要手头没要紧事儿，都得站起来找地方跟着做，这叫工间操。不用上班的人，比如在家看孩子的，每天上午十点，也要跟着街道居委会的人一起做操。农民也一样，哪怕说您正抢着锄头跟地里干活呢，听见村里的大喇叭一响，也得撂下锄头，先做操。

1962年，上海天马电影制片厂拍了部喜剧电影，叫《大李、小李和老李》，讲的就是上海的一家肉联厂，因为做广播体操勾出来的一连串故事。

小李二十出头，正是血气方刚、爱蹦爱跳的岁数。大李和老李呢，是肉联厂的管理层，年纪大了，身子骨不好，懒得动换①，还觉得年轻人做广播体操，是变着法地泡蘑菇②，瞎耽误工夫。每天上午十点钟，工厂大喇叭的音乐一响，这二位是能躲就躲，找出各种理由推托，反正就是不愿意做操。

逃操，好多朋友上学那会儿，都干过这事儿。全国各地不一样的地方，学生每天做操的时间也不一样。有的学校是学生每天早上到校，先做操。北京的学校，一般都让学生在上午第二节课之后的大课间做操。下了课，学生先去操场做广播体操，做完操，麻利儿地上个厕所，然后赶紧回教室，

---

① 动弹；活动。
② 指消极怠工。

156

接茬儿做眼保健操。

做操时出勤的人数，跟班级每个月的总评成绩挂钩，直接影响这个班拿流动红旗的概率。所以每到这个时间段，班主任都得跟在学生屁股后头监督着，就怕有人逃操。要是成心想逃操的话，那您必须得有充分的理由。

女生干这种事儿，天生有优势。大冬天的时候，外头西北风刮着，零下十几度，要是懒得出去上操，就可以这么跟班主任说："老师，我……我这两天不太方便。"

您注意啊，说这句话，语气不能太理直气壮，一定得带出"不好意思"的那个劲儿。说话的时候，吞吞吐吐，嘴一抿，眼皮一耷拉，脑袋一低。用文言文讲，这叫欲说还休，含羞带愧。

女生玩儿出这么一手来，要是碰见个女老师，多少还能深问两句："怎么又不方便哪？上个礼拜，你不是已经不方便过了吗？"

要是碰见男老师呢，学生这么一说，男老师连问都没法问。要赶上老师是个大小伙子，还得闹个大红脸，只能摆摆手："成，成，成，你去办公室吧，别跟教室待着，省得回头让值周生逮着。"

男生就不一样了，要是手里没有病假条，又想逃操，那就只能说自己头疼，再不就是肚子疼。为什么非得说这两样毛病呢？因为这两样毛病，它不容易验证！您要是说自己发烧，班主任伸手一摸脑门，挺凉，那不就玩儿现了吗？

装肚子疼，也是门技术。等到下了第二节课，班主任过来监督上操的时候，您再看这位，左手连带半条胳膊，放桌子上当枕头，垫着脑门；右手放在下边，捂着肚子。眉毛拧着，鼻子挤着，眼睛半睁半闭，龇牙咧嘴，哆哆嗦嗦，挤出来一句话："老……啊……老师，我，我肚子疼。"

当老师的，长年累月跟学生斗智斗勇，真病假病，一眼就能看出来。看出来这位是装的，班主任就可以这么跟学生逗咳嗽玩儿："肚子疼啊？没事儿！赶紧去操场活动活动。你这是抻了筋啦！多活动，使点儿劲儿，把懒筋抻开，就不疼啦。"

学生要是下定决心想逃操的话，那就得找点儿更有技术含量的理由。打个比方说，我是班里的语文课代表，每天早上到校，第一件事儿就是收作业。那您可记住了，作业收齐了以后，您要是立马就给语文老师送去，那就算糟践资源！您把作业本先跟手里搁着，临到第二节课打了下课铃，眼瞅要上操的时候，再抱着这摞作业本上办公室去。班主任要是问的话，就理直气壮地告诉他："语文老师那儿还着急判作业哪！这是大事儿！不能耽误！"

班主任听学生这么一说，那就彻底没咒念啦。

把作业本送到办公室，再跟语文老师唠两句，扯扯闲白。别人跟那儿做操，我呢，溜溜达达，上厕所，回教室。别的老师要是拦着问为什么不上操，咱还可以一拍胸脯，理直气壮地说："我是为了班集体的事儿，牺牲自己的做操时间，这是工作！"

电影《大李、小李和老李》里边的老李，玩儿的也是这路数。每天上午十点钟，做操的音乐一响，他就背着手，溜溜达达，跟厂子里串车间，检查工作。

话说有这么一天，做操的时候，老李照方抓药，去冷库检查。没承想，小李没瞅见他，听见上操的音乐响了，锁上门就走了。老李就被关冷库里了。

肉联厂的冷库，那都得零下十几二十摄氏度，这哥们儿就穿了个小单褂儿，好家伙，冻得哆哆嗦嗦的。浑身上下眼瞅要冻硬了的时候，用说书先生的话讲，老李那是福至心灵、贼起飞智，把广播体操这事儿想起来了。在冷库里头，自己给自己打拍子："一二三四！二二三四！三二三四！四二三四！"把这套操，翻过来掉过去做了好几遍。好不容易坚持到冷库的工人回来，这才算捡了条命。

您别说，老李做操，还做出甜头来啦！做完还觉得身上挺舒服。转过天来，还是上午十点，做操的音乐一响，人家不用别人催，主动就出去做操了。

转体运动，预备——起

《我的九月》里边的安建军大概比我小十来岁，所以我推测，他上学那会儿做的应该是第七套广播体操。

第七套广播体操，可能是中国老百姓印象最深的一套广播体操。那时候正好还赶上全民体操热，咱们国家的体操运动员，连着跟国际上拿金牌。第七套广播体操的代言人是体操王子李宁，所以这套操的知名度也特别高。

当然了，第七套广播体操后边，还有第八套和第九套广播体操，不过那时候好多学校已经不强制要求学生集体做操了。再后来，几乎每个学校都有每个学校自己的操，跳什么的都有。

我住西直门高梁桥那会儿，家旁边挨着好几个学校，大、中、小学全有。学校周围的老百姓，平常过日子连手表都不用戴，听学校打铃就成。

比如说，俩老太太站在家门口，东家长西家短，跟那儿聊得正热乎呢，冷不丁隔壁学校的大喇叭就开始嚷嚷了："现在开始做第七套广播体操！第一组，伸展运动，预备——起！一二三四，二二三四……"

听见这个动静，俩老太太互相就得这么说："哟，他大婶，咱甭聊啦！麻利儿回家做饭吧，学校都做操啦！"

第七套广播体操的第一节是伸展运动，为的是让学生活动活动胳膊腿，把浑身上下的筋都给它抻开，热热身。

第二节是什么，您还记得吗？忘了的话，我带着您复习复习。第七套广播体操的第二节叫四肢运动，第三节是扩胸运动，后头还有踢腿运动、体侧运动、转体运动……拢共十节，每节都是四个八拍。

这十节广播体操里边，最容易发生故事情节的，可能就是转体运动。

为什么这么说呢？一个学校的男生、女生，年龄到了，互相之间，朦朦胧胧，多少就有了那么点儿说不清、道不明的意思。有了意思，也不敢直截了当把这个事儿挑明了。甭说把这个事儿直接挑明了，哪怕说平常上学，俩人多说两句话，多看对方两眼，让老师、同学逮着，没准儿就是个麻烦。

明的不敢来，那就只能来暗的了。借着转体运动这个茬口，名正言顺，偷偷瞄自己心里那个人一眼，也就成了好多人这辈子最美好的一段青春记忆。

没有结尾的故事

那位问了，瞄谁一眼，然后又能怎么着呢？

这个事儿，我只能这么告诉您：世界上好多故事其实就是这样，只有开头，没有结尾。

越是没有结尾的故事，才越让人觉得有味道，才越值得记住。

就像《我的九月》这个电影播了几十年以后，还有好多朋友跟网上留言，到处打听，安建军参加完亚运会开幕式以后，这几十年过得怎么样？班主任是跟大榆树小学一直干到退休，还是又调到别的学校去了？安建军的那帮同学，后来都考上大学没有？干的都是什么工作？

这些问题的答案，恐怕谁也不知道，只能留给您自己想象了。

所幸，安建军当年住的那个大杂院儿，现在也没怎么变样。这个大杂院儿，就在琉璃厂旁边的一条胡同里，胡同叫樱桃斜街。

回头要是有机会，您可以去琉璃厂那片儿的胡同里遛遛，兴许就能碰见安建军。运气好的话，没准儿还能碰见以前的自己。

牛魔王迷宫攻略

甲："拉过我的牛来!"

乙:拉过你的——哎,不不不,不对不对,人家上阵都骑马。

甲:没骑过马,怕不稳当啊。

乙:那也没有骑牛的呀!

甲:哎,骑牛仿古。

乙:哦,这还仿古?

甲:想当初,前七国"孙庞斗智",那孙膑就骑牛。

乙:嗻,孙膑那牛是五色神牛,能腾云驾雾。

甲:你看见了?你看见了?你亲眼得见?

乙:没有。

甲:废话,反正都是牛呗。

乙:好,牛牛牛,牛。

甲："拉过我的牛。"

乙：嗯！

甲："抬过我的扁担来！"

乙：好，不不不，不像话，不像话！人家上阵使刀使枪，哪有使扁担的？

甲：仿古啊。

乙：这也仿古？

甲："三打祝家庄"，那石秀就使扁担。

乙：嗐，石秀的扁担暗藏着兵器，里边还有一杆枪呢。

甲：都一样，一个地方买的。

乙：噢，那没问题！

甲：都有枪。

乙：好好好。

甲：当时我是骑着扁担抱着牛。

乙：好样的——不不不，不像话！那叫抱着牛骑着扁……嗐！我这也错了。骑着牛抱着扁担。

甲：噢，对！我举起扁担，大喝一声："好贼呀，好贼！"

乙：是！

甲："我放下武器，你饶我不死！哇呀呀呀……"

开篇先给您来了段传统相声《大保镖》。咱们今儿就顺着这个话头，扯扯闲白，写写关于牛的事儿。

诸葛亮栽下篱笆墙

全国好多地方，过年那几天，都讲究玩儿这么个小游戏，叫"九曲黄河阵"。

什么叫九曲黄河阵呢？

眼下农村的生活水平都提高了，农民盖房，房子周围垒院墙，垒的多数都是砖墙、水泥墙。墙垒得还挺高，站在外头，看不见院子里边到底什么样。往前说大概二十年，农村的院墙，一般还都是篱笆墙。1989年，不是还有个特别火的电视剧，就叫《篱笆·女人和狗》吗？农村砌篱笆墙，归了包齐，是因为那时候农民的日子不富裕，兜儿里没几个钱，买不起那么多材料，能省就省点儿。砌墙的时候，下半截用的是砖头，再不就是山里凿的大石头，最多也就砌一米来高吧。这一米来高的砖墙上头，还要结结实实地铺一层黄泥，然后插上点儿树枝子。黄泥干透了以后，树枝子就固定在墙头上了。现在也有人在院墙的墙头上插碎玻璃，意思都差不多。真赶上有小偷想顺着墙头翻到院儿里，多少就得费点儿劲儿。

最低档的篱笆墙，整面墙上一点儿砖头、石头都没有，纯就是树枝子，再不就是竹子、棒秸这些东西。北方农村，老玉米种得多。秋天农民掰完了玉米，会把剩下的棒秸晾干，可以留着冬天烧火用。

把晾干了的棒秸上头的叶子都劈干净，光剩中间的一根儿秆子，然后把收拾干净的老玉米秆儿，一根儿一根儿拿绳子编起来。院子有多大，您就沿着院子的边界挖一圈儿沟，也不用太深，有个十厘米左右就成。挖完了沟，再把刚才编好的老玉米秆儿，竖着栽到沟里边，填上土，踩结实了。这就算是一道篱笆墙了！

诸葛亮最拿手的绝活，是摆八卦阵。《三国演义》里头，关公走麦城，刘备替兄弟报仇，攻打东吴的时候，诸葛亮告诉他说："万一打不过人家，甭着急。麻利儿的，往回撤！我入川那会儿，布下了十万疑兵，能掩护你们。"

后来东吴大都督陆逊亲统大军，撵着刘备的屁股追，眼瞅就要从湖北追到四川了，流星探马来报："启禀都督，前方有好些大石头，乱七八糟的，也不知道怎么回事儿，恍恍惚惚，有股杀气弥漫其间！这事儿挺邪门的，要不咱甭追啦，咱走吧？"

陆逊呢，小马乍行嫌路窄，大鹏展翅恨天低，那是"小鸡吃黄豆——强努"！他还非得要较这个劲儿。结果好奇害死猫，进去就出不来了。最后还是诸葛亮他老丈人把自己姑爷的活给刨了，才算救了陆逊一命。

九曲黄河阵，说白了，就是把八卦阵的石头换成棒秸。找一块空地，按八卦阵的阵形，拿白灰画上线，然后顺着这些线挖沟栽棒秸，把这块空地隔成一条一条曲里拐弯儿的小胡同，就留一个入口和一个出口。人进去以后，且得跟里边绕呢。左绕一圈儿，右绕一圈儿，最后再从出口出来。

之前我在喜马拉雅做节目，聊过一回小时候玩儿的跳绳。跳绳，又叫跳百索。据说过年这几天玩儿跳绳，人从绳子这边跳到那边，身上的坏运气，就让绳子给挡住啦。这里头有个"一元复始，万象更新"的吉祥寓意。

过年玩儿九曲黄河阵，也是这么个意思。人跟阵里绕来绕去，甭管怎么着，最后肯定能绕出来。身上的坏运气呢，就留在九曲黄河阵里头了。过年的时候，走一遍九曲黄河阵，接下来的这一年就能顺顺利利，身上全是好运气。

有朋友问了，谦儿哥，您不是说要写牛的故事吗？怎么您跟这儿扯了半天九曲黄河阵，嘛意思？

您别着急，牛还跟八卦阵里转悠着呢，马上就出来。

外国也有牛魔王

中国老百姓过年玩儿的这个九曲黄河阵，放到外国人那边，就叫迷宫。现在好多文艺青年，没事儿的时候，都愿意上希腊那边溜达溜达，觉得挺浪漫。

希腊有个地方叫克里特岛。克里特岛有这样一个传说，说是好几千年以前，克里特岛的正宫娘娘，也不知道怎么回事儿，就跟一头牛谈上恋爱了。再后来，俩人就有了爱情的结晶。只不过这个"结晶"呢，跟一般的"结晶"不一样，他是人的腔子上托着个牛脑袋，叫米诺陶洛斯，说白了，就是希腊的牛魔王。

普通的牛，吃的都是草。《西游记》里边的牛魔王，不光吃肉，还吃人。希腊的牛魔王，比中国的牛魔王还讲究，吃人的时候，还不是说什么人都吃，人家就吃童男童女，每隔九年，就要吃七对童男童女，拢共吃十四个人。

这哥们儿老这么吃，您想想，能不遭人恨吗？克里特岛的皇上，实在没辙，干脆修了一个迷宫，把这牛儿子给关在里头了。

土皇上把牛儿子关在迷宫里头，拢共俩意思。一个意思是说，不让这牛儿子随便出来溜达，到处祸害老百姓。再一个意思就是说，老百姓也甭惦记进去找这牛儿子报仇，大伙儿井水不犯河水。反正每隔九年，最多也就是交出去十四个人。这是有数的，赶上谁算谁，认赌服输，甭矫情。

北京的北新桥有一个传说，好多外地的朋友可能也听说过。这个传说，大概意思讲的是六百多年前，刘伯温修北京城的时候，降伏了一条恶龙，然后把这条恶龙给关在一口水井里了。关在井里以后，刘伯温又觉得不牢靠，怕这条龙再跑出来，还跟井口上修了一座石桥，为的是添点儿分量，压着点儿恶龙。

龙呢，身子待在井里，脑袋"咯噔"一声，把井盖顶开一条缝，露出小半张脸来跟刘伯温瞎搭话："我说，刘……刘爷，嘛事儿啊这是，您也别弄得忒那什么了，是不是？好歹您给个话，多咱能让我出去溜达溜达？"

再看刘伯温，捋着胡子，俩眼一眯缝，呵呵一笑："龙哥，这事儿还不好办吗？我就能做主！您先老老实实跟井里待着。多咱井口上的这座桥旧啦，多咱您就可以出来溜达啦！我这事儿算做到家了吧？成不成，您也给个痛快话。"

这条龙还真不含糊，听刘伯温这么一说，"咯噔""咯噔"点了两下头。

那位问了，点个头，怎么还"咯噔""咯噔"的？刚才不跟您说了吗，龙的脑瓜顶上，还有个井盖呢。

"咯噔""咯噔"点完两下头，龙说："得！刘爷，咱就这么着，说准了，我可全看您了啊！"

说完这句话，这条龙"刺溜"一声往井里一缩，井盖"咯噔"一响盖上了，彻底没动静啦！刘伯温看它不言语了，跟手就在那座石桥上刻了仨字。

哪仨字呢？北新桥！这桥永远是新的，旧不了！倒霉龙，你就跟里头猫着吧，还惦记跟我玩儿，我玩儿死你！

这个故事，打从明朝开始，传来传去，传了六百多年，越传越邪乎。民间传说，关这条龙的那口井不是普通的水井，它是个海眼，井底下连着大海，全靠这条龙跟那儿堵着。多咱这条龙要是跑出来了，"哗啦"一声，海水往外头一喷，整个北京城就算彻底泡汤啦。

后来，希腊出了个新闻，说是克里特岛那边真发现了一个迷宫。这个迷宫，那是大山洞套小山洞，小山洞套着更小的山洞，曲里拐弯儿的，也不知道能通到什么地方。

据说洞里还能听见种动静，猛一听，"哞""哞"，就跟牛叫声差不多。越往洞的深处走，"哞""哞"的动静还就越大。这么一来，当地的老百姓就算炸了庙了。有人说，古希腊那牛魔王，没准儿真跟这地下迷宫里边关着呢，咱可不能随便招他去，回头这哥们儿牛脾气犯喽，再跑出来，那可就算崴泥啦。

您说，这不是气迷心吗？

老子骑犀牛

明朝人编的《封神演义》里头，也有个九曲黄河阵，这个九曲黄河阵跟咱前头写的那个不一样。商朝的闻太师带着人马攻打西岐的时候，实在打不过姜子牙这帮人，就请来黑虎玄坛赵公明，还有赵元帅的三位师妹，这几位神仙摆的一个阵，叫作九曲黄河阵！

好多传统评书里边，都有这么个说法：武将出征打仗的时候，要是碰见三种人，必须小心！哪三种人呢？女人，小孩儿，出家人。这三种人，不上阵则已，但凡上阵，必然就有过人之处，伸手就能要人命。

赵元帅的仨小师妹，就是这么回事儿，仨人堵着周武王他们家门口，摆了个九曲黄河阵。姜子牙手底下的那帮神仙，进去一个困住一个，进去一个困住一个。最后实在没辙，只能把老子（也就是太上老君）请下来，帮着平事儿。

老子下界，帮姜子牙平事儿的时候，胯下骑的是一头青牛。

据说后来，老子骑着青牛，一直往西溜达，溜达出函谷关，跟甘肃那边转悠了一圈儿，最后在临洮得道成仙，带着那头青牛，一块儿羽化飞升了。

老子骑的这头青牛，跟《西游记》里边也露过脸。唐僧师徒过了通天河，临到女儿国以前，半道上碰见的青牛精就是它。青牛精，又叫独角兕大王，手里有个圈儿，叫金刚琢，不光孙猴儿打不过他，普天下的神仙，全打不过他。最后只能把老子请下来，让他管好自己家养的牛。

"独角兕大王"这个名号里边，为什么非得带"独角"俩字呢？回头有工夫，您可以翻翻《封神演义》，那里边白纸黑字写着呢，老子骑的那头牛，正名叫"板角青牛"。

什么叫板角青牛呢？传统评书《西楚霸王》，给霸王项羽开脸，一般都得这么说，项羽是目生重瞳，板肋虬筋。目生重瞳，是说项羽的眼睛跟普通人不一样，一只眼睛里边长了两个瞳孔。板肋，大概意思就是说，普通人的肋条骨，都是一根儿一根儿的。项羽呢，肋条骨都连了宗了，拿手一摸，是一整片骨头，相当于就是一根儿骨头，这叫板肋。

老话讲，异人必有异相。民间传说，长了板肋的人，力气特别大。《西楚霸王》里边，说西楚霸王项羽长了板肋，《隋唐演义》里边的西府赵王李元霸，手使一对擂鼓瓮金锤，据说也是长了板肋。

板角青牛，意思就告诉您说，老子骑的那头牛，脑袋上只有一根儿犄角，不是两根儿，所以叫板角。这种脑袋上只有一根儿犄角的牛，古时候就叫兕。《西游记》里这个爱玩儿套圈儿的青牛精，叫独角兕大王，往根儿上捯，大概就是从这儿来的。

这事儿可不是我瞎说啊。《山海经》里有段话，大概意思就是说：湘江的南边（就是今天的湖南一带），有一种动物叫"兕"，长得像牛，全身黑不溜秋，脑袋上只有一根儿犄角。兕这种动物，平常轻易看不见，但凡出来溜达，让人看见了，那一定是太平盛世。

这个事儿不一定是古人纯瞎编，多少可能还有点儿影儿。

为什么这么说呢？

有个成语叫"沧海桑田"。古时候的气候、水土，跟现在还是很不一样的。直到宋朝那会儿，河南那边还能看见野生的大象。河南属于北方地区，湖南那可是正枝正派的南方了，好几千年以前，湖南的树林子里，说不定就有大象、犀牛。我合计啊，树林子里边乱七八糟的，又有草，又有树，光线也暗。当地老百姓，吃完了饭，闲得没事儿遛个弯儿，冷不丁碰见一头犀牛，心里一害怕，眼睛一闭，撒丫子就跑。跑回家，再找街坊邻居传闲话。传来传去，传走样了，没准儿"板角青牛"这玩意儿，就是这么传出来的。

老子的副业是斗牛

现在您去河南那边，有空的话，跟大街上溜达溜达，找在马路边上晒太阳的老人聊聊，没准儿还能听到"老子降青牛"的故事。

据说很久很久以前，老子还是个光屁股小孩儿的时候，河南的大山里有一头大青牛，这头大青牛的身量跟大象差不多。普通的牛都爱吃草，这头大青牛呢，喜欢吃肉。平常是逮着人就吃人，逮着山里的老虎、豹子，照吃不误！谁都惹不起它。

有这么一天，老子拿着镰刀上山割草，迎面正好撞上这头大青牛。大青牛一看，外卖都给送到家门口了，我就甭拘着啦！麻利儿的，趁热，我垫补垫补吧！

您再看老子，那是真沉得住气，不慌不忙把镰刀往裤腰里一掖，再把身上戴的红兜兜解下来。一只手拽着红兜兜的一个角，冲着大青牛一抖搂……西班牙斗牛，您都见过吧？老子收拾大青牛，玩儿的就是这手。大青牛"哞哞哞"连叫三声，脑袋一低，犄角朝前，撒开四蹄，看准了老子手里的这块红兜兜直冲过来。

老子呢，不慌不忙，"唰"一晃红兜兜，把牛头让过去，跟手从腰里拽出镰刀来，照着牛屁股就是一下。大青牛屁股上挨了一镰刀，掉过头，往回冲，老子还是照方抓药。

来来回回折腾了这么几趟，大青牛算是彻底服啦，没脾气了，最后就被老子驯服了。当然，老子拿红兜兜斗牛的事儿，我可不能证实啊，我一说，您一乐，就成。

想吃酱牛肉，您得往东走

这两天眼瞅快要过年了。要过年了，那也就快立春了。立春这天，除了吃春饼，有些地方还有个风俗。

什么风俗呢？打春牛。

打春牛，说白了，就是弄点儿黄泥，做个牛的雕塑。雕塑干了以后，再画上各种花纹，涂上颜色。等到立春这天，大伙儿拿着鞭子，一块儿抽这头泥巴牛，直到抽碎为止。

立春那天，玩儿这么一出，归根到底，也有"一元复始，万象更新"的意思。抽碎了用黄泥做的假牛，为的是让那些真牛在新的一年有个新的开始，好好干活，好好耕地，好迎来一年的丰收。

立春这天打春牛，据说有个不成文的规矩：打春牛的地方，要在东边。

为什么要在东边呢？按照阴阳五行的说法，东方属木。

拿北京来说，民间传说刘伯温修北京城的时候，按照阴阳五行的说法，在东西南北中五个方向上，留下了五样镇物。这五样镇物里，有一根儿顺着大运河从南方运过来的金丝楠木。供着这根儿楠木的地方，叫神木厂，就在北京城的东边。

东方属木跟打春牛，这两件事儿有什么关系呢？东晋那会儿，有个叫郭璞的大学问人，写了本杂七杂八的书，叫《玄中记》。按这书里的说法，大树长到一千岁，就可以幻化成青羊，要是能长到一万岁，就能幻化成青牛。树，不就是木头吗？牛属木，所以打春牛的仪式必须在东边举行。

《玄中记》里还讲了个小故事。说是有那么一回，汉桓帝吃饱了没事儿干，跑到河边上遛弯儿。冷不防，河里蹿出来一头青牛。也不知道怎么回事儿，这头青牛上岸以后，"哞哞"叫了两声，脑袋一低，犄角朝前，冲着汉桓帝就去啦！

就在这么个裉节上，有个姓何的太尉，挺不含糊，高喊一声："呔！孽畜休伤我主！"抢着大斧子就冲上去了。只听得"扑哧"一声，红光迸现！斗大的牛脑袋，骨碌碌滚在地上！敢情是何太尉一斧子下去，就把牛给宰了。

常言道，功高莫过救主。何太尉立了这么大的功，还挺坐得住。他不慌不忙，擦擦大斧子上的牛血，冲着汉桓帝一抱拳，还卖派了两句："陛下莫慌，此牛乃万年古树幻化而成，根本禁不住臣这一斧子，再来两三个也没问题。臣一人，全包圆啦！"

汉桓帝呢，死里逃生，捡了条命，挺高兴。当场传旨：御膳房火速把这头牛给朕炖喽，多搁点儿作料，朕今晚上要吃酱牛肉，再烙两张螺丝转烧饼。哦，对啦，回头肉炖熟了，赏赐何爱卿酱牛肉五十斤，给他也多烙几张饼，回家卷着吃去吧。钦此！

酱牛肉这段，是我顺嘴瞎编的啊。您读一读，别当真。

神农是个"牛魔王"

中国南方，除了立春这天要打春牛以外，每年阴历四月初八，还得过牛王节，给家里的牛烧香上供。民间传说，阴历四月初八，是牛的生日。

福建那边，牛王节这天，甭管地里的活多忙，必须得给家里的牛放一天假，让它休息休息。光休息也不成，还得给牛吃点儿好的补补。具体怎么个补法呢？

南方好多地方，喜欢吃泥鳅，管泥鳅叫"水中人参"。牛王节这天，福建那边的农民，要是家里养牛的话，按老规矩，会用泥鳅泡酒，喂给牛吃。

那位问了，牛的生日，是阴历四月初八，这事儿到底是谁定的呢？

这个事儿，要想掰扯清楚了，可能稍微有点儿绕。您别着急，容我慢慢给您掰扯。

中国自古以来就是个农业大国，讲究以农为本，对种地的事儿特别重视。我小时候，二十世纪六七十年代那会儿，农村还有这么个规矩，逢年过节，想改善改善生活，炖锅肉吃，宰猪、宰羊、宰鸡、宰鸭子，都可以，没人管。唯独宰牛，不成。私宰耕牛，这个事儿犯法。

为什么呢？那时候农村没那么多拖拉机，下地干活，全指着牛呢。随便把牛宰了，您倒是解馋了，吃完了酱牛肉，回头地里的活谁干？

中国老百姓讲究以农为本，种地又离不开牛，天长日久，牛跟种地这二者，慢慢就画了等号啦。中国种地最有名的农民，大哥大，那得是尝百草的神农。神农，在中国传统文化里边，又叫炎帝。中国人管自个儿叫炎黄子孙，黄帝、炎帝都是咱们的老祖宗。

话说到这儿，您知道炎帝到底长什么样吗？这个事儿，《帝王世纪》里头就说啦，说炎帝是人的腔子上头托着个牛脑袋，跟牛魔王一个扮相。

民间传说，炎帝是阴历四月初八的生日。刚才咱们说了，中国传统文化里边，牛和种地这二者，差不多可以画等号。神农种地，照样离不开牛，所以我估摸着牛的生日也是阴历四月初八这事儿，是从这儿来的。

德云社摆下黄河阵

我们德云社老天桥旗舰店南边，天坛附近，有个地方叫先农坛。先农坛，好多朋友应该都听说过，那里边供的就是神农的牌位。

老式年间，德云社老天桥旗舰店这块儿，还有个别名，叫"坛口"。据说啊，不到一百年以前，过年这几天，坛口这个地方，就有全北京最大的九曲黄河阵。九曲黄河阵为什么非得放在坛口这儿呢？

这地方当年是一大片野荒地，宽敞，方便折腾。过年了，老天桥的人气旺，看热闹的人，溜溜达达走到坛口这儿，心里觉得挺高兴、挺痛快，都愿意花俩钱，上九曲黄河阵里转悠一圈儿，图个好运气。

现在您要是想去老天桥见识见识九曲黄河阵，那肯定是看不见啦。不过呢，您可以多听几段相声。乐一乐，十年少，开怀一笑，甭管什么倒霉的晦气，都能给它笑没喽。

今儿开头聊的是九曲黄河阵，聊来聊去，绕了一个大圈儿，又给您绕回到九曲黄河阵，也就算聊到头啦。咱们下回再聊。

忆佳节

鞭炮隆，锣鼓隆，传遍江南塞北中，三山唤彩虹。

灯火红，焰火红，树下龙灯舞旋风，上元花月胧。

叫灯儿

白塔寺有个喇嘛茶馆

我小时候住在阜成门白塔寺，之前我也跟您各位交代过。白塔寺那地方，直到 20 世纪 50 年代初的时候，每个月还要办好几回庙会呢！人气特别旺！大半个北京城的老百姓，都得上这地方买东西来！

人气这么旺的地方，各种配套的服务设施，必须也得跟上呀。最起码，赶庙会的人溜达累了，得有个地方让大家歇歇腿，喘口气，喝口水，对不对？

这个歇脚的地方，就在白塔寺。

北京的白塔寺跟雍和宫一样，都是著名的藏传佛教寺庙，正名叫妙应寺，寺里住的全是大喇嘛。出家人，再怎么修行，也得跟普通老百姓一样穿衣吃饭，是不是？老式年间，白塔寺的大喇嘛为了多挣几个香火钱，就跟庙里开了一个大茶馆。

茶馆是喇嘛开的，也没什么正式的买卖字号，周围的街坊邻居指着大喇嘛说事儿，就管这个茶馆叫喇嘛茶馆。

当初白塔寺大喇嘛开的这个喇嘛茶馆，就跟老舍先生笔下的那个大茶馆差不多。每天泡茶馆的人，那也是五行八作、三教九流，什么样的人都有。用现在的话讲，烟火气特别足。大伙儿进了茶馆，互相打招呼，全是地道的北京味儿，好比说甲乙二人相见，甲这边一拱手，腰往下一哈，未曾说话先带笑："哟嗬，三爷！咱可老没见了啊。您家里都吉祥？"

乙跟着就得还礼："是，是，八爷。有日子没见了，托您惦记着，老老少少都挺好。您家里都吉祥？"

是不是特别欢乐祥和？

喇嘛茶馆，蝈蝈开会

民国的时候，每年春节后，年尾这几天，喇嘛茶馆有个约定俗成的规矩，什么规矩呢？叫灯儿！

"叫灯儿"到底是什么意思呢？正月十五元宵节，家家户户都得出门赏灯。那时候的规矩是：正月十三挂灯笼，正月十五闹花灯，一直折腾到正月十七，这个年才算彻底过完。养鸣虫儿的玩家，怀里揣着葫芦，后晌早早吃完了饭，天一擦黑，就得出门逛灯。

"鞭炮隆，锣鼓隆，传遍江南塞北中，三山唤彩虹。灯火红，焰火红，树下龙灯舞旋风，上元花月胧。"元宵佳节逛灯那是必不可少的，这一天的北京，哪儿哪儿都是张灯结彩，花灯齐放。平时都宅在家里的人们，这会儿也必得出门，在街头云集，一起高高兴兴、通宵达旦地逛灯！

溜达累了，就得上喇嘛茶馆歇歇。玩儿主进了茶馆，先找张桌子坐下，再跟跑堂的茶博士要俩茶碗。

自己一个人喝茶，为什么要两个茶碗呢？

一个茶碗是自己喝茶用的。还有一个茶碗，您把滚开滚开的茶水倒进去，稍微闷那么几分钟，为的是让茶水的热度传到茶碗上。茶碗烫热了以后，您给它端起来，"哗啦"把茶水往地上一泼。然后趁着茶碗那个热乎劲儿，把装着鸣虫儿的葫芦从怀里掏出来，竖着给它放进茶碗里头。

鸣虫儿，甭管是蝈蝈还是油葫芦，温度一高，觉得暖和了，当时就叫。尤其是蝈蝈，越热越爱叫。茶碗是热的，葫芦在碗里头，慢慢也就热乎了。虫儿跟葫芦里待着，心里还琢磨呢："哎？怎么这么暖和呢？别是春天来了吧？不成，我得抓紧时间，麻利儿的，好好卖卖力气，使劲儿叫！"

虫儿的情绪一上来，两个小翅膀，立马就给上劲儿啦。这边是"咯咯咯"，那边是"嘚，哟哟哟"，蝈蝈跟蝈蝈较劲，油葫芦跟油葫芦较劲，谁也不服谁，赛着叫。倒要看看谁的水平高，谁能把谁给压过去。您再看这个大茶馆，嚯！用北京话讲，弄得跟蛤蟆吵坑似的！那叫一个热闹！

养虫儿的本主儿，坐在那儿，闭着眼睛，摇头晃脑，听这些虫儿叫唤。嘴上不说，心里也有个比较。

比较什么呢？比的是谁的虫儿叫得好，叫得有水平。再有，就是互相比比，谁带的葫芦好，谁的更高端大气上档次。

谁的虫儿叫得好，说明这位伺候得好，技术高，有两把刷子。谁带的葫芦好，那就说明养虫儿的这位有身份、有地位。这位在养虫儿圈儿里，就算是露了大脸啦！大伙儿都得恭敬着点儿。

老北京人管白塔寺喇嘛茶馆玩儿的这出，叫"叫灯儿"。按那时候的规矩，元宵节"叫灯儿"，必须连着折腾三个晚上，从正月十三一直玩儿到正月十五。正月十五那天夜里，算是"叫灯儿"的总决赛。

康熙：音乐花灯，朕最爱

好不秧儿的，喇嘛茶馆怎么就有了"叫灯儿"这个风俗呢？

这说来话就长了。咱们先从一部电影说起。

1987 年，意大利导演贝纳尔多·贝托鲁奇拍了部电影，叫《末代皇帝》。电影里边讲到，三岁的小溥仪登基那天，在龙椅上扭来扭去，不老实，大臣从怀里掏出来一个葫芦，让他看里边的蝈蝈，哄着皇上玩儿。而在电影的末尾，上了岁数的溥仪自个儿花钱买票进故宫溜达。进了宫，坐在龙椅上，伸手往椅子缝里一掏，掏出来一个葫芦，葫芦里边也有一个蝈蝈。

皇上也爱玩儿蝈蝈吗？可不嘛，清朝皇上冬天养虫儿这股风，往根儿上捯，最早是康熙皇上兴起来的。

清朝那会儿，正月十五这几天，宫里也得闹花灯。当时康熙皇上定了个规矩，什么规矩呢？闹花灯的时候，灯笼里得塞几个葫芦，葫芦里得放着蝈蝈、油葫芦这些鸣虫儿。

现在正月十五闹花灯，灯笼里头多数是 LED 灯。这种灯特别亮，可是没什么温度。传统的灯笼，里头点的是蜡烛，温度高。鸣虫儿在里边，身上觉得挺暖和，它就开始叫唤了。

别人正月十五闹花灯，最多只能看个亮。康熙他们家的灯笼呢，不光有亮，还带响，相当于现在的音乐花灯。灯笼亮起来，各种虫儿直叫唤，周围再摆上一圈儿反季节的花——之前咱们提过的唐花，皇上弄个小马扎，守着灯笼那么一坐，左手拿个大面包，右手来根儿火腿肠。眼前有花有草，还能听见虫儿叫，立马就能找着春游的感觉。《清宫词》中就有相关的记载：

> 元夕乾清宴近臣，
> 唐花列与几筵平。
> 秋虫忽向鳌山底，
> 相和宫嫔笑语声。

康熙皇上开了这个头以后，后头连着多少代的清朝皇上，也就都喜欢养虫儿了。皇上带头，您想想，普通老百姓，尤其是八旗子弟，能不跟着凑热闹吗？这股风，刮来刮去，最后就刮出来一个元宵节"叫灯儿"的风俗。

有个地方叫份房

老北京鸣虫儿圈儿，正月十五玩儿"叫灯儿"，还有一个意思。现在的份房，技术水平都高，一年十二个月，您什么时候想玩儿，什么时候就能买着份好的嫩虫儿，一年四季不断货。以前玩儿鸣虫儿，一般只能玩儿秋、冬两季。阴历八月，秋风起来了，份虫儿的虫儿把式，就去野地里把各种鸣虫儿逮回来，卖给城里喜欢玩儿虫儿的人。虫儿把式还得从逮着的虫儿里优中选优，挑出来一拨精品当种。您这儿玩儿着当季的虫儿，份房那边就开始繁殖下一代了。

份虫儿就是"下小崽儿"的意思。下小崽儿为什么不直接说下小崽儿呢？它不好听呀！回头您上花鸟鱼虫市场买虫儿去，看见一位卖油葫芦的，您溜达过去，不管不顾，直眉瞪眼就是一句："这是您自个儿下的？"

再看这位，白眼一翻，当时就得回您一句："您真抬举我，我哪儿有那本事呀？"

为了说出来的话多少能好听点儿，老北京人就管"下小崽儿"叫"份"，像什么份蛐蛐、份蝈蝈之类的。

份房的这个"份"字，眼下写法挺乱的。有的直接写成出份子的"份"。也有专业的虫儿把式，为了强调自己吃的是鸣虫儿这碗饭，写的是带"虫"字旁的这个"蚡"。

其实呢，这个字最早的写法，可能是分开的"分"。为什么是这个字呢？"细胞分裂"这个概念，好多朋友在中学生物课上应该都学过。细胞分裂，不就是细胞一个变两个，两个变四个，四个变八个的过程吗？份房，差不多也是这么个意思。

再往早了说，以前老北京人把份虫儿的高手称为"罐家"。为什么叫罐家呢？虫儿把式份蝈蝈、份蛐蛐，用的是那种跟花盆差不多的瓦罐，瓦罐里边装着土。母蝈蝈、母蛐蛐跟土里甩完了子，虫儿把式就把瓦罐搁在专门的温室里边。传统温室靠烧炭盆保温，现在有电暖气、有空调，就更方便啦。

温度、湿度控制住，蝈蝈、蛐蛐的子，甩到土里，七天就能孵出来小蝈蝈、小蛐蛐。刚孵出来的小蝈蝈、小蛐蛐最多也就米粒儿那么大，还得连着再蜕几次皮，才能变成会叫的大蝈蝈、大蛐蛐。

虫子的皮，文言的说法，叫"壳"。"金蝉脱壳"这个成语，您一定听见过。蝈蝈、蛐蛐每蜕一次皮，用虫儿把式的行话讲，就叫蜕了一壳。跟别人介绍的时候，虫儿蜕过几次皮，就可以说是几壳的虫儿。比如说，蜕过五次皮的小蝈蝈，您就可以告诉别人说，我这是五壳的蝈蝈。

蝈蝈、蛐蛐每蜕一次皮，身量就稍微长大了一点儿。虫儿把式呢，就得给这些虫儿再换个大点儿的罐子。虫儿和罐子得是配套的。份虫儿离不开罐子，老百姓拿这个罐子说事儿，就管养虫儿的地方叫"罐家"。

蝈蝈、蛐蛐，又叫百日虫儿，存活时间只有三个月左右。玩家手里现成的大虫儿，一到日子就嗝儿屁着凉大海棠了，罐家自己份的这拨虫儿，这时候也蜕够了皮，长成了，正好能接上茬儿。这个时间点，差不多就在阴历十一月前后。

您可以掰着手指头算算，阴历十一月到正月十五，大概又是小三个月。虫儿养到这个份上，也就差不多了，再想玩儿，只能等秋天再说，当中间最少有半年的空白期。元宵节夜里，玩儿虫儿的哥们儿、兄弟，聚到喇嘛茶馆，玩儿一把叫灯儿，赶个末班车，最后过把瘾。用现在时髦儿的话说，这就叫最后的疯狂。

大捞咪就是不干活的蛐蛐

1959 年，上海美术电影制片厂拍了部动画片，叫《济公斗蟋蟀》。蛐蛐，按字典上的说法，学名叫蟋蟀。可是按老北京的说法，好多品种的蟋蟀，其实都不能叫蛐蛐。

就拿济公斗的这个蛐蛐来说，本身就分公母两种。公的能斗、能叫，俗称叫二尾。母的呢，不能斗，也不会叫，屁股上多一根儿甩子用的针，北京小孩儿管它叫三尾大扎枪。

三尾大扎枪，按最严格的标准来说，就不能叫蛐蛐！除了三四岁的光屁股小孩儿，任嘛不懂，拿着当玩意儿，再就是份虫儿的虫儿把式留着当种，养鸟的给鸟当活食。剩下的，倒找钱都没人要这个东西。

以前的小孩儿，只要跟着大孩子去草丛里逮过两回蛐蛐，对蛐蛐的种类也就门清了。还有一种算不上蛐蛐的蛐蛐，好多逮了一辈子蛐蛐的人，未见得能认得出来。北京小孩儿管这种不算蛐蛐的蛐蛐叫"大捞咪"。

蛐蛐圈儿里边，有这么个说法，说"虫王常落顽童手"。这句话的意思就是说，大人玩儿蛐蛐，有门道，最起码会看看《促织经》《蛐蛐谱》，到大野地里逮蛐蛐的时候，大人们照方抓药，品相差一点儿都不成，有些"非主流"的好蛐蛐，没准儿就给放过去了。

小孩儿逮蛐蛐呢，没那么多讲究，提溜个罐头瓶儿，别的什么家伙什儿都不用，直接拿手扣。小孩儿也不管什么品相不品相，逮着一个算一个，追求的是数量，不是质量。老话讲，常赶集没有碰不上亲家的，这么多蛐蛐里边，没准儿就能杀出一匹黑马来。当然了，残次品肯定更多。

就拿我小时候来说，北京东边的小孩儿逮蛐蛐，讲究去今天的国贸、央视大楼那边。那一片儿当初全是滥葬岗子、野荒地，蛐蛐特别多。北京西边的小孩儿，愿意去公主坟、玉渊潭，也是差不多的意思。尤其是玉渊潭那边，四十多年以前，那就算农村啦。立秋以后，农民收完了庄稼，拉完了秧，好多乱七八糟的秧子，直接就往地头一扔，堆成一个乱草堆。蛐蛐有个习惯，最爱往草堆里边扎。

那时候农民种地不怎么使农药，野地里的虫子多。地头的这种乱草堆，一脚踩上去，嚯！就跟马蜂炸窝一样，各种各样的蛐蛐、蚂蚱，"嘁里啪啦"往外头蹦。随便伸手一扣，就是两三个，用不了多大工夫，一个罐头瓶儿就能给装满喽。

我八九岁那会儿，刚开始玩儿蛐蛐，差不多也就是个入门级的水平。三尾跟二尾，分得出来，油葫芦跟蛐蛐，分得出来，别的就什么都不懂啦。跟着街坊邻居的大孩子，去玉渊潭逮蛐蛐。别的什么都不懂，那就拣个儿大的来呗。最后弄了一罐头瓶儿蛐蛐，提溜着回家，美得屁颠儿屁颠儿的。

小孩儿就有这么个毛病，手里有什么好东西，必须得显摆显摆，甭管真的假的，图的就是大人夸一句："不错！真好！"

那天我提溜着一罐头瓶儿的蛐蛐，刚进胡同口，迎面瞅见街坊一大爷，吃完了饭，闲得没事儿，坐墙根儿那儿晒太阳呢。老北京人的规矩，小辈见了长辈，不能一扭头一闭眼，看见了装没看见，直接溜达过去，必须得先向长辈问好。

小辈张嘴了，长辈也不能端着架子，爱搭不理的，反过来也得没话找话，问一句："哟嗬，谦儿回来了！干吗去啦？"

我等的就是这句话呀，赶紧把提溜着罐头瓶儿的那只手往前一伸："我这不上玉渊潭逮蛐蛐去了嘛，大爷，您瞧瞧！"

没想到我们这大爷还挺认真，眯缝着眼瞅了半天，把罐头瓶儿里那十几个蛐蛐挨个过了一遍，最后一撇嘴，一龇牙花子："我说，爷们儿，您这都不是蛐蛐呀！"

我这儿绷着劲儿，等着听两句夸呢，冷不丁甩过来这么一句，说句文言，那就叫好一似冷水浇头，怀里头抱着冰，显道神掉在冰窟窿里边，当时就凉了半截！我多少有点儿着急，赶紧问了一句："不是蛐蛐？那……那这是什么呀？横不能是蚂蚱吧?!"

您再看街坊大爷，不慌不忙，后背往墙根儿上一靠："爷们儿，甭急眼。我挨个都看过了，你这一罐头瓶儿，就两三个是蛐蛐，还都忒小，不够二厘米。剩下的全是大捞咪，除了喂鸟，任嘛用都没有。"

那位问了，谦儿哥，您跟这儿说了半天"大捞咪"了，到底什么叫大捞咪呀？

您别着急，这事儿掰扯起来，还有点儿绕。野地里边，最大路货的蛐蛐，归了包齐，拢共就两种，一种是济公斗的那个蛐蛐，学名叫"迷卡斗蟋"。还有一种，跟迷卡斗蟋长得特别像，叫"长颚斗蟋"，也就是北京小孩儿说的"大捞咪"。

迷卡斗蟋跟长颚斗蟋最不一样的地方，主要是牙。长颚斗蟋嘴上长的那两颗牙，特别细，特别长，多少有点儿大龅牙的意思。牙长得大，按理说，打架应该更厉害呀！这种蛐蛐正好反着，屁包一个，根本不斗，连叫都不爱叫。除了喂鸟，什么用都没有，所以得了个外号，叫"大捞咪"。

大捞咪的"捞咪"这两个字，按正字写，应该是"老米"。这名字具体当怎么讲呢？

清朝那会儿，好多八旗子弟都是按月领钱粮，不用上班，也不用干活。您注意我说的话，是按月领钱粮。"领钱粮"的意思就是说，每个月公家给您一份现钱，捎带手还得给一份粮食。现钱和粮食，合起来就叫钱粮。北京东四，有条胡同叫钱粮胡同，一百多年前，这个地方就是负责给八旗子弟发钱粮的衙门。

清朝刚创建的时候，国力强盛，八旗发粮食，那都是保质保量的好米。越往后，国力越弱，发的东西就开始掺汤兑水。比方说，按月发粮食，起先给的是当季新打下来的好稻米，到了后来，给的就是仓库里边存了不知道多少年的库底子老陈米。这种老陈米，跟粮库存了也不知道多少年，受潮以后又发了霉，米粒儿都已经是红色的了，大家管这种米叫"老米"。老米搁在锅里焖出来的米饭，不光闻不见饭香，多少还有点儿臭味儿。晚清那会儿，八旗子弟家里吃的全是老米，做饭的时候，家里都是这个味儿，反倒成了一种特色啦，大伙儿就管他们叫"老米嘴"。

八旗子弟每个月干拿钱粮，不干活。长颚斗蟋养在罐子里，也是光吃食，不斗，所以得了个外号，叫"大老米"，意思就是说这种蛐蛐没用，不干活。"大老米"这个名字，传来传去传走样了，最后就传出来一个"大捞咪"。玩儿虫儿圈儿有个约定俗成的规矩：大捞咪不能算蛐蛐。

平头不是我的错

中学语文书上有篇课文叫《从百草园到三味书屋》，这篇课文我小时候就学过，现在的小孩儿上语文课，应该还得学。这篇课文开头，鲁迅先生就提到了百草园里的蛐蛐。

鲁迅先生有个兄弟，叫周作人。周作人先生也写了篇文章，把他哥哥的活给刨啦。他在文章里告诉大伙儿，百草园里边有一种长得挺个色的蛐蛐，脑袋是平的，跟梅花的花瓣一样。

蛐蛐的脑袋长得平点儿，跟梅花似的，按说也不是什么原则性的错误。可是呢，周家的哥几个，只要跟百草园里边看见这种蛐蛐，当时就得抬脚踩死，绝对不能让它跑了。

百草园里的这种平头蛐蛐，按老北京人玩儿虫儿的规矩，不能叫蛐蛐，只能叫棺材板，也可以叫梆儿头。

平头蛐蛐为什么叫棺材板呢？回头有空，您可以上网看看图片。这种蛐蛐的脑袋是平的，猛一看，就跟古时候棺材的横截面一样，所以得了个名，叫棺材板。

棺材板叫唤出来的声音，跟蛐蛐、油葫芦也不一样，它是"梆儿""梆儿""梆儿"地叫，所以又得了个名，叫梆儿头。梆儿头，南方没人养，嫌晦气，老北京倒是有个别的人玩儿。梆儿头蛐蛐本身就个色，养梆儿头的葫芦呢，更个色，必须拿模子特制。下边是一个平底的小葫芦肚，上边是一个特别细、特别长的葫芦嘴，跟实验室用的玻璃烧瓶儿差不多。

这种葫芦，正名就叫梆儿头葫芦，是专门养梆儿头用的。养梆儿头，干吗非得弄个长嘴葫芦呢？咱们读者里边，可能有好多人喜欢玩儿乐器。您要是拉过小提琴这路乐器，就知道弦乐器讲究的是琴弦跟琴箱互相有个共鸣。冬天养鸣虫儿，一定要搁在葫芦里边养，也是这么个道理。葫芦不光是个容器，还是个音箱，它跟虫儿的叫声，也得讲究一个共鸣。

真正的顶级玩家，哪怕说只养一个蝈蝈，也得同时预备好几个蝈蝈葫芦，然后根据蝈蝈的叫声，给它配一个最合适的葫芦。为的是让虫儿和葫芦碰到一块儿，能够达到"一加一大于二"的效果。

养梆儿头的主儿，专门琢磨出来一个梆儿头葫芦，也是一样的道理。养梆儿头，听的就是"梆儿""梆儿""梆儿"的这个脆劲儿。葫芦的嘴越长，共鸣的效果就越好。用行话讲，虫儿搁在里边叫唤的时候，能往上拔音，相当于配了个麦克风。

正月十五夜里，白塔寺喇嘛茶馆正举办"叫灯儿"总决赛呢。别人那儿都是"咯咯咯……嘚""哟哟哟……嘚"，唯独您这儿，"梆儿""梆儿""梆儿"，好家伙！高八度！跟小钢炮似的！那就叫一招儿鲜吃遍天！当时就能把整个茶馆的人全给镇住。

养金钟儿，用拉子

现在您要是有工夫逛逛花鸟鱼虫市场，能看见一种小铜盒子。小铜盒子后头是半圆的，前头是平的，还开了个玻璃窗户。这个物件，学名叫"拉子"，铜的居多，最早据说是天津玩家琢磨出来的家伙什儿，专门用来养油葫芦的。

老北京人玩儿虫儿，归了包齐，有四大鸣虫儿，就是四种叫唤得特别好听的虫儿。哪四大鸣虫儿呢？蝈蝈、蛐蛐、油葫芦，再一个就是金钟儿。今儿咱们拢共写了仨，还剩一个金钟儿，咱们以后有时间再写。

开学季

上课　起立　向老师致敬

下课　起立　请老师先行

开口先问好　行礼要鞠躬

先举手后发言　态度要恭敬

注意安静　精力要集中

认真作业　独立去完成

知识是力量　学习无止境

多思考重实践　本领才过硬

团结紧张　加强纪律性

诚实谦虚　知错能改正

文明讲卫生　劳动最光荣

学雷锋见行动　发扬好传统

听　听　听　听那脚步声

看　看　看　抬头看天空

我们是太阳初升八九点

无比骄傲

我们是校园先锋

　　这段词儿，您熟悉吗？

　　如果看着眼熟，说明您也是有点儿岁数了。这个呀，是1996年的电视剧《校园先锋》的主题歌。

判作业，不点蜡烛怎么成？

　　一到开学季，全国各地的家长就都松了一口气。用网上的话说：神兽归笼，普天同庆。

　　我自己也是当爹的人，对此深有体会，孩子是真难带，父母是真不好当。好在孩子再怎么难带，眼下每家每户差不多都只有一两个娃。爷爷、奶奶、姥姥、姥爷，再加上父母，三对夫妻对付一两个娃，这叫集中精力，打歼灭战，怎么着都好办。

　　开学了，把孩子送到学校，那就是一个老师对付三四十个娃。您就想去吧，这得多闹心！

　　我们家也有当老师的，对这事儿有体会。在古代，私塾先生教书那会儿，就有这么个说法："家有三斗粮，不当孩子王。"说明在那个时候，读书人但凡有条活路，能挣着嚼裹儿，就绝对不当教书先生。

　　为什么不当呢？忒累！不光身上累，心里边更累。当先生的人，老有事儿，成天不得闲。旁的不说，我们小时候写作文，写周记，打算拍拍老师的马屁，按套路不都得这么写嘛：

　　　　夜已经深了，只有班主任家的窗口，还摇曳着微弱的光亮。我走近一看，原来是老师借着烛光，手里拿着红笔，为我们批改作业……

后来我就总结出来这么一个规律：中国人有两个场景，要想弄出感觉、弄出气氛来，就算有电灯泡都不能使，必须得点蜡烛！

哪两个场景呢？

一个是男女青年搞对象，晚上约会，俩人吃烛光晚餐的时候。最多只能开个小灯泡！人家要的就是这个不明不暗的劲儿，或者在桌上点两根儿蜡烛也成，小火苗摇摇晃晃，将熄未熄的。

这么个氛围下，您要是打算吃卤煮火烧、炒肝儿、包子，那就算糟践东西啦！这个时候必须得吃西餐，吃牛排，喝红酒，最不济，也得来个比萨吧。男女青年捯饬得油头粉面的，互相都得拘着点儿，绷着劲儿，坐在那儿一吃，哎，挺浪漫！挺上档次！

再一个就是老师改作业的时候。小学生的作业，您都知道，也就是a、o、e，一加一，三三得九，这一类的东西。老师白天跟办公室随便抽个空就判完了，轻易不会往家带。但小学生写作文，都得写老师深夜批改作业，要不是深夜批改，氛围感好像就没那么强。

深更半夜改作业，老师家里有灯也不能点，必须点蜡烛，人家要的就是这个劲儿。1991年，有部特别有名的校园电影，讲的是关于一位上海的模范教师的故事，电影名字叫《烛光里的微笑》。

描绘完判作业的场景，学生还得抒抒情，用语文老师的行话讲，升华一下。

按传统的套路得这么写：

> 班主任深夜为我们批改作业，望着老师鬓边的白发……

哪怕说班主任是刚毕业的大学生，二十出头，满脑袋头发全是黑的，那也得这么说，老师头上必须是白发。

……望着老师鬓边的白发，我的眼睛湿润了，眼前的景象变得模糊，我不禁暗下决心，一定要好好学习，天天向上，早日成为祖国的栋梁之材。

忽悠力，得从幼儿园抓起

2019年，我跟电影里演了一回老师。

这行当，我跟您说，真不好干。尤其是学生跟您较劲，淘起来的时候，那是真想薅着这学生的脖领子，"咣咣咣"一顿收拾。可是当老师的人，有师德管着，什么时候也不能跟学生动手。这是最起码的规矩，当老师的底线。

不能打，不能骂，只能说服教育。大学生、高中生，还算容易沟通，一般的道理，他们都能听明白。初中生，多少就差点儿意思。再往小了说呢，年龄越小的孩子，越不容易沟通，越难带。

前两年，还出过这么一个新闻，说是有个小男孩儿，第一天上幼儿园，差点儿让人家直接给开除了。

这孩子犯什么事儿了呢？

您各位都见过，小孩儿头回离开家上幼儿园那阵势。好家伙，吱哇乱叫，哭天抹泪，抱着家长的大腿不让走，两只手拽着幼儿园门口的铁栏杆儿，打死也不进去，弄得跟生离死别似的。

新闻里报道的这孩子，有点儿领导天赋，自己不闹，知道发动群众。幼儿园老师好不容易把班里二三十个孩子安抚好了，您再看这孩子，站在人群当中，左手叉腰，右手一挥，扯着脖子嚷了一句："别听这人的！她是骗咱们哪！妈妈不要咱们啦！"

就这么一句话，二三十个孩子，从早上进幼儿园，一口气哭到中午吃饭。

中午吃饭，幼儿园考虑这批孩子是头天上幼儿园，得吃点儿好的呀！大师傅氽的丸子汤，蒸的丝糕，全端上来啦。丝糕上头还撒了好多青红丝、红糖，喷喷香。

这孩子呢，平常家大人的安全教育大概抓得挺紧的，又喊了一句："我姥姥说啦，不认识的人给的东西，不能吃！遇上拍花子的，给咱们下药，都卖啦！"

好不容易熬到晚上，家长来接，小孩儿折腾了一天，盼的就是这时候。看见亲人来了，心里这块石头算落地了。老老实实，拉着大人的手，往幼儿园外边走。没承想，这孩子又来了一句："别高兴！明天咱们还会被送回来的！"

就这么一句话，您再看这帮孩子，"哇"一声，又哭了。把幼儿园园长给气得啊，好悬① 没犯了心脏病！

一年级的小豆包，先学手背后

我小时候，幼儿园的老师，甭管岁数大小，官称都叫阿姨。小孩儿有什么事儿，都得先跟阿姨打报告。比方说，您要是内急，就得这么说："阿姨，我要尿尿。"

幼儿园阿姨听见小孩儿这么说，还得纠正一下："小朋友，不能说尿尿，这么说不文明，知道吗？应该说，阿姨，我要上厕所。记住了吗？"

幼儿园阿姨说完这套话，要是赶上孩子岁数特别小的话，还得带着去厕所。干吗还得带着去呢？怕孩子小，掉坑里呀！

现在的幼儿园老师，好多也是大学生。师范大学里有初教院，就是培养幼儿园老师的地方。我小时候，培养幼儿园老师，有专门的学校，一般

___
① 险些；差点儿。

都叫什么什么幼师学校。

就拿北京来说。西三环花园桥，首都师范大学旁边，有个北京幼师学校。三四十年以前，北京地区的幼儿园阿姨，差不多都是这学校毕业的。

幼师学校一般都是中专，初中毕业的小姑娘，上三年中专，出来以后，直接去幼儿园当阿姨，跟中小学老师算两个门派。两个门派的教育方法，好多地方都不一样。

小孩儿七岁了，刚从幼儿园大班毕业，升到小学一年级。有些事儿，在幼儿园的时候是对的，放到小学，就不成了。比如说，开学第一天，第一节课，老师起着范儿走进教室，拿着粉笔，"唰唰唰"把自己的名字往黑板上一写，正要做自我介绍。就在这个裉节上，有小学生内急！他憋不住啦，按幼儿园的规矩嚷嚷："阿姨，我要上厕所。"

老师呢，就得这么说："新同学不知道，在学校，得叫老师，不能叫阿姨。学校有课间休息，课间休息的时候才能上厕所。上课的时候不能去，实在有特殊情况，举手告诉老师。老师允许以后再去。得啦，你赶紧去吧。刚开学第一天，咱们下不为例啊！"

新学生入学，那叫"一年级的小豆包，一打一蹦高"。开学第一课，上厕所这事儿，老师得教，别的好多事儿也得教。就拿上课的时候怎么坐来说，我们小时候，上课必须手背后，上身坐直，双腿并拢，双脚放平。

手里拿着书，念课文的时候，胸口离桌子一拳，眼睛离书一尺，为的是保护视力，预防近视。握笔的时候呢，手离笔尖一寸。

一拳，一尺，一寸，这叫"三个一"。

有爱抬杠的朋友说，"手背后"的做法不科学，上课没法记笔记。这事儿，您有所不知。我小时候，上小学，从一年级直到六年级毕业，只要听讲、写作业就成。记笔记，那是中学以后的事儿。

规定小学生要手背后，主要是怕孩子小，管不住自己。用我们班主任的话讲，预防多动症。上课的时候，两只手藏在课桌抽屉里边，偷摸干点儿什么，老师不容易发现。

电影《老师·好》讲的是高中的事儿，学生上课，就不要求手背后了，可是也得规规矩矩，坐有坐相，站有站相。

像洛小乙那德行，四仰八叉，跟教室后头一歪。这路学生，赶上平常班主任心情好，也就装看不见了，眼不见，心不烦。但凡赶上老师的气不顺，那就得把他提溜起来抻练抻练："洛小乙，你坐沙发哪？大爷似的！坐好喽，脚收进去！要是嫌学校的桌椅不舒服，明儿把你们家席梦思搬来！"

同桌也算东方文化

我，不瞒您说，打小就是好学生，五讲四美三热爱，尊敬老师，帮助同学。唯独有一节，可能各位也发现我这特点了：话痨。好跟人聊个天。

聊天，根据我的经验，有两种场合聊得最过瘾。

哪两种场合呢？

一个是在酒桌上，三四瓶儿啤酒灌下去，那就彻底放开了，聊呗！再一个就是上课的时候。老师站在讲台上看着，学生坐在底下，想方设法，瞅冷子，钻空子，趁老师没留神，跟周围同学聊上那么一句两句的。这么聊天，比下课自由自在敞开了聊更过瘾，更有意思。

我上小学那会儿就有这毛病，好聊。跟前头的聊完了，跟后头的聊，跟左边的聊完了，再跟右边的聊。哪怕说当中间隔着三四个人，传小纸条也得聊，就差打手语了。

我们班主任为了帮助我，特意把我们班长调过来，跟我当同桌。意思就是一帮一，一对红，先进带后进。我们班长本来是话特少那种人，结果没出俩月，让我给练得"报菜名"都学会啦！直到现在，我都忘不了班主任看我时那幽怨的小眼神。

同桌这种概念，可能也就东亚有，别的地方很少。

为什么这么说呢?

眼下也有好多小留学生,恨不得小学刚毕业就去国外留学。欧美国家的中小学,跟咱们大学里的规矩差不多。语文课有专门的语文教室,数学课有专门的数学教室。各科老师平常都跟自己的教室里猫着,学生呢,走堂上课!进教室以后,随便坐。没有固定的座位,当然也就没有固定的同桌。

所以您看,欧美国家拍的校园剧,多数讲的都是一个啦啦队里的事儿,要么就是一个夏令营里的事儿,再不就是一个班里的事儿,根本没有"同桌"这么个概念。就连哈利·波特跟赫敏,俩人平常也不是老坐在一块儿上课。

"三八线"上的小暧昧

同桌之间的关系,用现在时髦儿的话讲,那是相爱相杀,很微妙。俩人关系要是处好了,上课的时候,要是想眯一会儿,想吃点儿零食,同桌能帮着给放哨。平常作业有不会做的题,俩人互相能帮帮忙。考试的时候,实在没辙了,还能趁老师没留神,赶紧瞟一眼。

当然了,瞟一眼的前提是同桌的学习成绩比您好。要是俩不及格的凑到一块儿,那就算彻底玩儿完啦!我上学那会儿,赶上考试,班主任说得最多的一句话就是:"你想不开呀?抄,还不找个好的抄?抄他的?他还不如你明白哪!"

俗话说,男女搭配,干活不累。这句话,放在处同桌上头,正好反着。同桌,只要是同性,俩男生,俩女生,关系都好处。俩男生,要是能连着坐五六年同桌,那就叫老铁!北京话叫瓷器、发小。要是俩女生,坐同桌,最后就能成为闺密。这种关系,有时候比亲兄弟姐妹都亲。

要是一男一女呢?那就有意思了,也就有故事了。别的不说,新同桌,一男一女，俩人坐在一块儿超不过半个月，多数都得打起来，起码也得画"三八线"。

画"三八线"，00后的小孩儿，大概都不明白是什么意思了。最近这十来年，社会上对校园恋爱这个事儿，好像越来越看得开，越来越宽容。"早恋"这说法，眼下都不怎么提了。

但放在20世纪80年代，社会上就接受不了。就拿《十六岁的花季》来说，陈非儿跟袁野，俩人刚有点儿早恋的苗头，老师批评，父母教育，同学呢，到处传闲话，弄得小姑娘挺想不开的。

再往前说，我父母那代人年轻那会儿，男女生都得分校，不能混在一块儿上学，男校是男校，女校是女校。比方说，《记念刘和珍君》里的那位刘和珍，当初就是京师女子师范学堂的学生。这学校的老校址，就在现在北京老宣武区新文化街的鲁迅中学。

直到90年代末，大学好像还有这个规定，男生、女生不能谈恋爱。谈恋爱就算违反校纪。那时候，每天晚上天一黑，老师就得打着手电筒，专门找学校里边的犄角旮旯，专门在各种光线暗的地方转悠，逮那些谈恋爱的孩子。真要让老师逮着了，赶上运气不好，能开除。

中学生呢，甭说谈恋爱了，就是男生找女生多说了两句话，或者放学的时候俩人碰见了，顺道一块儿走，只要让班主任看见，就得提溜到办公室，挨顿呲儿，弄不好还得请家长。女生脸皮薄，闹得动静大点儿，真有待不下去转学的。

那时候，男生女生跟学校里，必须得跟仇人一样。真有仇，假有仇，先搁旱岸上，最起码态度得明确，立场得清晰。哪怕说有什么事儿非得说两句话，那也得跟打架一样，呛着来，每个字都得从嘴里横着出去，不能玩儿暧昧。

真要是赶寸了，一男一女坐同桌，女生马上就得提出来，咱俩人得画"三八线"。

什么叫"三八线"呢？

现在中小学用的多数是那种单人的小课桌，俩人坐同桌的时候，就得把两张桌子拼在一块儿，中间那条缝，就是"三八线"。我小时候，学校用的是那种双人的大课桌，中间没缝，这就麻烦啦。

所幸学生上学，铅笔盒里肯定得有三角板，有直尺，那就量呗。小姑娘拿着直尺，倍儿认真，跟课桌上量出一个中点来，然后拿笔画一道线，绷着小脸，特严肃地告诉男生："这是咱俩的'三八线'，你什么时候都不能过界。"

画"三八线"这种事儿，一般都是坐在左边的吃亏。为什么这么说呢？多数人写字都是用右手，左撇子少。右手写字，右边这条胳膊就得放桌子上。稍微不留神，胳膊肘就过界啦。

过界了，怎么办呢？女生拿起三角板，照着男生胳膊肘有麻筋的地方，"啪"就是一下。这里边也有讲究啊！男女授受不亲，必须得抄家伙！不能直接上手。

男生挨了打，猛一激灵，扭过头，直眉瞪眼，盯着女生。意思就是说，没招你没惹你的，怎么个意思这是？

这时候您再看女生，必须得拿出特不屑、特不稀罕搭理您那个劲儿。仰着头，用鼻子眼看人。未曾说话，鼻子里先得哼一声："哼！你过界了，知道吗?!"

反过来说，女生要是过"三八线"了，男生还真不好办。打女生？甭管什么时候，它也不是露脸的事儿啊！再者说了，男孩子，下手没轻没重的，真给人家小姑娘整哭了，这也是个事儿！弄不好，她真找班主任打小报告去呀！

男生实在没辙，那就得用点儿"化学武器"了。什么化学武器呢？你不是画"三八线"吗？成！哥们儿给你加加作料！

手指头伸到嘴里，蘸点儿唾沫，再恶心点儿的，抠点儿鼻涕牛，抹在那条线上。小姑娘都好干净，我给你弄点儿"化学武器"，不嫌恶心你就来。

明天你是否会想起，昨天你写的同学录

男生、女生坐同桌，小学打，初中打，上了高中以后，就不太容易打了。女生成熟得比男生早，高中以后，心思慢慢就多了。多归多，真正敢跟现在高中生似的，放了学，穿着校服，手拉手轧马路的，还是少数。最多也就是耍点儿小心眼，玩儿点儿小暧昧。

多少年以后，回忆起当初上学时候的这点儿事儿，就有了这首歌：

　　明天你是否会想起
　　昨天你写的日记
　　明天你是否还惦记
　　曾经最爱哭的你
　　老师们都已想不起
　　猜不出问题的你
　　我也是偶然翻相片
　　才想起同桌的你
　　谁娶了多愁善感的你
　　谁看了你的日记
　　谁把你的长发盘起
　　谁给你做的嫁衣
　　…………

《同桌的你》这一类的校园民谣，最火的年头，大概就是 1994 年前后，

那时候我刚离开学校没几年。20世纪90年代初那会儿，家家户户开始装电话，学校里开始流行一种新玩意儿，叫同学录。

同学录，有点儿像现在有些老年人家里还在用的电话簿。大小和笔记本差不多，塑料封面印得花花绿绿。里边每页的抬头印着姓名、电话、家庭住址。下头还留着一块空地，专门让大家写毕业祝福语。

真有那样的人，临毕业以前，见天抱着这个小本，到处找同学写。全班都得写，一个都不能少。

电话、地址什么的都好办，关键是那个祝福语，也得费点儿脑子。不但要写得好，还得写出个性，不能跟别人写重喽。

我们街坊有一孩子，我记得特别清楚，小学毕业前，因为写同学录的事儿，还让班主任请了回家长。他爸爸在学校里挨了老师一顿呲儿，回家又把这孩子呲儿了一顿。

为什么呢？这小子也是忒没溜儿了，给同桌女生写祝福语，写的是"祝你早日生个大胖小子"。

李雷和韩梅梅，安静和洛小乙

毕业这个事儿，要说起来，每个人一辈子多少都得经历个几回。电影《老师·好》也是这么个套路。直到现在，还有好多观众跟微博上给我留言，问《老师·好》拍毕业照那段留了俩结尾，到底什么意思？也有朋友，跟当初《渴望》的观众一样，留言说，你们就不能给个正能量的结尾吗？应该让好人有好报。结尾得这样拍：多少年以后，这帮学生功成名就。大伙儿聚到一块儿，苗老师往正中间一坐，重新拍一张毕业照，大家哈哈一乐，你好，我好，大家都好！这结尾，多带劲哪！

能有这种想法的朋友，估计岁数都不会太大，多半涉世未深。生活其实就是这样，有美好，必然也会有缺陷，有遗憾。就像我写的《玩儿》里边讲的，年轻的时候，大家每天吃喝玩乐，无忧无虑，可是也有一位不幸离世的三哥。

不管怎么样，这就是生活，这就是人间。时光不会倒着走，多少年以后，等您翻回头，重新再咂摸这段日子的时候，那是酸甜苦辣咸，五味杂陈。这些滋味儿掺和到一块儿，归了包齐，最后剩下的，还是一个"甜"。

索性我就彻底文艺一把，用《青春万岁》里的一首诗做个结尾：

> 所有的日子，所有的日子都来吧，
> 让我编织你们，用青春的金线，
> 和幸福的璎珞，编织你们。
> 有那小船上的歌笑，月下校园的欢舞，
> 细雨蒙蒙里踏青，初雪的早晨行军，
> 还有热烈的争论，跃动的、温暖的心……
> 是转眼过去了的日子，也是充满遐想的日子，
> 纷纷的心愿迷离，像春天的雨，
> …………

『云游』火星

云旅游，简称"云游"

那位说了，谦儿哥又跟这儿满嘴跑火车。还旅游呢，最近这几个月，我连门都没怎么出去过，怎么玩儿？

您看您这话说的，那可就不上道了。咱们怎么说来着？玩儿是一种生活态度。甭管怎么着，人都得学会给自己找乐，活到老，玩儿到老。有条件，得玩儿，没有条件，创造条件，照样也得玩儿。

旁的不说，您可以回忆回忆上学那会儿，甭管班主任多厉害，多能琢磨损主意收拾学生，您只要下定了决心，就是要玩儿，班主任挡得住吗？挡不住！王母娘娘也挡不住！就算班主任对您特殊照顾，给您在讲台旁边弄一专座，每天死盯着您，也挡不住。

哪怕说明面上玩儿不了，心里还可以玩儿，坐地日行八万里，巡天遥看一千河。用眼下时髦儿的话说，这叫"云旅游"，简称"云游"。班主任站在讲台上"b、p、m、f"讲得正热闹，学生看起来是老老实实跟那儿坐着呢，手背后，小腰挺得倍儿直；心里边呢，好家伙，弄不好都出了三环了。

今天咱们也找找小时候坐在教室里边的感觉，待在家里，"云旅游"一把，去个稍微远点儿的地方遛遛。

什么地方呢？

火星。

电视也有黑科技

有朋友问了，随便聊聊天，扯扯闲白，怎么还一竿子支到火星去了？

这事儿要掰扯起来，还得从四十年前那会儿开始说。

20世纪80年代初，中国老百姓家里刚开始有电视机，多数都是那种九英寸的小电视，黑白的，个头比鞋盒子大点儿。这么一个小玩意儿，80年代初卖五百多块钱，相当于普通工人一年的工资，真不是什么人都能买得起的。

那时候老能看见这么个西洋景：礼拜天大家伙儿不上班，大街上要么是爷俩，要么是年轻的小夫妇，去商场买完电视机回家，不坐车，也不骑车，就那么俩人抱着装电视机的纸箱子走。高抬脚，轻落步，大气不敢喘，路上有个坑都得绕着走，跟抱着祖宗牌位差不多，慢慢悠悠，一步一步往家蹭。

那位说了，买完了电视，不坐车，走着回家，是为了"地内损失地外补"，省俩车钱吗？

真不是您想的那么回事儿。人家是怕坐车的时候，万一赶上个沟沟坎坎，没留神，一颠簸，把电视机再给颠坏了。五百多块钱的东西，搁手里还没捂热乎呢，就给颠坏了，那不要了亲命了吗！

所以，就算家里有现成的自行车，也不能骑，甭管商场离家多远，必须得走着回去。电视机抱回家，还得轻拿轻放，从箱子里边请出来，放在整个屋里最高、最显眼的地方。单搁在那儿，还怕落上土。那时候老百姓要是打算给家里置办个电视机，头半个月就得先预备个绒布的电视机罩。电视买回家，就把电视机罩往上一罩，防土防尘。

老话讲，远亲不如近邻。家里添了电视机，您要是说就自己跟家关上门，拉上帘，偷摸看，那叫不会处街坊，容易得罪人。孟子不就说过吗，独乐乐不如众乐乐。大概意思就是说，一个人嗨，不如大家伙儿一块儿嗨。

四十年前，一户人家要是买了电视机，那就相当于这一个院儿都买了。稍微懂点儿人情世故的主儿，最起码，夏天晚上七点来钟，黄金时间，得弄张小桌子，把电视机搬到院儿里来，让这一个院儿的老少爷们儿都跟着瞅瞅，沾沾光。

您看电影《我和我的祖国》里边，不就有这么个桥段吗？整条弄堂的人，吃完了晚饭，搬着小板凳，坐在一块儿，摇着蒲扇，看女排比赛。偏赶上信号不好，还得安排个小男孩儿站房顶上，负责举天线。

小孩儿劲儿小，举了半天，举不动了，胳膊一晃悠，电视上就开始出重影，出雪花。下边坐着看电视的上海老大爷，立马急出来一脑门子汗，跟那儿念叨："关键时刻，不要动啊！"

九英寸的黑白小电视机，您可以自己比画比画，比平板电脑都小。那玩意儿往当院儿一摆，也就坐在前两排的人能看见影儿，后两排的人凑合能听见声音。再往后，最多只能看见一团白光跟那儿晃晃悠悠。饶是这么着，大伙儿还是愿意看，觉得新鲜，多咱把"再见"那俩字看出来，多咱算一站。

电视屏幕小，看不真，后来就有高人发明了专用的电视放大镜。眼下五十岁往上的朋友，应该都见过这玩意儿。大概跟古玩里边的翡翠插屏意思差不多，上边是一个方的玻璃放大镜，下边带底座。这么个玩意儿，往电视前头一摆，您再一看，哎，更不清楚了！

怎么就更不清楚了呢？电视里边的人影，拿放大镜一放大，全变形啦！没准儿演员原来是小圆脸，一放大，改长方脸了。原来就是长方脸的呢，那没准儿就改三角脸了。

那时候不光有电视放大镜，还有彩色的电视贴膜，贴上以后能把黑白电视变成彩色电视，出来的人影都带颜色。眼下好多年轻朋友听自己老家的人说电视彩色贴膜，可能都想象不出来，这玩意儿到底是个什么高科技。

彩色电视贴膜，原理其实挺简单，就是一张塑料膜，跟现在的手机贴膜差不多，塑料膜上带蓝、红、绿三道横着的彩条。往电视上贴的时候，您一定注意，必须是蓝在上，绿在下，千万不能给贴倒了。

为什么不能给贴倒了呢？天，除非阴天下雨，多数时候都是蓝的。地呢，长着草，是绿的。人的脸带血色，是红的，衣服呢，有时也是红的。您要是抬杠说还有别的颜色，不能全是红的，那就没辙了。反正这东西贴在电视上，也就看个意思，不能太较真。

天线宝宝原来叫马丁

到了 80 年代中期，家家户户差不多都置办上电视机了。晚上吃完了饭，全家人坐在一块儿看电视剧，就成了好多老百姓每天固定的娱乐项目。那时候咱们国家的电视剧产量少，不够大伙儿看的，电视台就引进了好多国外拍的电视剧。光是出名的日剧，就有《血疑》《阿信》《排球女将》《警犬卡尔》等等。

墨西哥电视剧，那时候电视上也没少放。墨西哥电视剧有个特点，什么特点呢？长。长得能让您看完了结尾，把开头都给忘干净喽。眼下拍电视剧，一般都得五十集起。哪怕说剧情不够，愣凑，也得凑够五十集。人家墨西哥电视剧呢，五十集那叫刚起步，好多都是一百集起！

80年代还有一部有名的巴西电视剧，叫《女奴》，总共100集。剧情我记不太清楚了，大概内容就是女主人公落难，遇到各种倒霉事儿，最后善有善报，恶有恶报，大概就是这么个故事。女主角名字挺个色，叫伊佐拉，这个名字我到现在都还记得。

80年代引进的电视剧里头，影响比较大的，除了日剧，那就得说美剧。比如《加里森敢死队》。现在您看80年代的老照片，当时的好多男青年都流行穿高领毛衣，留个到脖梗子那儿的半长发，头发上还得烫点儿卷，那就是跟《加里森敢死队》里学的。

还有《大西洋底来的人》，男主角叫麦克，有事儿没事儿老爱在鼻梁子上架个大墨镜，恨不得把上半张脸都给遮上。这种大墨镜，当年又叫"麦克镜"，就是《大西洋底来的人》给带起来的。

再往后，有《神探亨特》。男主角亨特，鼻子特别大。女主角麦考尔，蓝眼睛，长发披肩，烫着大波浪。走大街上，动不动就用两只手举起小手枪，腿一叉，腰一哈，眼一瞪，嘴里还得说一句："你有权保持沉默……"那架势，用句老北京话形容，特飒！

80年代，电视上还播过一部美剧，比《神探亨特》稍微早点儿，大伙儿印象应该也挺深，叫《火星叔叔马丁》。

《火星叔叔马丁》，用现在的话说，是分季拍的。从1963年到1965年，总共拍了三季，共107集，是个情景喜剧。大概意思讲的就是一个跟我岁数差不多的火星大叔，跟家吃饱了，闲得没事儿干，开着飞船出来溜达。走半道上，飞船坏了，临时又找不着修飞船的老大爷，只能先把飞船停在地球上，跟地球人家里藏着，然后就引发了好多故事。

80年代中期，电视台把这部戏引进到国内。每天晚上播完了新闻，就放上一集。《火星叔叔马丁》刚开播那会儿，老百姓都觉得挺新鲜，那叫洗脚水冲咖啡，别有风味儿。

为什么这么说呢？中国老百姓原先看的电影、电视剧，用我们曲艺界的行话说，那叫静场，不带观众。不可能跟在相声园子里边听相声似的，演员跟台上说句话，观众坐在下头，跟手就能喊"好""噫""再来一个"……连起哄带鼓掌，人家电视剧一般没有这样的。

美国人拍的情景喜剧不一样，现场有观众，演员表演的时候一抖包袱，观众的笑声当时就能起来，就是90年代您看《成长的烦恼》《我爱我家》的那个感觉。80年代那会儿的中国老百姓觉得这套路数挺新鲜，以前没见过。

《火星叔叔马丁》是60年代拍的，那时候的化妆、特技什么的，没现在这么先进，所以马丁叔叔的扮相，跟普通地球人差不了太多。差不了太多，怎么能表现出这哥们儿是从火星来的呢？导演就给马丁叔叔脑袋上加了两根儿天线，跟蜗牛的触角差不多。平常没事儿能缩进去，有事儿的时候再伸出来。

您看现在的动画片《天线宝宝》，脑袋上都顶着个天线，这八成就是从马丁叔叔那儿化过去的。我小时候，要是想玩儿一把角色扮演，演个马丁叔叔，那麻烦可就大了。得趁家大人不在，把电视机的室内天线拔下来，然后再想辙，把天线绑后脑勺上。女孩儿头发多，简单，弄两根儿筷子往头上一插，当时就能变成马丁阿姨。

到了1982年，电影技术跟60年代比，就先进多了。大导演斯皮尔伯格拍了部外星人电影《E. T.》，后来还得了奥斯卡奖。叫E. T.的这个外星人，细琢磨起来，除了长得不像人，别的地方跟马丁叔叔其实差不了多少，俩人都有超能力，都会用意念移物。嘴不用动，光心里边那么一想，"噗"，啤酒瓶子就飞天上去了，再一想，"噗"，红灯改绿灯了。

这电影里边有个经典场景，就是小孩儿在前头骑着自行车，E. T.在自行车前车筐里边，一帮大人开着汽车在后头撵。小孩儿两条腿紧捯，猛蹬自行车，蹬着蹬着，E. T.一发功，自行车就上天了！当时的背景是个圆月亮，又大又亮。2019 年，电影《疯狂的外星人》还把这个经典镜头给化过去了。

百年老哏火星人

话说到这儿，有个事儿，不知道您琢磨过没有。

太阳系里边总共有八大行星，按我小时候的说法，原本有九大行星，但是，就在前几年，天文学家把冥王星给择出去了。

甭管是八大行星，还是九大行星，刨去地球和火星，最起码还剩六个呢。马丁为什么非得是火星叔叔？他怎么就不能是木星叔叔、水星叔叔呢？

这事儿要说起来，还得再往前捯一百多年。1898 年，也就是中国戊戌变法那年，英国有个叫威尔斯的小说家，写了本科幻小说，叫《星际战争》。讲的就是一帮火星人跑到地球上来，跟鬼子进村似的，连杀人带抢东西。

1938 年，美国哥伦比亚广播公司打算玩儿个新创意，弄了个广播剧，播报了"火星人入侵地球"的消息，把全国老百姓忽悠了一溜够。这广播剧，就是按照威尔斯的小说改的。

叫威尔斯这哥们儿，平时可能是墨斗鱼吃多了，他当初写小说的时候，给火星人配的插图，就是个长得跟墨斗鱼差不多的玩意儿。所以您看，洋人后来拍的好多外星人电影，什么《独立日》《超级战舰》《洛杉矶之战》，演来演去，甭管是人物形象还是故事情节，都没跑出威尔斯画的那个圈儿去。

威尔斯的小说知名度这么高，再加上科学家老跟那儿煽呼，说是火星上头的各种条件跟地球差不多，最有可能发现外星生命。霍金前些年不就说了吗？将来真要是地球上人忒多，实在没地方盖房了，咱们就开着宇宙飞船，拉着家具，搬家去火星。

老百姓习惯成自然，觉得太阳系里边真要是有外星人的话，那不用问，指定就跟火星上头猫着呢。话说到这儿，火星叔叔为什么就非得叫马丁呢？他怎么就不能叫王富贵呢？这是因为英语里边，"火星人"这个单词儿的发音，跟"马丁"的发音接近。

80 年代末 90 年代初那会儿，礼拜天，下午四点来钟，电视台播完了《正大综艺》，紧跟着就会播《正大剧场》，专播各种译制片。我记得《正大剧场》播过一部美国人拍的外星人电影，叫《地球停转之日》。这电影是 1951 年拍的，据说是人类历史上第一部外星人题材电影，后来又翻拍过不知道多少遍。

《地球停转之日》跟《星际战争》的路数不一样。外星人自己没什么本事，长得和普通人也没太大区别。人家行走宇宙，靠的是一样法器。

什么法器呢？就是甭管走到什么地方，随身都带着个机器人。

机器人那模样，跟电焊工差不多，浑身上下捂得严严实实，就眼睛那儿有条缝，能往外"呲呲呲"地放激光。激光打在谁身上，谁当场就完了，打在坦克上头，坦克当场就化成水了。

我琢磨着，日本人后来拍《恐龙特急克塞号》，从特雷萨星球来的阿尔塔夏公主甭管走到什么地方，旁边老跟个机器人，叫"吉伊"。没准儿这个桥段就是跟美国人学的。

1988 年，中国拍了部科幻电影《霹雳贝贝》，里头也有飞碟、外星人。《霹雳贝贝》里的外星人造型，整个就是按《地球停转之日》里那机器人的模样捣饬出来的，从头到脚全包着，压根儿看不出来到底是谁演的。回头您可以上网查查资料，《霹雳贝贝》里边演外星人的这位演员，后来还成了著名的大导演，他就是冯小宁。

说！你跟火星人接头的暗号是什么？

80 年代那会儿，不光导演喜欢拍外星人电影，作家写小说，也愿意玩儿点儿玄乎的。路遥的《平凡的世界》，讲的是陕北那边，黄土高原上边那点儿事儿。

一提黄土高原，好多朋友第一反应可能都是"老羊皮坎肩，毛冲外，白羊肚手巾，头上戴"。按理说，这地方肯定跟外星人搭不上关系。

有空的话，您可以翻翻《平凡的世界》，那里边专门有个桥段，讲的就是男主角孙少平跟外星人聊天。2015 年，电视剧《平凡的世界》原封不动地把这个桥段给搬上去了。好多年轻的朋友不理解，觉得路遥这脑洞开得好像有点儿大。

其实吧，80 年代，社会上还真就有过那么一阵"外星人热"，甭管做什么，都愿意掺和点儿外星人，也算是一种时尚。

就拿杂志来说，80 年代有本特火的杂志，叫《飞碟探索》。这本杂志于 1981 年创刊，直到 2019 年才算休刊，讲的都是关于外星人的事儿。当年像我这岁数的小孩儿，用现在的话讲，那是每月等更新，盼更新，就惦记着这本杂志什么时候能出来，好买回去赶紧看。兜儿里要是实在没钱，就找同学借。一个班的学生，只要有一个人买了，那就等于全班都买了。一本杂志，传来传去，最后就人间蒸发，您也不知道落在谁手里了。

老大爷、老太太们也跟着凑热闹。那时候您去公园溜达，准能看见那么几位大爷大妈，跟那儿站着，也不说话，摆一个"骑马蹲裆式"，两条胳膊举到肩膀高的地方，手心朝天，闭着眼，面无表情。老北京的规矩，年轻人看见老人，得先说话，主动打招呼，这是礼貌。赶上有那不明就里的小伙子路过，看见老几位正跟这儿站着呢，小伙子得跟人家客气客气呀："哟！大爷，您跟这儿待着哪？吃了吗您嘞？""哟！大妈，您还不赶紧回家做饭去？回头我大爷他们可该下班回来啦！"

您再看这老几位，脾气不好的，干脆就闭着眼，假装听不见，不搭理您。脾气稍微好点儿的呢，最多也就是睁眼看看您，使个眼色，特不耐烦的感觉，意思就是说：赶紧走，麻利儿的，甭跟这儿碍眼。

等过了那么一个钟头半个钟头，老几位收了神通，还得找小伙子掰扯呢："年轻人，不懂规矩！你知道我们刚才干什么哪？"

小伙子讲礼貌，顺口搭音："大妈，我真不知道，您那儿刚才忙活什么哪？"

"忙活什么哪？我刚跟你大爷站那儿练气功哪！入定啦！明面上你看见人还跟那儿站着，魂早就出去找外星人接头去了！好嘛，来了你这么个愣头青！不管不顾，鸡猫子喊叫！回头吓着我们，再走火入魔了，跟外星人接完头，魂回不来，到时候是你兜着，还是你爹妈兜着?!"

小伙子惹不起老太太，还得客气两句："哟！大妈，我是真不懂！您老人家多包涵。下回您见着外星人，想着替我带个好。"

您听听，练气功愣练出外星人来了，这事儿眼下听着跟笑话差不多，80 年代那会儿，真这样。

火星相声，讲究穿着宇航服说

《火星叔叔马丁》上映那个时间段，美国人还拍了个外星人电影，叫《2001 太空漫游》。这部电影好像从来没有在国内正式公映过，倒是它的主题曲，电视上老放。

美国人多年前拍的这部电影，里边的剧情、道具都出自编剧和导演的想象，大多没有成为现实，只有一样，多年后成为现实了。拿《流浪地球》来说，吴京开的那个宇宙飞船上头装了个电脑，能跟人类交流。宇航员想干点儿什么事儿，用不着自己动手，坐在那儿吆喝一声就成。这个创意最早大概就是《2001 太空漫游》里用起来的。

现在好多爱赶时髦儿的朋友家里，用的都是智能设备。什么电灯、电话、冰箱、空调，互相都联着网，有个总控设施。您早上起来，被窝都不用出，躺在床上，吆喝一声："开灯！"再看厕所那边，"啪"一声，灯就亮了，这不就跟前些年科幻电影里的意思差不多吗？保不齐，再过个二三十年，还是早上起来，您跟被窝里躺着，吆喝一声："卤煮！"机器人就跟厨房里边忙活上了，肠子、肺头、炸豆腐、五花肉、火烧，当时就下锅了。

今儿说了这么半天外星人，有朋友可能就该问了，谦儿哥，您觉得宇宙里边真有外星人吗？要是真有外星人的话，他得长成什么德行呀？

这事儿吧，我只能这么说，世界之大，无奇不有。宇宙，跟世界一比，那可大了去了，出点儿什么新鲜事儿，也不稀奇。真要是能有外星人的话，我倒是有这么个想法：多少年以后，大伙儿坐着长途飞船去火星那边遛弯儿。飞船到站，舱门打开，"嘟"的一声，刷卡下飞船。抬眼一看，眼前一个大太空舱，大门上挂着块匾，写着"火云社"三个大字。进到门里，俩火星人，穿着银河系最新限量版的宇航大褂儿，站在台上，正跟那儿说相声呢：

甲：这回我们俩给大家说段单口相声。

乙：高兴也别胡说啊。

甲：我很喜欢说相声，这么多年来，大伙儿这么捧，我也知道，原因就是我很好。

乙：是吗？

甲：要是没人搅和，我的相声还能更好。

乙：看来我来这儿是搅和他了。

甲：很高兴大家来看我说相声啊。对不起各位，实在甩不掉。

乙：怎么了这是？

甲：但凡有办法，不至于让你们看这个。录像的，回去那边打个马赛克。

乙：我招你惹你了我？

甲：你别闹啊你，大伙儿都是来看我说相声的。

乙：俩人说相声，怎么就只看你了。

庙会

上点儿岁数的人，肯定对我要写的这个东西有印象。

小时候呢，我特喜欢跟着家长去逛庙会，逛庙会的目的不是逛，而是为了吃遍整条街。当然，偶尔也会买点儿小玩意儿，比如说"噗噗噔"，这玩意儿也叫"响葫芦"。

"噗噗噔"这个东西，我们小时候，还经常在庙会上见到。它是用薄薄的黑色玻璃做的，一尺多长，形状像个葫芦。

嘴里含口气，舌头往前一推，玻璃管里就发出"噗"的声音，舌头缩回来，又是"噔"的一声。但这玩意儿吧，小孩儿玩儿有点儿危险。南城那边管它叫"嘣嘣嘣"，意思就是吹着吹着，"嘣"的一下，它就碎了，很容易弄得满嘴都是玻璃碴。后来这东西就越来越少，最后彻底消失了。庙会上还有吹糖人、拉洋片的，不过，小玩意儿还是比好吃的少了那么点儿意思。

一般来说，如果打算明儿去逛庙会，头天晚上，咱就得空着肚子，第二天早起，接茬儿什么也不吃！不能让饭占了胃里的地方！

打从走到庙会里头，咱就可以开始流哈喇子了，哪家小吃有名，哪家好吃，哪家还没尝过，您就可劲地踅摸去吧！各个摊主、服务员，都撸起袖子，大声吆喝、张罗着。

那会儿在庙会上卖小吃的小商贩，大多围个油渍麻花的白围裙，可谁管那个呢，大伙儿眼里，就只有他们端着的那碗吃食！

您还真别不服气，虽然现在北京各地也有"传统老北京小吃街"，可当年的那些小吃的味儿，还真就比现在地道太多了！

我还记着，当年地坛庙会，有家"李记白水羊头"特好吃。据懂行的人说，他家是用新宰的鲜羊头，过了十几道工序做成的。熟透了的肉，要用凉水泡一下，为的是切的时候不粘刀。"李记白水羊头"的羊肉片像纸一样薄。吃的时候，得撒上他家的独门配方！配方包成一小包一小包的，您拿几包都成，可店家就是不教您怎么调配！

还有大馅儿、白汤的"馄饨侯"，馅儿塞得跟个小饺子似的！一碗下肚，就觉得饱了。那会儿庙会上，一份卤煮，也就五毛钱，可食材都是上等的，甭管是肥肠还是鹿尾，都那么新鲜干净，何况还有店家自制的火烧呢！把火烧放里头煮上，吸汁入味儿，吃上一口，痛快！

逛庙会的要诀，我总结出来两点。一是得有眼力见儿，能发现哪家好吃。

怎么看一个摊儿好吃不好吃呢？其实跟现在找馆子差不多，就是看哪儿人多。要是一个摊儿周围，只有稀稀拉拉一两个人，甭问，肯定不好吃。

二是得讨好家长。谁让小孩儿没有经济自由呢！逛庙会，小孩儿的小脸一般都得扬起四十五度，摆出一副乖巧听话的样子，那会儿大多数家庭都是女同志管钱，小孩儿就得拉着妈妈的衣角，指着桌子上的东西，坚定地说："要这个！"

刚开始逛的几家，只要孩子伸手要了，家长多数都会给买，到了后头，大人的脸色就不好看了，嘴里就得叨叨几句："吃什么吃！刚吃过爆肚，又要糖葫芦！吃了咸的要甜的，我看你像个葫芦！"

这会儿该怎么办才好呢？从兜儿里摸出来辛苦攒的红包，花自己的钱，总成了吧？

庙会对小孩儿来说，就是"吃"和"溜达"，顺道还可以显摆一下新衣服。等长大了，回过头一想，年年逛庙会，可这"庙会"到底是干吗的呢？

庙会的由来

"庙"原本是供奉神灵和祖先魂灵的。最早的庙会起源于祭祀，就是从拜祖先、拜神灵引申出来的仪式。同一个地区的一群人，一起在庙里头祭拜神灵，眼看人越聚越多，祭祀仪式也慢慢有模有样了，大家就规定了一些流程，准备一些新鲜水果、糕点贡品，请专人演奏乐器、主持活动什么的。

庙里头的人越拜越专业，庙外头的小商贩们也开始琢磨，每次办庙会，来庙里烧香的人就特别多，大家出门总得吃吃喝喝，顺手买点儿什么吧？于是他们就开始在庙外摆摊儿。渐渐地，这就成了一种商业活动。

拿老北京来说，老式年间的庙会大概有三种。一种是正儿八经上香敬神的，虽然也有买卖，但那只是个顺带。像相声段子里说的，去妙峰山碧霞元君殿拴娃娃那种就是。

第二种，主要就是去玩儿的，一般女同志们比较喜欢逛这种庙会。像白云观庙会，头些年还有呢。每年的正月初一到十九，白云观那一带都得实行交通管制，因为去的人太多了，太热闹了。因为去的人太多，有安全隐患，后来政府就把庙会取消了。

正月十九，好些人去白云观"会神仙"，据说这天丘处机真人下凡，会度有缘人。好些人站在桥洞口拿硬币打铜铃，据说打中能听见响的，一整年都能吉祥如意。还有人去摸石猴儿，因为有人说摸了石猴儿，来年就会身体健康。不过，白云观里的石猴儿可不在一个地方，三只石猴儿分别在仨地方。虽说不太好找，可这些年石猴儿还是被不少人摸来摸去，盘得乌

213

光锃亮的。

最后一种庙会，就是实打实地做买卖了，和宗教不沾边。简单来说，它就是定期在庙外头摆摊儿，像东城的隆福寺、西城的护国寺，到现在还时不时搞点儿庙会活动。

说起北京庙会的发源地，据说是西城的都城隍庙。不过，清朝末年，一场大火把都城隍庙烧了，现在只留着一小块地方，能看见几间小屋。

您别看它现在破败，往前捯个几百年，这儿可是全北京最热闹的庙会。

明清那会儿，全国各地的商人，都一车车地往这儿送货，各地的特产，这里是应有尽有。您就说身上穿的，这儿有苏绣、蜀锦等各类绫罗绸缎；名贵摆件，这儿有珊瑚、象牙等各类奇珍异宝；还有日常用的笔墨纸砚……只有您想不到的，没有您买不着的。最后，到这儿购物，还能尝尝鲜，外国的一些"进口货"，这儿都能买着！

听到这儿，有人可能就问了，城隍庙？我们这儿也有啊，我还逛过呢！

全国各地都有城隍庙，可您知道城隍庙里供奉的是谁吗？是神是仙，还是人呢？每个地方供奉的神仙，是同一位吗？您少安毋躁，且听我慢慢道来。

神？仙？土地庙里走出来的皇上，封了阴间的官

咱们天天说"神仙""神仙"，其实"神"和"仙"是两回事儿。

我写前又专门仔细查了查，其实呀，在咱们国家，"神仙"这个体系，还挺复杂。各种分类、各种说法都有。我大概捋了一下，比较主流的说法是这样的："神"，一般都跟天上待好些年了；"仙"呢，大多有一个修炼的过程。好比说"八仙"吧，原本这八位都是人，经过修行，才得道成仙；再比如白娘子白素贞，原本是条大长虫儿！她得先变成妖，再炼成人形，

再渡劫，最后才能位列仙班。

这么听起来，成仙之路，是不是有点儿太难了？神就不一样了，要么是天生的，要么是人死后转生的，像封神榜里头的神，都是因为活着的时候对社会有贡献，死后才封了神。

咱前头写过，城隍庙供奉的是道教里头的"神"，而且这些神生前都是不同时期、不同地区为当地做出过杰出贡献的人，死后他们都被封了神。他们有一个统一的称号，叫"城隍爷"。可能上头觉得这些人活的时候都能做那么大的贡献，死后封了神，更能罩着这个地盘吧！

那位问了，为什么叫城隍爷呢？这个称号是什么意思呢？

很久以前，咱老祖宗就琢磨出来了，把自己住的地方用墙围起来，会更安全。于是，大家就开始修城墙。有时，修完城墙之后，大家还要在城墙四周再挖一圈儿壕沟，这就更安全了。

这一圈儿壕沟，文言文里就叫"隍"。"城"是为了保卫人，"隍"是为了保卫城。"城"和"隍"加一起，就有点儿"城市居民保卫者"的意思。古时候的人，相信举头三尺有神明，所有事儿都有神来管，"城"和"隍"自然也不例外，于是"城隍爷"就被捧了出来。

最早的时候呢，城隍爷只管守护城池、保卫安全，不知道为什么，后来城隍爷管的事儿越来越多，业务范围越来越广，什么收成好坏、吉凶祸福、惩恶扬善，都属于他的责任范围。

可是，真正把"城隍庙"发扬光大，给了"城隍爷"至高无上的权力的，是一位历史名人，虽然他自个儿就是皇上，可他把"城隍爷"当成偶像来看待。

更神的是，这位皇上，不仅管理着自己手下的文武百官，还把阴间的官也都给分了等级，而且这些官职与阳间的官职还一一对应。所以，虽说都是城隍庙，也有"都府州县"之分。

这位阴间衙门的创始人是谁呢？他就是明朝开国皇帝朱元璋。

据说朱元璋是在土地庙里出生的，从小吃了很多苦，还是个娃娃的时候，就得给地主放牛。等长到十几岁，家乡又闹蝗灾，又闹瘟疫，家人大部分都病死了。朱元璋一个放牛娃，家里没钱，自己也没什么文化，怎么办呢？

在那个时候，活不下去的穷人家孩子，会去寺庙碰碰运气，保不准就被收留了。朱元璋就去了一个叫皇觉寺的小庙。虽然人家收留了他，可大和尚们瞧他长得跟个豆芽菜似的，总欺负他，脏活累活都让他干。这颗仇恨的种子，就埋在他幼小的心灵里了。

后来朱元璋实在忍不下去了，联系到了一位同乡，那人在地方上搞起义工作，给朱元璋写了封信，大概意思就是说：哥们儿，来跟我干吧！保你吃香的喝辣的，大有前途！

朱元璋早不想待在庙里了，这封信来得正合心意。可他还没开始行动呢，这书信就落到了庙里的和尚手里，和尚扬言要告到官府。还好当天庙里来了一位慈眉善目的老道，这位道长就帮朱元璋逃出了寺庙。

说来也奇怪，他一脱离苦海，就一路飞黄腾达，一直到当了明朝的开国皇帝。所以朱元璋一直觉得，道教比佛教好，起码是对他好。而且，他出生在土地庙，土地公的直属领导，就是城隍爷，可不得对城隍爷更加尊重吗？于是，朱元璋登基后，就开始在全国范围内推广道教，大建城隍庙。咱们现在能见着的各地的城隍庙，大多是在那个时候修建起来的。

听到这儿，您可能要问了，城隍爷管土地公，那谁管城隍爷呢？给您打个比方吧，城隍爷是阴间的官，相当于阳间的市长，他的领导，可不就是阎王嘛！阎王上面呢？《西游记》您各位都看过吧，这阴间的官僚系统，里头都出现过，阎王一遇见事儿，不就得向玉帝汇报嘛！

搬迁的朱家角城隍爷

传说清朝雍正年间，有一户姓王的人家，其子王昶年仅八岁，聪明过人。相传此人是天上星宿下凡，以后必然官居极品。他住的那个地方，就在现在的上海青浦，那儿原本有个城隍庙。咱前头不是提了吗？从明朝开始，就有阴阳两套衙门制度，只是这城隍庙里头的城隍老爷，论官衔比王昶低了一大截子。

然后问题就来了，每当王昶路过城隍庙，城隍爷都得起身相迎相送。可巧王昶又很喜欢出门，没事儿就爱上街溜达。城隍爷前脚刚送走王昶，官服还没来得及脱呢，王昶扭头又溜达回来了！每天这么迎来送往的，可把城隍爷给累坏了，但他也没办法，总不能把人家绑家里，不让人家出门吧。

城隍爷思前想后，最后决定给当地乡绅托梦："拜托你们赶紧给我换个地方吧！这一天天的，把我折腾得骨头都快散架了！"

乡绅们也算是通情达理，后来还真就把城隍庙搬到了朱家角，从此城隍爷再也不用每天提心吊胆了。

现在，您要是去了上海朱家角，还能看见这个搬过一次家的城隍庙。不过，要说起上海的城隍庙，最出名的还得是豫园那个。豫园的城隍庙是明朝永乐年间建的，清朝末年被破坏过，但现在已经成了上海著名的旅游景点。每年春节，这儿还会举办各种民俗活动。不过说实在的，大部分来这儿逛的人，也是冲着好吃的来的，不信您问问上海人哪儿有好吃的，肯定跑不了城隍庙！

史上最馋城隍爷

这城隍老爷的职责，就是保佑一方百姓。所以城隍庙一般都在城里头，可偏就有个叫吉县的地方，城隍庙是在县城外头。

这是怎么一回事儿呢？

话说啊，某朝某代，有个吉县人在朝廷当翰林。一年秋天，老家的夫人给他做了一条过冬的厚棉被，做好之后，夫人发现自己的一只耳环不见了。

夫人找了半天没找着，就怀疑是丫鬟偷了，直接就冲着丫鬟嚷嚷起来。赶上这丫鬟也不是平白受气的主儿，俩人各说各的理，最后决定到城隍爷那儿评理去。丫鬟跪在城隍庙里赌咒发誓："城隍爷在上，民女在下，要是我偷了耳环，立马瞎了右眼！"

夫人也跪了下来，求城隍爷显灵，心里暗暗许愿："您老要能为我主持公道，我马上送您老一个大猪头，让您老美美地吃一顿！"

吉县是个小地方啊！百姓给城隍爷进贡，无非是送些瓜果梨桃。神龛上的城隍爷一听见"猪头"俩字，眉毛就微挑了一下，咂咂嘴，馋虫儿上脑，但毕竟是一县的城隍，还是得做做表情管理，迅速摆出正经的样子，威严地俯瞰下方。

跪在下头的两人，可一点儿都没察觉到城隍爷的微表情，俩人拜完就走了。回去的路上有片小树林，丫鬟在树林里走着走着，突然就摔了一跤，一根儿小树杈儿正好扎在她的右眼上。夫人先是一惊，赶紧让人把丫鬟抬回去包扎，转念又一想，这不是城隍爷显灵，告诉我耳环就是她偷的嘛！于是命人把丫鬟赶出府去，还敲锣打鼓地给城隍爷送了一个特大号的猪头！

话说棉被送到了京城翰林那儿，翰林当天晚上就盖着新被子睡了，心里还美呢，心想还是夫人心疼我。睡着睡着，翰林忽然被一个硬硬的东西硌了一下，点灯一看，是只耳环。翰林定睛细看，原来是夫人常戴的耳环啊，难道是让我睹物思人？当下就挺感动，越发地思念夫人，第二日赶紧告了个假，返乡探亲！

翰林回来了，夫人当然高兴啊！她就拉着自己的丈夫，有一搭没一搭地闲聊，顺道把丫鬟怎么偷东西，怎么被自己赶走的事儿都说了。

翰林一听，心说：坏了。赶紧从怀里掏出耳环，将这只耳环的来龙去脉都告诉了夫人，然后又批评了夫人，你不应该冤枉丫鬟呀！人家一个小姑娘跟你家上班，你不能凭空污人清白。

夫人一听，知道自己错了，但还是把在城隍庙发生的事儿，一五一十地讲给老爷听。翰林听完，脸色可就不好看了，第二天一大早，他就带着下人到了城隍庙里。

翰林指着城隍老爷的塑像就开始骂："你身为一方父母官，本该明镜高悬，怎可为了一个猪头，如此善恶不分？枉费百姓对你的信任，给我出城去吧！"

说完，下人们就冲了上去，把城隍爷的泥胎打下神台。这位为了一个猪头作孽的城隍爷，就被灰溜溜地赶到了城外的山脚下。翰林回府后，夫人把丫鬟也接回来了，还给她道了个歉，让她继续留在府中做事儿。

萌趣城隍庙门匾

有一次我去西安，也逛了一趟西安的都城隍庙，在里头看到一块牌匾，您猜写的什么？

四个大字：你来了么。

当时我还纳闷呢，以为是后人为了搞笑硬给弄上去的，谁知道，当地人告诉我说，那是庙里原本就有的。"你来了么"这四个字均选自颜真卿真迹楷书。

话说古代官员到地方任职的时候，都得先去拜城隍爷，让城隍爷判断自己是善还是恶。"你来了么"这个牌匾就是测试环节之一，如果有官员见着这四个字就心虚了，说明这个人品德有问题。即便是没什么问题的，这个牌匾也能对官员起到一定的警示作用。大概意思就是：看看你都干了些什么事儿？还敢来我这儿现眼！

下次您要是有机会去西安玩儿，除了尝尝当地的美食、看看兵马俑，也可以来这个都城隍庙走一走，挺直腰板，冲着牌匾喊城隍爷一声："您老在上，我来过了！"

跑酷

春天萌芽出土，

夏天荷花飘飘。

秋天树叶被风摇，

冬天百草穿孝。

四字并成一字，

不差半点分毫。

暑去寒来杀人的刀，

劝君及时玩儿会儿最好。

这一段，是单田芳单先生说书时常用的定场诗。只是最后一句，我稍微给它改了改。

飞翔吧，季鸟儿

20世纪90年代那会儿，单先生见天跟电视上说书，好多小孩儿不光迷单先生讲的故事，还特别迷故事里说过的各种功夫。就拿《白眉大侠》来说，白眉大侠徐良是山西人，说话跟寇老西一个味儿，绰号"山西雁"，轻功特别棒。

轻功特别棒的徐良，会一手绝活，叫"八步赶蝉"。什么叫"八步赶蝉"呢？

夏天，树上就该有季鸟儿叫了。季鸟儿的身上也有翅膀，可是这玩意儿的身子沉，不能跟蜻蜓似的，老跟天上转悠。平常都是跟树上趴着，轻易不动换。除非碰见什么危险了，这才憋足了一口气，玩儿命飞那么几下。飞也飞不了特别远，最多就是从这棵树上飞到旁边那棵树上，能保住命就成。

我小时候淘气，夏天，听见树上有季鸟儿叫，先得支棱着耳朵仔细听，然后顺着它那个声音找。看准了季鸟儿跟什么地方趴着呢，站在树底下，铆足了劲儿，照着树干"咣咣咣"就是三脚！大树挨了这三脚，一晃悠，季鸟儿一害怕，就得玩儿了命地往别处飞。

好多动物都有这么个习性，遇见什么危险，逃跑的时候，都得先把肚子清空了，为的是让身上轻省点儿，跑得更快。人也是这么回事儿。比方说，临考试以前，学生心里一紧张，一害怕，十分钟能跑八趟厕所。进去以后，实际膀胱里也没什么东西。可是，只要您出了厕所门，用不了多大工夫，马上就又觉得肚子里憋得慌。

季鸟儿平常喝的全是树汁，肚子里都是稀的。小孩儿站在树底下，"咣咣咣"连踹三脚，大树一摇晃，季鸟儿一害怕，拉着长音惨叫一声，两个小翅膀紧着扑腾，就往旁边的树上飞。

飞的时候，它肚子里的那点儿水，可就"哗"的一声全下来了。小孩儿们管这个叫季鸟儿撒尿。这么个裉节上，谁跟树底下走谁倒霉，弄不好就得淋一脑袋。别的小孩儿都站旁边拍手，哈哈一笑，觉得挺美，挺有意思。

俗话说，兔子急了还咬人呢。季鸟儿一害怕，一玩儿命，小宇宙一爆发，逼出来那么一股急劲儿，好家伙，它比蜻蜓飞得都快。

白眉大侠练的这手"八步赶蝉",意思就是:您这边一蹾树,季鸟儿那边就玩儿命地往外飞,甭管飞得多快,徐良跟在后头,施展陆地飞腾法,磕膝盖碰前胸,脚后跟踢屁股蛋,"噌噌噌"地撵着季鸟儿屁股追过去,八步以内,准能追上! 就那么快!

旱地拔葱去火星

单先生讲到武林高手练轻功的时候,通常会这么说:但见某某某,一蹾脚底板,腰眼一较劲,使了一手旱地拔葱,"噌噌噌"就上房了! 上房以后,还是施展陆地飞腾法,高来高去,蹿房越脊!

"旱地拔葱",放到金庸的《倚天屠龙记》里头,就是武当派的独门功夫,叫"梯云纵"。武当派的侠客里边,这手功夫玩儿得最绝的,那得说是张三丰。

具体绝到什么程度? 比方说,张三丰跟平地上站着,周围什么都没有,可是人家张三丰站在那儿,一蹾脚底板,腰眼一较劲,噌! 一个旱地拔葱,最起码能蹿起来三层楼那么高!

咱们普通人,来个旱地拔葱,甭管蹿得多高,最后肯定都得往下掉。可是张三丰不是普通人啊! 人家一个旱地拔葱,蹿起来十几米,然后可就停在那儿啦! 停在半空中飘着不动! 飘着不动不算,还要把右脚伸出来,当蹬头,左脚踩在右脚上头,腰眼一较劲,噌! 又是一个旱地拔葱!

咱们长话短说。他就这么左右脚来回捯,左脚踩右脚,右脚踩左脚,一个旱地拔葱又一个旱地拔葱,跟爬梯子似的,想蹿多高就能蹿多高,没限制! 阿波罗登月好歹还得点个火箭呢,换成张三丰,压根儿不用这么麻烦! 带足了干粮,让他自个儿跟天上折腾就成! 甭说月球啦,去趟火星,都跟白玩儿一样。

这手自己踩自己,来回旱地拔葱的功夫,就叫梯云纵。《雍正剑侠图》

里，打云南八卦山的时候，童林练了手绝活，叫八步打灯，打根儿上说，应该也是从梯云纵这儿化过来的。

那位朋友说了，这都是说书先生瞎编的！封建迷信，不科学。万有引力的概念，我们中学物理课上都学过。什么自己踩着自己的脚往天上蹿，就跟自己揪着自己的头发往天上拽一样，根本不可能！

您说得有道理。不过，回头有机会，您可以上武当山瞧一眼，梯云纵这手功夫，还真有人练。当然了，跟评书说的不一样，不可能人站在平地上，愣往天上蹦。真要是那么着的话，牛顿的棺材板也是真的按不住了。普通人练的梯云纵，另是一个风格。

练梯云纵，先得找一块空地。空地里边，还得有面墙。这面墙不能是直上直下的水泥墙，必须是那种老的石头墙，多少带点儿坡度，墙面上还得坑坑洼洼的，能踩的地方多。

练功的人，得跟这面墙拉开一定的距离，然后开始助跑。越跑越快，越跑越快，跑到墙根儿底下的时候，您心里不能犹豫，更不能害怕！心里一害怕，脚上的劲儿一泄，非得一脑袋撞墙上不可。必须勇往直前！借着这股子冲劲儿，飞身上墙，跟墙面上从低到高，再从高到低，跑出一个弧形来。

当然，最后还得从墙上跑下来。

谁跟墙面上坚持的时间长，跑的步数多，就说明谁的功夫练得棒，屁股上挂暖壶——有一定水平。这就是武当派的绝活，叫"梯云纵"。

信跑酷，能逃生

梯云纵放到法国那边，就叫"跑酷"。"跑酷"这个说法，打根儿上说，是从法语化过来的，翻译成中国话，差不多就是"翻越障碍训练"的意思。

关于跑酷的起源，有这样一个故事。说是1902年，有一座叫马提尼克的小岛，也不知道怎么回事儿，"轰"的一家伙就爆发了。火山爆发以后，连地震带喷岩浆，折腾得是房倒屋塌，好多老百姓就给活活埋里头了。

有个叫乔治·赫伯特的海军军官，法国人。这哥们儿挺不含糊，带领着队伍，从破砖烂瓦里边救出来七百多人。

救出来不算完，还带着这七百多人往海边跑。普通老百姓跟受过专业训练的人不一样，跑没个跑样，站没个站样，身体素质不行，协调性也不强。岛上又刚遭完灾，您想想，那路况好得了吗？一路上大家时不时就得蹿高蹦矮，爬坡钻洞。叫乔治的这哥们儿，带着这七百多人，就跟当年刘备弃新野走樊城的时候一样，队伍后头拖家带口，跟了好些个老百姓，那可真费了牛劲儿啦！

连滚带爬，好不容易跑到海边，这哥们儿心里可就犯合计了，觉得以后这事儿不能这么干。老百姓就算练不到专业运动员的水平，身上多少也应该有点儿功夫。万一真遇见什么事儿，最起码自己能跑。不光得能跑，还得跑得快，跑得有水平。

心里这么一合计，这哥们儿回老家以后，就发明了一套连蹿带蹦的逃生术，这就是跑酷的雏形。所以说，跑酷最早其实就相当于现在的逃生术。

火山爆发、地震这种事儿，多少年也不见得能赶上一回。好多人练完跑酷，浑身上下全是能耐，憋着没地方使，他难受呀！到了 20 世纪 80 年代，巴黎那边有几个小伙子，聚在一块儿一合计："闲着也是闲着，待着也是待着，干吗呢？玩儿呗！功夫就是这样，越练越熟，越不练越容易回榗①。哥几个，要不然咱们干脆每天就跟大街上练吧！"

哥几个跟巴黎大街上带头一折腾，跑酷这股风就算是刮起来了。

2006 年，有个特别火的大片，叫《007 大战皇家赌场》。这个电影有段特技镜头，拍的就是跑酷。《007 大战皇家赌场》跟中国上映以后，好多年

---

① 倒退；不如从前。

轻人觉得这事儿挺哏儿，就开始跟着学。

全中国最早玩儿跑酷的人，是北京电影学院表演系的一个学生。好多朋友可能还有印象，2007 年到 2008 年这个时间段，北京西单那边有两拨人，在网上特火，用现在的话说，那就叫"现象级网红"。

一个是"西单女孩"，一大姑娘每天坐在地下通道里边，弹吉他，唱歌。另一拨人就多了，有那么十好几个大姑娘、小伙子，见天跟西单那边施展陆地飞腾法，蹿房越脊。

这两件事儿，后来都被拍成了电影，一个叫《西单女孩》，另一个叫《跑出一片天》。

蝎子倒爬城，不是倒着爬

单先生说评书，还说过一手轻功，叫蝎子倒爬城。讲到蝎子倒爬城的时候，一般都得这么说：夜半三更，谁谁谁身穿夜行衣靠，背背单刀，斜挎镖囊，浑身上下收拾得紧衬利落，抬手抬腿，没有半点儿绷挂之处！这谁谁谁溜达到城墙根儿底下，施展蝎子倒爬城的功夫，"哧哧哧"几下，爬到城墙顶上。趁着巡城的兵丁没留神，一个鹞子翻身，越过城垛。

蝎子倒爬城这手绝活，眼下网上传得也挺乱，怎么说的都有。最邪行的一种说法，说这个蝎子倒爬城，可不能跟攀岩似的脑袋朝上爬，必须得大头朝下，拿着大顶往上爬！

为什么非得拿着大顶爬呢？古时候的那个城墙，都是用石头、城砖这些东西垒起来的，不可能像现在的水泥墙那么平整。拿着大顶往上爬，为的是拿两个脚尖当钩子，钩住砖缝，起个固定作用，然后再用两只手跟下头撑着，一点儿一点儿往上爬。这个原理就跟现在登山队爬山的时候，手里拿个登山镐的意思差不多。

这个说法，我琢磨着应该不太靠谱儿。

为什么这么说呢？在保证安全的前提下，您可以自个儿试试。拿大顶这个姿势，甭说爬城墙，就算待在那儿原地不动，最多十来分钟，一般人也就受不了啦！真要是拿着大顶爬城墙，本来没事儿，弄不好都得出事儿。

要说起来，蝎子倒爬城其实不是什么特别了不得的功夫。我小时候，比我大个十来岁的北京孩子，尤其是男孩儿，好多都会。为什么非得比我大个十来岁呢？我是 1969 年生人，那时候老北京的城墙已经拆干净了，想爬也没地方爬了，英雄无用武之地呀！

蝎子倒爬城这手功夫，搁在七八十年以前的老北京，算是小孩儿的一个娱乐项目，就是个久练久熟的事儿，没什么新鲜的。

现在北京站后身，紧挨着东便门那块儿，还剩下一小节城墙。有机会，您可以注意观察观察。不光是北京，全国各地，但凡有城墙的地方，它那个城墙都是梯形的，墙根儿的地方特别厚，越往上越薄。砌墙的时候，每添一块砖，都得稍微往里错那么一小点儿，留出一个小台阶来。这个小台阶不大，将将能搁下一个后脚跟。

这种城墙，您要是跟现在攀岩似的，脸朝里，手拉脚蹬往上爬的话，身子没法跟墙面贴得特别紧，重心整个都跟外头飘着。一个没留神，脚底下一打滑，手上一松劲儿，没准儿就掉下去啦，特别容易出危险。

真要是说想把安全系数弄高点儿的话，只能倒过来，脸朝外，后背紧贴在城墙上。两只手的后半截手掌，撑住了城砖露出来的那些小台阶，两个脚后跟呢，也得蹬住了这些小台阶，然后连撑带蹬，一点儿一点儿往上蹭。

这么着的话，一个是手和脚更容易使上劲儿；再一个就是后背紧贴着城墙，重心靠里，不容易掉下去。

那位问了，这个爬法，跟蝎子有嘛关系呢？

这两年有好多年轻人要个性，喜欢把蝎子当宠物养。回头您可以注意观察观察，蝎子跟地上爬的时候，底盘都压得特别低，肚皮紧贴着地面，几条小腿出溜出溜紧着捯。绝对不可能跟人似的，踮着脚、高抬腿、轻落足，肚皮抬起来挺老高，慢慢悠悠往前溜达。

蝎子倒爬城，意思其实就是爬城墙的姿势跟蝎子差不多，后背紧贴着墙面，重心放得特别低。不能拿着大顶往上爬，真要是那么着的话，非掉下来不可。

爬树技术和鸟窝高度成反比

这两年走在大街上，有个事儿，大伙儿可能没注意。

什么事儿呢？

鸟跟树上搭窝，那是越搭越矮。

就拿北京来说，大马路边上，种的最多的就是槐树。大槐树有个特点，树枝、树叶都长得特别密，三伏天跟树底下待着，树荫大，挺凉快。唯独有一节，这种树一般都长不了特别高，轻易超不过十米。

六七十年代那会儿，十个北京男孩儿里边，最起码得有五六个会爬树。甭管什么鸟，真要是说敢把窝搭在这么矮的树上，然后下蛋、孵小鸟，用不了两天，就得让人给掏了。

80 年代以后，老百姓家里多数是独生子女，三对夫妻守着一个宝贝疙瘩。这孩子真要敢爬树玩儿去，好家伙，全家人非得炸了庙不可。淹死的都是会水的，从树上掉下来的，全是会爬树的。从根儿上说，家大人就不能让小孩儿掌握爬树这门技术，必须彻底把这个隐患给它扼杀在摇篮里头。

中国小孩儿打从 80 后这代人开始，会爬树的越来越少，再加上大伙儿的环保意识普遍都提高了，所以鸟搭窝的时候也是越搭越低。这个事儿，用达尔文的话说，那就叫"物竞天择，适者生存"。

上房揭瓦，其乐无穷

前几年，有位大学老师开了个爬树课，专门教学生爬树。这个事儿，网上说了挺长时间。大学开的爬树课算是选修课，学生可以上，也可以不上。我小时候，上树掏鸟，上房揭瓦，那可以说都是小孩儿的必修课，男孩儿差不多人人都会，女孩儿呢，性格稍微猛点儿的，好多也会。

直到现在，小孩儿要是忒淘气，闹得忒出圈儿，家大人可能就得拧着眉，瞪着眼，撒着狠，说这么一句："倒霉孩子，三天不打，你就要上房揭瓦。"

有朋友问了，上房揭瓦图的是什么呢？有什么好玩儿的呢？

我跟您说，好玩儿的地方多了去啦！那可以说是上房揭瓦，其乐无穷。老北京有这么个说法，叫"二八月，看巧云"。意思是说，每年阴历二月和八月，也就是开春和入秋这两个时间段，北京的天最蓝、最高，天上的云彩呢，也最多、最好看。

瓦蓝瓦蓝的天上，飘着那么一团白云彩，特别厚实，跟大棉花糖差不多。您要是有那个闲工夫，躺在房坡上，两眼望天，发几个钟头的呆，看着云彩跟天上慢慢地飘，您就会发现，云彩的形状每分钟都不一样。有时候，云彩飘过来，把太阳遮住了，眼睛前头也就变暗了。过那么一会儿，云彩飘走了，太阳露出来了，眼睛前头也就重新变亮了。

鸽子尾巴上挂着鸽子哨，跟云彩底下，起着盘，"嗡嗡嗡"那么一飞。养鸽子的那位，站房顶上，仰着脸，两眼望天，手里举着根儿小竹竿，竹竿头上绑着红布条。鸽子在天上转圈儿，小竹竿呢，举在这位手里，也是来回转圈儿，轰着鸽子跑。这位手里晃悠着小竹竿，嘴里还得吆喝两声："哦！哦！哦！飞啊！飞啊！"

这位轰鸽子轰得正带劲呢，没留神，房檐底下冒出来个老太太，扯着脖子嚷嚷："我说！谁谁谁家那二小子，麻利儿的，给我下来！留神回头把房顶子踩漏啦，我可找你爹告状去！"

上房揭瓦，还有一个好处。

什么好处呢？吃果子方便。

胡同大杂院儿，每个院儿里差不多都有那么一两棵果树，枣树和柿子树最多。秋风一起来，枣立马就红啦。柿子呢，低处的是青的、硬的，越往高处走，红得就越快。尤其是树尖上挂着的那个柿子，最红，最甜。

这个柿子，站在树底下举着杆子够，不容易够着。要是待在房顶上呢，随便一伸手就能摘下来。手里举着这个柿子，轻轻拿牙尖一咬，咬开一个小口，然后再使劲儿一嘬，一股甜水从嘴里一直甜到胃里。那是货真价实的树熟①，跟放红了、放软和了再吃的青柿子，口感肯定是不一样。

到了开春的时候，树上虽然没果子，可是有小鸟。上房掏家雀，这是每年春天小孩儿们的一个保留项目。

那位问了，谦儿哥，刚才您说的可是上树掏鸟窝，一掉脸，怎么又改上房掏家雀啦？

这事儿您有所不知。家雀，就是麻雀，它跟别的鸟习性不一样。喜鹊、老鸹什么的，都是弄点儿干树枝，跟树上搭窝，抬眼就能看见。家雀呢，不会自个儿搭窝，就爱钻洞。

现在好多朋友住楼房，墙上都得打个窟窿，好装空调。这个窟窿，要是挺长时间没用，里边没准儿就有家雀做窝。以前的老百姓大多住平房，平房的房顶铺的都是瓦片。房顶铺瓦，铺到最靠房檐的地方，都是用几块瓦摞在一起，摆出花来。摆出花以后，瓦片跟瓦片挨着的地方，自然而然就会有一些小洞，家雀特别喜欢跟里边做窝。每年阴历三四月，小孩儿蹬着梯子上房，憋住一口气，悄声趴在房檐上，伸着耳朵听。小家雀在窝

---

① 指在树上自然成熟的果子。

里边"啾啾啾"地叫唤，小孩儿顺着声音找准了地方，轻轻把瓦片掀起来，一掏就是一窝。

掏出来的小家雀，拿回家，给它吃点儿馒头、米饭、面包虫儿什么的，再拿眼药水瓶子喂点儿水，就能养活。小家雀长大了以后，小孩儿走到哪儿，它就跟着飞到哪儿，老跟肩膀上趴着，特别亲人。

有个"窝"，只有我们知道

上房揭瓦，有的吃，有的玩儿，还有小家雀陪着。甭管干什么事儿，都不会有人揪着您的耳朵唠唠叨叨。以前的小孩儿喜欢往房顶上爬，归根到底，图的就是这个自由自在、无拘无束的感觉。

说句文艺点儿的话，那时候，大到一座城市，小到一个村，其实都可以分成"房上"和"房下"两个世界。房下边，那是大人的世界，有各种乱七八糟的事儿，还有好些规矩。房上边呢，那是孩子的世界，小孩儿说了算，大人的规矩，放在这个地方，根本玩儿不转。

现在的孩子管这种地方叫秘密基地，以前的小孩儿管这种地方叫"窝"。每个人小时候都有自己的"窝"。只不过有的人长大以后，慢慢地就把这个"窝"给忘了。有的人呢，没准儿一辈子都忘不了这个"窝"。

就像歌里唱的：我们的秘密基地已经变成商场，曾经渺无人烟现在人来人往，已经找不到了刻满名字的墙，它随着水泥和钢筋成了新的楼房……

漫时光

甭管怎么着，您记住了，总有一个叫于谦的朋友，替您守着这么一个『小院儿』，欢迎您随时过来串门，过来玩儿。

蓝色校服

轻轻敲醒沉睡的心灵

慢慢张开你的眼睛

看看忙碌的世界

是否依然孤独地转个不停

春风不解风情

吹动少年的心

让昨日脸上的泪痕

随记忆风干了

抬头寻找天空的翅膀

候鸟出现它的影迹

带来远处的饥荒无情的战火

依然存在的消息

玉山白雪飘零

燃烧少年的心

使真情融化成音符

倾诉遥远的祝福

唱出你的热情

伸出你双手

让我拥抱着你的梦

让我拥有你真心的面孔

让我们的笑容

充满着青春的骄傲

为明天献出虔诚的祈祷

…………

"好！停！同学们停一下，音乐停……那什么！王海，把录音机关上！"

"好！我说两句，今天的排练效果不错，同学们的着装很整齐，感情很饱满，声音非常洪亮。再有半个月，就是全校的歌咏比赛了。去年歌咏比赛，因为一点儿小意外，咱们班拿了个第二名，这就是教训啊，同学们！今年，无论如何不能再出毛病，必须得把别的班全都给压下去。"

"那什么，关婷婷，你那红指甲盖咔吃①干净了吧？……嗯，好，咔吃干净了就好。学生嘛，就得有个学生样。成天描眉画眼，嘴抹得跟吃了死耗子似的，好看吗?!"

"洛小乙，我这儿说她呢，你傻乐什么，觉得没你事儿，是吧？要我看，就你毛病最多！你看看你那双白球鞋，怎么穿的！那还是白的吗？回家好好刷刷。实在不成，讲台上有粉笔，临上场的时候，把脏的地方，都给我使劲儿抹抹。……什么看不见呀？什么看不见呀？全班数你个儿最高，往台上一站，校长、主任第一眼看见的就是你！"

---

① 削刮。

"嘻，我说，安静，这都一年啦，你那五音不全的毛病，怎么还没板过来哪？要不这么着吧，为了班集体的荣誉，回头上台的时候，你就甭出声啦，干张嘴就成。"

"王海！干什么呢?!我告诉你啊，这回你要再敢跟台上给我出洋相，学斗鸡眼，我收拾死你！"

文章一开头，又给您来了段挺没溜儿的模仿秀，您别见怪！

五月歌谣季

我小时候上学，每个学期，学校里都有两件大事儿。

哪两件大事儿呢？上半学期，秋天的时候，临到国庆节以前，必须得开一回运动会。下半学期，春末夏初，临到六一儿童节以前，还得开一回全校的歌咏比赛。

到了歌咏比赛那天，条件好的学校，都是把学生聚到学校礼堂里边唱；条件稍微差点儿的学校，干脆就让大家跟操场上唱。甭管怎么着，反正都得唱，而且必须是全班大合唱，一个人都不能少，轻易不准学生请假、溜号。这也算是中国学校的一个传统，老猫房上睡，一辈传一辈，打从50年代那会儿，一直唱到今天。

当然了，学校不一样，年代不一样，歌咏比赛的规矩也不一样。有的学校开歌咏比赛，直接就把比赛时唱的歌都给定好了，全校好几十个班，都唱同一首歌。人家定这个规矩，就是为了追求公平，整齐划一，省得回头评分的时候，再因为"哪首歌容易唱""哪首歌不容易唱""哪首歌大伙儿喜欢听""哪首歌大伙儿不喜欢听"这些乱七八糟的事儿犯矫情。

有的学校呢，管得就没这么细。歌咏比赛的时候唱什么歌，每个班都可以自个儿定。班干部们提提建议，大伙儿讨论讨论，最后班主任拍板。

这篇文章开头，引用的那首歌叫《明天会更好》，这是 80 年代末 90 年代初那会儿的班主任们特别爱挑的一首歌，可以说是歌咏比赛的经典曲目。

为什么班主任们都愿意挑这首歌呢？

1986 年是世界和平年。因为这个事儿，中国港台等地区的六十位华人歌手，比如您都知道的蔡琴、苏芮、齐豫……这些人聚在一块儿，表演大合唱，唱的就是这首歌。

《明天会更好》，打根儿上说，本身就是大合唱的曲目。学校歌咏比赛，学生把这首歌直接拿过来就能用，唱的时候又容易出彩，又能加花样。

我让青春撞了一下

那位问了，谦儿哥，唱首歌，归了包齐，五六分钟的事儿，还能玩儿出什么花样来？

这种事儿，我跟您说，都是老中医，谁都知道那几个偏方。从 50 年代那会儿开始算，学校差不多每年都办歌咏比赛，学生换了一拨又一拨，唱歌的时候，大家玩儿的好些花样，可能压根儿就没换过。有些花样我小时候就玩儿过，现在的学生参加歌咏比赛，玩儿的可能还是那些东西，没什么新鲜的玩意儿。

读这本书的朋友，可能好多都还是在校的学生，我说几个在我小时候班主任最爱玩儿的花样。您琢磨琢磨，您自己参加歌咏比赛的时候，是不是也玩儿过。

比如说，全班拢共三十多人，老老实实、规规矩矩地把一首歌从头唱到尾，这算是最基础的唱法。班主任要是想稍微玩儿点儿花样，那就可以把一首歌给它拆开，分成高、低两个声部，让学生分开唱。

要想玩儿得更有花样一点儿呢，还可以把一首歌给它拆成几段。这段男生张嘴，女生不张嘴。那段男生不张嘴，女生张嘴。不张嘴归不张嘴，也不能戳在台上闲待着，嘴里必须得出声，出那种"啊——啊——啊"的动静，没有词儿，就要"啊——啊——啊"的这个声，为的是给唱歌的人填充背景音。

歌星上台唱歌，讲究的都得配上伴舞，连唱带跳。学校歌咏比赛，学生站在台上唱歌，最简单的舞蹈，就是来回晃悠。怎么个晃悠法呢？

学生集体唱歌，学校要是没有礼堂的话，一般都得临时拿桌椅板凳搭个台子。女生的个儿最矮，站在第一排，平地上。中不溜个儿的，站第二排，踩着凳子。个儿最高的，多数都是男生，站第三排，踩着桌子。

这么着，等于是前中后，高中低，三排学生。班主任带着学生排练的时候，就可以提前做个设计，唱歌唱到最高潮的时候，全班跟着音乐的节奏走，前后两排，大伙儿一起朝左晃悠，当中间的那排就朝右边晃；当中间那排朝左晃的时候，前后两排就一块儿朝右晃。

前中后三排学生，整齐划一，交替着这么一晃悠，观众坐在台底下一看，就能看出一种波浪感和层次感，觉得挺哏儿。

我们当演员的有句口头语：台上一分钟，台下十年功。学校歌咏比赛，玩儿晃悠这手的不少，要想晃悠得好看，那就必须得整齐，还得跟上节奏，且得下功夫练呢。

问题是学生跟专业演员不一样，舞台经验少，台下练得挺好，等到见真章的时候，往台上一站，当时就麻爪①了。心里一含糊，脑子的反应就慢。脑子反应一慢，浑身上下就容易跟不上节奏。全班三十多人，站在台上，连唱带摇晃，"让我们荡起双桨，小船儿推开波浪，海面倒映着美丽的白塔……"眼看唱得正嗨呢，忽然就听见"哎哟""妈呀""啪嚓""哈哈哈哈"……

这么热闹，到底是怎么回事儿呢？敢情是有个学生，脑子犯迷糊，走

---

① 形容手忙脚乱、慌乱。

神了！他站的那排，别人全往左边晃悠，唯独他，蝎子拉屎——独一份，非要往右边晃悠。偏赶上这孩子还挺实诚，晃悠的这一下，特别卖力气，"咣叽"一家伙，就跟他旁边那位撞一块儿了。

要是就这俩人撞一块儿了，那也无所谓。关键是一整排的学生，站得都特别密，人挨人、人挤人，这一下撞完，就跟过电似的，它还得传导哪！传来传去，传到最靠边的那位身上，当时就脚底下一滑，用说书先生的话讲，那就叫"万丈高楼一脚蹬空，扬子江心断缆崩舟"。"哎哟""妈呀""啪嚓"，连着叫唤三声，当时就从桌子上掉下去了，结结实实，摔得那叫一个脆。

台底下的学生一看，嚯！好家伙！这可比听相声带劲呀！"哄"的一下，这个包袱就算是响了。赶上有那坏小子，还得跟着起哄架秧子："噢！好啊！这玩意儿真带劲啊！再来一个，再来一个！噢！"

这时候您再看那个班的班主任，说句文言，那就叫面如死灰、五内如焚，一脑袋扎尿盆里淹死的心都有。城府不深的，当场就得扭脸走人！用北京话说，这就叫玩儿现了，栽面啦。

有种青春叫白衬衫和蓝裤子

学生参加歌咏比赛，一般学校都要求孩子们统一着装。现在老百姓的生活条件都好了，学校办歌咏比赛，可能会要求大家穿正装，或者是别的演出服，但大多数时候，还是会让学生们穿着校服表演。全班三十来人，往台上一戳，最起码，是干干净净、整整齐齐的。

七八十年代那会儿，每年到了这个时间段，国营商店门口都得挂出来一块纸牌子，写上"白衬衫到货"这么几个字。国营商店，为什么非得赶在这个日子口，扎堆卖白衬衫呢？这里边有它的缘由。

我小时候，没有校服，学校也不要求学生统一着装，大家穿的都是平常的衣服，不过在左边胸口上都会挂一块校徽。眼下好多大学都不给学生发校徽了。早些年参加高考的朋友，可能还赶上过。每年9月份，新生拿着录取通知书去学校报到，负责接待的老师除了给学生发水卡、饭卡、学生证，捎带手还得给一块校徽。

不光学生有校徽，老师也有校徽。本科生的校徽，一般都是白底黑字，老师和研究生的校徽是红底金字。再往早了说，七八十年代那会儿，中学也给学生、老师发校徽，为的是挂在胸口上，跟学校进进出出的时候，有个凭证。

学生平常穿着自个儿的衣服，挂着校徽上学。进了5月以后，歌咏比赛的日子定了，每个班都开始练歌了，班主任就得嘱咐一句："放学回家，跟你们爹妈都说一声，白衬衫、蓝裤子，该预备的预备。白球鞋，该刷的都给它刷干净了，回头唱歌的时候穿。"

白衬衫、蓝裤子、白球鞋，要是小学生的话，脖子上还得系一条红领巾。这身行头，就是三十多年以前学生们最正式的衣服。只要参加集体活动，要求统一着装，那不用问，肯定就是这身。女生跟男生稍微有点儿不一样：夏天天热的时候，可以把蓝裤子改成花裙子。

蓝裤子和白球鞋好办，家家都有，学生平常穿的就是这些东西，只要提前收拾利落了就成。唯独这个白衬衫，不好办。

为什么不好办呢？稍微有点儿生活经验的朋友都知道，白色的衣服，本来就不耐脏，穿时间长了容易发黄。尤其是小孩儿，平常不知道在意着点儿衣服，吃饭的时候掉菜汤，疯跑、疯玩儿的时候呢，连擦汗带抹泥。一件白衬衫，穿来穿去，到最后就洗不白了。再怎么洗也洗不干净，上头深深浅浅、大大小小，全是印子。

全是印子怎么办呢？家里条件要是稍微差点儿的话，可以去药店买点儿漂白粉，学名叫"次氯酸钠"。漂白粉买回家，沏点儿水，把旧的白衬衫扔到里头，漂一漂，翻翻新。家里条件好点儿的，家大人索性也就不费这个劲儿了，直接去商店买件新的就完啦。

每年四五月这个时间段，学校扎堆搞活动，都要求学生统一着装。所以商店每年也是趁着这么个热乎劲儿，扎堆卖白衬衫。眼下三四十岁的朋友们，有工夫您可以翻翻家里的老相册，应该都能找着自己小时候穿着白衬衫、蓝裤子、白球鞋参加各种集体活动的照片。

老太太最爱"小白鞋"

话说到这儿，白衬衫、蓝裤子、白球鞋，这三样东西，怎么就捏咕到一块儿去了呢？

关于这件事儿，我一个人，只长了一张嘴，您容我一样一样地给您掰扯。

七八十年代那会儿，特别流行回力鞋。回力鞋，在我小时候，那就算是运动鞋里的顶流！高档货！一般小孩儿穿不起，家大人轻易也不会花钱给孩子买这个鞋。

小孩儿真正能天天穿的，是那种绿橡胶底、白布面的小白球鞋。这种鞋分男女两种款式。男款是系带的，有鞋舌头，能把整个脚都给裹起来。女款的小白球鞋，不用系带，本身就带松紧口。穿上以后，露着多半个脚背，脚背上还有一根儿松紧带的鞋襻。现在医院的护士上班，穿的还是这种鞋。

小白球鞋据说是晚清那会儿从英国传过来的网球鞋。传进来以后，就成了大家约定俗成的学生鞋。除了皮鞋、回力鞋，就属它的档次高，多数学生也都买得起。再往下说，还有片儿懒、毛窝什么的，那就忒不正规、忒不上档次啦！所以学生们参加活动，一般就是穿小白球鞋。

我住阜成门白塔寺那会儿，胡同里的好多老太太，指名就要买这种小白球鞋，而且穿的是男鞋，不是女鞋。

为什么呢？您想想就能明白。那时候的老太太，好多都是缠足。缠过足的脚，就说到不了三寸金莲的地步吧，那也比商店里边卖的最小号的女鞋还得小好几圈儿，花钱都买不着特别合适的鞋。只能跟家纳鞋底子，自个儿做鞋。

不会自个儿做鞋的话，那就只能去商店买小孩儿穿的白球鞋。小孩儿的鞋号小，缠足的脚穿上正合适。男款的白球鞋又能系鞋带，穿上以后特别跟脚，走道也特别舒服，老太太都爱穿。

秀才的蓝，特别蓝

学生参加集体活动穿白衬衫这个事儿，据说是 50 年代以后，从俄罗斯传过来的规矩。

在不少老电影里头，能看到好多俄罗斯小孩儿参加典礼时穿的就是白衬衫。只不过人家穿白衬衫的时候，配的不一定是蓝裤子，黑裤子也成。穿白球鞋、白衬衫的时候，必须搭配蓝裤子这个规矩，是咱们中国人自个儿定的。

这事儿不是我瞎说。传统评书里边，老能听见这么个说法，说一个读书人，十年寒窗苦读，好不容易金榜题名中状元了，那就必得"脱去蓝衫，换上红袍"。

脱去蓝衫的这个"蓝衫"，就是明朝秀才的标准着装。这"蓝衫"，实际上跟我们上台说相声时穿的大褂儿差不多。

穷秀才平常跟家待着的时候，穿什么都无所谓。但是只要出席正式场合，就得穿蓝衫。这算是一种身份的象征，意思就是告诉周围的人，我身上有功名，不是白丁，你们没事儿别招我，真要是把我惹急了眼，后果很严重。所以明朝那会儿，秀才还有个外号，叫"蓝袍大王"。

50 年代以后，秀才的蓝衫跟从俄罗斯传过来的白衬衫，两样重新优化组合，最后就弄出来白球鞋、白衬衫配蓝裤子这么一身行头。

大约在 90 年代以后，学校就开始统一给学生配校服了。每个学校的校服，款式、颜色什么的，都不一样。可是呢，甭管哪个学校的校服，用得最多的，还是蓝、白两种颜色。这就是受当年白球鞋、白衬衫配蓝裤子这身行头的影响。

每个学生从小学到高中，最起码都穿过两三身校服。直到考上大学，才脱下蓝白校服，从此以后愿意穿什么就穿什么，再也不用穿校服了。

别理我，烦着呢

写了半天歌咏比赛、校服什么的，其实啊，现在每天穿着校服，背着书包跟大街上溜达的学生，按岁数说，那得是 2003 年以后出生的孩子，是货真价实的 00 后。这拨孩子的父母，好多都是 80 后，岁数稍微大点儿的 90 后也有。

00 后穿校服，按大面说，拢共就两个流派。一种是穿得规规矩矩、干干净净的，这种一看就是老实巴交的孩子。再一种呢，浑身上下，嚯！画得跟花瓜似的！有画有字，时间、地点、人物、故事情节什么的，全都能跟校服上画出来。这种跟校服上写字、画画的流派，现在有个专门的说法，叫"校服涂鸦"。

校服涂鸦这种行为，家长、老师瞧见了，立马就得摇头、撇嘴，觉得不像正经孩子该做的事儿。反过来说，玩儿校园涂鸦的 00 后，看见家长、老师这模样，也立马就得摇头、撇嘴，觉得这帮人全是土老帽，没个性，什么都不懂，跟他们没有共同语言。

其实呢，校园涂鸦这种事儿，90 年代那会儿就有学生玩儿，压根儿不算什么新鲜东西。而且不光在校学生玩儿，毕了业的人也能玩儿。

那位问了，谦儿哥，毕了业的人，连校服都不穿，怎么玩儿呀？

您看您这话问的，毕了业的人，就算不穿校服，不是还得穿别的衣服呢吗？比如说，文化衫。

90 年代那会儿，大家管 T 恤衫叫过一阵"文化衫"。为什么叫文化衫呢？T 恤衫，打根儿上说，是法国人发明的衣服，相当于中国的挎篮背心，平常都是贴身穿在最里头。后来美国人觉得这衣服不错，挺舒服，就开始有样学样，也跟着穿。

现在好多地方搞活动，都讲究发 T 恤衫。T 恤衫的前胸后背，还得印上这次活动的名称、单位的地址、联系电话等等。到了正式活动那天，参加活动的人，都得把这件 T 恤衫穿上，也算是统一着装。

"搞活动，穿 T 恤"这个玩儿法，最早就是美国人带起来的。90 年代以后，T 恤衫传到中国，老百姓觉得上头有字有画，往身上一穿，显得挺有文化，就给这种衣服起了个别名，叫"文化衫"，社会上从此掀起来一股穿文化衫的流行风。

三十多年以前，文化衫这股风刮得最厉害的时候，有两句话特别流行。一句是"别理我，烦着呢"，再一句是"小本生意"。文化衫前胸要是印着"小本生意"这四个字，后背上肯定还得印俩字——"没钱"。情景喜剧《我爱我家》里边，贾志新就穿过这种印着"小本生意"的文化衫。

有这么一句老话，包子有肉不在褶上，谁也说不准哪块云彩会下雨，这话都是在论的。再过那么二三十年，00 后玩儿的校服涂鸦，没准儿也能留下两句特别火的流行语，掀起来一股什么流行风。您各位踏踏实实，等着瞧就成。

同桌的铅笔盒

人间四月，北纬三十九度线附近，万物萌发。胡同里的大杨树，"毛毛虫儿"争相绽放。一年一度，四季轮转，这是春天和大杨树的一个约定。

智慧的胡同人知道，即便是长在同一条胡同里的两棵杨树，孕育出的"毛毛虫儿"，味道也是截然不同的。凭借对美食本能的直觉，大爷和大妈们相聚在心中最完美的那棵大杨树底下。

郭老师说，"毛毛虫儿"的理想归宿，应该是一次畅快的"热水澡"，然后，再用花椒油和辣椒油做个按摩。要知道，只有最简单的烹调，才不会掩盖那一抹淡淡的春天滋味儿。

谦儿哥却说，没有肉的陪伴，再新鲜的"毛毛虫儿"，也摆脱不掉令人厌烦的苦涩。一顿薄皮大馅儿、肉多油足的蒸饺，才是"毛毛虫儿"永远的归宿。

趁着大人们没留神，小明悄悄捡起两条"毛毛虫儿"，塞进兜儿里。他心里很清楚，这玩意儿最理想的去处，只能是同桌小红的铅笔盒。如果能趁班主任没留神，偷偷塞进她的脖领子，那也是极好的。

开头又给您来了段挺没溜儿的舌尖体，咱们今儿接茬儿跟这儿扯闲白。

我把合子一烙，春姑娘就来了

咱们全国各地的老百姓，都愿意吃口春鲜。老北京人最爱吃的春鲜，就是每年阳历 3 月份以后，大杨树上冒出来的那个"毛毛虫儿"。

每个地方管这玩意儿的叫法都不一样。就拿北京来说，您甭看就这么大点儿地方，城里、城外，东城、西城、南城、北城，叫法好像都不太一样。

"毛毛虫儿"应该算是最通行的叫法，剩下的，什么杨树吊、杨树狗子，嚯！多了去啦！叫什么的都有！好像有的地方还管这玩意儿叫"能能儿"。我也不知道具体当怎么讲，哪位要是门清，欢迎您发私信告诉我，咱们一块儿给大家普及普及，长长见识。

甭管到底叫什么，杨树毛，按大面上说，拢共就两种。

哪两种呢？一种是能吃的，一种是不能吃的。

能吃的杨树毛，长在那种树皮特别糙、特别黑，身量也特别高的钻天杨上头。钻天杨，又叫美国白杨，这种杨树长出来的"毛毛虫儿"是肉乎乎的，黑红色，水头儿特别足。

老百姓把钻天杨的杨树毛捡回家，收拾干净，搁到开水锅里一焯，稍微断断生。然后来点儿花椒油、辣椒油、蒜末、葱花什么的，一凉拌，就能吃。

夹起来一筷子，放嘴里一嚼，杨树毛外头的那层毛，特别肉头。当中间的那根儿梗呢？那是脆里带着艮，艮里带着脆，使劲儿嚼，能嚼出来"咯吱吱""咯吱吱"的动静，跟嚼黄瓜差不多。

杨树毛，要想做得好吃，就必须得多搁油，多搁肉，最好再稍微搁点儿炸酱。吃馅儿的时候，搁炸酱，这是老北京人，尤其是北京郊区人特有的一种吃法。每年春天，您要是有工夫上京郊平谷溜达一圈儿，就能吃着一种特别应季的吃食：杨树毛烙合子。

那位说了，烙合子，我知道。初一的饺子初二的面，初三的合子往家转。现在想吃这口，都不用等到过年，随便找个大点儿的馆子，菜单上都有。

您说的烙合子，是老北京城里版的烙合子。这种烙合子，个头、薄厚都跟咱们平常吃的馅儿饼差不多，只不过就是包的时候，周围掐了一圈儿花边，弄得跟小向日葵似的。

老北京农村版的烙合子，玩儿的路数不一样。两层面皮中间包上馅儿，搁在案板上，拿擀面杖使劲儿擀，擀得越大越好，越薄越好。薄到什么程度呢？差不多就是隔着面皮，隐隐约约能看见合子里边剁碎了的杨树毛的程度，而且这面皮还不能破。

农村的大柴锅，烧劈柴，火旺。擀好的合子，单手托着，"啪"往大柴锅里一贴。大柴锅，烧得滚烫滚烫，生合子挨着锅的那面，立马就黄了，起焦皮了。

烙合子的人，手脚必须得利索，还不能怕烫。眼瞅着合子的一面已经发黄了，当时就得把手伸进去，摁着合子，跟锅里来回转几圈儿。

为什么非得转几圈儿呢？大柴锅的火，没有电饼铛那么匀。摁着合子跟锅里来回转几圈儿，为的就是让它受热均匀，别有夹生的地方。

合子跟锅里转了几圈儿以后，挨着锅的这面就算熟得差不多了。这时候，烙合子的人得再拿食指和大拇指，捏着合子的边，把它拎起来，"啪"一声，跟锅里翻个身，接茬儿再烙生的那面。

眼看两面全都烙熟了，继续拿食指和大拇指捏着合子边，把合子拎起来，又是"啪"一声，往笸箩里一扔。然后您就趁热吃去吧！

农村版烙合子跟城里版烙合子最不一样的地方，就是农村的合子擀得特别薄。搁在大柴锅里烙的时候，馅儿里的那点儿油和汤，慢慢地全透过面皮洇了出来。整张烙合子，从四周围到当中间，全都是焦黄酥脆的，汪着油，渗着汤，吃到嘴里，那是特别有味儿，特别香。

吃这路烙合子，不能使筷子，更不能拿刀切，最好是直接上手，就跟吃春饼似的，把它卷起来，卷成一个卷。两只手捏着这个卷，伸到醋碗里边，足足实实，让烙合子吸饱了醋。然后瞧准了地方，铆足了劲儿，张大了嘴，打开里外套间，撩开后槽牙，"咔"就是一口。一股白气带着杨树毛的鲜味儿从烙合子里喷出来，直接喷到您的脸上，这就叫春天的气息。

植物版"毛毛虫儿"，吓人专用

中学语文课有篇课文叫《白杨礼赞》，我小时候上学就学过，现在好多00后上学可能也学过。

白杨树在春天结的杨树毛，不能吃。

为什么呢？这种杨树毛跟钻天杨的不一样，只有当中间那根儿梗稍微带点儿水分，剩下的地方全是干的，就跟枕头里边装的荞麦皮差不多，没法吃。

没法吃归没法吃，可是这种杨树毛，多少也有点儿用。什么用呢？坏小子拿在手里，吓唬女生玩儿呗。

女生，多数都怕虫子，尤其是那种长得特别恶心的虫子。胆儿稍微小点儿的女生，看见虫子，必得扯着脖子叫两嗓子。坏小子拿着杨树毛冒充毛毛虫儿吓唬女生，图的就是让女生害怕，就想听她们扯着脖子来两嗓子。

课间休息的时候，坏小子手里攥着杨树毛，瞅冷子往女生跟前一递。这种事儿，重点就在中间这个时间差，伸手的速度必须得快。为什么必须得快呢？手的动作要是太慢的话，人家看清楚您手里攥的是什么，也就不害怕了，那您就算是玩儿现啦！

小姑娘老老实实跟那儿坐着，一点儿心理准备都没有，冷不丁眼前伸过来一只手，心里先就是一惊！拢目光再一细看呢，手心里还托着一条东西，圆滚滚，毛茸茸，有头有尾，我的天呀！这不是毛毛虫儿吗！

想到"毛毛虫儿"这几个字，小姑娘心里当时就是一紧。心里一紧，嗓子眼跟着也是一紧。嗓子眼一紧呢，连带着舌头根子又是一紧。"啊"的一声尖叫，自然而然得从嘴里往外跑，拦都拦不住。

女生害怕了，把"啊"喊出来了，坏小子也就算得手了，觉得特别有成就感，心里挺美，跟喝了蜜似的。北京小孩儿管这种事儿，有个专门的说法，叫"贱招儿"。

铅笔盒的秘密，只有我们知道

拿杨树毛冒充毛毛虫儿，玩儿一次，没问题，玩儿两次，也没问题。玩儿的次数多了，大伙儿就都知道是怎么回事儿了，也就没人中招儿了。没人中招儿，那就得开动脑筋，多想点儿辙，多换换花样，提高提高技术含量。

怎么个提高法呢？

比如说，上课的时候，趁老师没留神，伸手把杨树毛往前边那位的脖领子里一塞。这招儿要是赶寸了的话，甭说女生，男生都能吓得"啊"的一声蹿起来。

再比如说，男女生坐同桌。女生多少有点儿事儿多，平常有事儿没事儿，就爱找班主任打个小报告，告个刁状。男生挨了班主任的呲儿，心里不忿，那就得找机会报复报复。趁着教室没人的当口，弄条杨树毛，搁在同桌的铅笔盒里。

搁的时候也有技术，最好是把杨树毛缠在铅笔上，一头一尾全压在下边，就露中间的一小段。为什么呢？这么玩儿，它仿真呀！看着最像活的毛毛虫儿！

当然了，要是季节合适的话，弄条真毛毛虫儿搁里边，那就更好了。

现在好多学生上学，可能都不带铅笔盒了。我小时候上学，铅笔盒是必备的东西，人手一个。铅笔盒带到教室，怎么跟课桌上摆，也有规矩，一年级的小学生头一天报到，老师就得教给他。

铅笔盒一般都是摆在课桌正中间，最靠前的地方，紧挨着桌子边，然后把课本摆在铅笔盒的右边。铅笔盒永远不动，课本呢，必须跟着课程表走，老得换。上语文课就摆语文课本，上数学课就摆数学课本。

上课铃一响，老师抱着教材，起着范儿，推门进教室。班长吆喝一声"起立"，学生们呼啦呼啦站起来，喊一声"老师好"。老师回一句"同学们好"，接下来说的话必然是："同学们，这节课我们学习什么什么内容，请打开课本多少多少页。"

学生听见老师这声招呼，齐刷刷伸右手，拿课本，翻课本。翻开课本，第二件事儿，就是伸手开铅笔盒，往外拿笔。放杨树毛的那位，等的就是这个时候。

铅笔盒里的那点儿东西，平常都是自己一个人用，什么东西放在什么地方，心里都门清，根本不用拿眼睛看，直接伸手摸出来就成。女同桌的两只眼睛盯着课本，手伸到铅笔盒里一摸，当时就打了一个冷战，心里可就犯了合计了："哎？什么玩意儿这是？软了吧唧，还毛茸茸的。"

越合计越觉得害怕，一扭脸，往铅笔盒里一看，"啊"的一声，当时就能叫出来。胆儿要是再小点儿的呢，脚上一给劲儿，"噌"的一下，就能从椅子上蹦起来。蹦起来的时候没留神，肚子一撞桌子沿，"啪嚓"一声，铅笔盒就掉在地上了，铅笔钢笔稀里哗啦撒了一地。

老师站在讲台上，好不秧儿的，碰见这么一出，吓得也不轻，立马就得问出来一句："干什么呢你？咋咋呼呼的，我这儿还上着课呢！"

女同桌呢，蹲在那儿，两只手紧着划拉，捡掉在地上的笔，嘴里吞吞吐吐，吭哧半天，说出来一句："那……那什么，老师，虫……虫子，有虫子。"

老师拿着书，背着手，铁青着脸，溜达过来，朝地上瞄一眼："什么虫子呀？这不就是个杨树毛吗！大惊小怪，我看全班就数你最娇气。别捡啦，先上课。"

全班三十多个学生，看了半天西洋景，实在绷不住劲儿，"哄"的一声，就笑场啦！唯独一个人不笑。谁呢？就是刚才使坏的男同桌。不光不能笑，还得装得跟没事儿人似的，拿着课本，老老实实跟那儿坐着。平常正经上课的时候，绝对看不见他这么老实。

女生这时候其实已经明白到底是谁使的坏了，关键是拿贼必须得拿赃，没当场攥住人家的手腕子，那就没法说什么。只能是胳膊折了往袖子里藏，打落了牙往肚子里咽，自个儿认倒霉。

认倒霉归认倒霉，心里终究还是觉得堵得慌。转过天来，就得抓别的茬口，找班主任结结实实参这小子一本，让他好好喝一壶。这就叫借刀杀人。

男同桌呢，挨了报复，心里不解气，那就得想个招儿，再报复回去。上回用的不是假虫子吗，这回哥们儿豁出去了，换真的，逮个土鳖，放你铅笔盒里。

两人就这么你来我往，报复来报复去，没准儿能从初中一直报复到高中，连着斗那么五六年。女同桌后来都养成习惯了，就跟安检一样，每回一打上课铃，先检查铅笔盒。这叫防患于未然。

保不齐哪天，上课铃响了，小姑娘战战兢兢把铅笔盒拿起来，心里直犯合计："今儿能给我放个什么虫子呀？上回是个蚂蚱，还缺了条腿。这回没准儿再来条蚯蚓？"

没承想，打开盖子一看，铅笔盒里干干净净，什么虫子都没有，就是橡皮的底下，压着一张小纸条。拿这张小纸条当引子，后头没准儿又能勾出来好多年的故事……

我的盒子，我做主

1990 年，中国儿童电影制片厂拍了部电影，讲的也是小姑娘和铅笔盒的故事，叫《哦，香雪》。大概意思说的是，80 年代末的时候，台儿沟那边的山沟里，有一个叫香雪的小姑娘，家里不富裕，好不容易考上高中了，买不起铅笔盒。她爸爸会点儿木匠手艺，拿木头板给她钉了一个铅笔盒，还是推拉盖的，上头画了好多花。

这个铅笔盒，用现在的话说，纯手工制作，还是限量版的，值老多钱了。那时候不行呀，香雪带着这个铅笔盒上高中，周围的同学都有点儿瞧不起她的意思。

尤其是班里有这么一位同学，家里跟保定有亲戚，给她捎过来一个多功能的塑料铅笔盒。这位呢，拿着铅笔盒饶世界臭显摆，告诉人家说："瞧瞧！瞧瞧！看见没有，这地方有个钮儿，一摁，能出来转笔刀；这地方有个钮儿，一摁，哎，是个温度计；这地方还有个钮儿，能摁出来一个小抽屉，里边能搁橡皮……"

香雪自打看见这个铅笔盒以后，表面上没说什么，心里可就落下心病了，做梦都想给自己也淘换这么一个铅笔盒。

有朋友说了，那就买一个呗，归了包齐，就是个铅笔盒，也不是多值钱的东西。

您说的那是现在，网上买东西特别方便。甭管跟什么地方待着，都不用去商店，随便摁两下手机，东西就算到手了。那时候山沟里没商店，兜儿里有钱，都不见得能买着想要的东西。

后来也是机缘巧合，放寒假的时候，香雪带着一帮小姐妹，去火车站卖土特产。看见火车上有这么一位从北京来的大姐，手里有个塑料的多功能铅笔盒。小姑娘跑到火车上，打算用一篮鸡蛋换这个铅笔盒。结果东西到手了，火车也开了，拉着她跑出去老远。

电影演到最后，就是香雪抱着这个铅笔盒走夜路，急三火四往家赶。临快到家的时候，小姑娘特意把自个儿平常用的铁盒擦手油从兜儿里掏出来，往铅笔盒里一搁，"啪嗒"一声盖上盖子。意思就是告诉大伙儿说，我有铅笔盒啦，这东西从今往后，就随我的姓了。

一年级的小豆包，背着铅笔盒

《哦，香雪》这个电影上映的时候，我已经年满二十了，没赶上用那种塑料的多功能铅笔盒。我上学的时候，书包里装的，都是那种铁皮的铅笔盒。

眼下四十大几岁往上的朋友，应该还有印象。老式的铁皮铅笔盒，甭管什么地方产的，款式其实都差不多，全是两拃来长、半拃多宽的那么一个扁铁盒。最不一样的地方，就是盒盖上的装饰画。

铅笔盒一般都是小孩儿用的东西，小孩儿最爱看的就是动画片。时代不一样，流行的动画片不一样，铅笔盒的装饰画，也是跟着流行走。什么动画片最流行，工厂就往上印什么。

比如说，80年代初的时候，铁臂阿童木、花仙子最流行，小孩儿都喜欢。铁皮铅笔盒上的装饰画，十个里边有八个是这二位。80年代末，恐龙特急克塞号、变形金刚最火，好多铁皮铅笔盒上头，印的就是这两样东西了。

1988年，央视六一晚会上，鞠萍姐姐唱了首歌，叫《铅笔盒幻想曲》。这首歌开头唱的就是铅笔盒上的装饰画。《哦，香雪》说的那种塑料铅笔盒，功能真是特别全，里边专门有一排插笔用的塑料套，一根儿一根儿的笔插在上头，不至于来回晃悠，互相磕碰。

我小时候上学用的铁皮铅笔盒，说白了，就是一个铁盒，别的什么功能都没有。铅笔放在里边，全是单摆浮搁，能随便骨碌。上学、放学的时候，小孩儿把铅笔盒搁在书包里，往肩膀上一背，屁颠儿屁颠儿地跟道上一跑，嘴里还得唱两句特别没溜儿的顺口溜：

一年级的小豆包，一打一蹦高；

二年级的小水碗，一捅一个眼；

三年级的吃饱饭，四年级的装子弹；

五年级的一开火，六年级的全完蛋。

嘴里唱着顺口溜，还得配着伴奏。怎么个伴奏法呢？那时候的小孩儿，父母好多都是双职工，每天放学回家，都得自个儿开门，脖子上最起码都得挂着两把钥匙，一把开防盗门，一把开家门。跑起来的时候，两把钥匙互相一碰，那是丁零当啷带响。

书包里边呢，有铅笔盒，没准儿还有饭盒。铅笔盒里边有笔，饭盒里边有小勺。跑起来，那也是丁零当啷带响。大人走在街上，听见身后头有丁零当啷的动静，连头都不用回，就知道肯定是有学生过来了。

盲盒里的大美人

笔搁在铅笔盒里，见天丁零当啷来回撞。铅笔盒每天搁在书包里，还得有磨损哪。时间长了，铁皮铅笔盒上的那层漆，就特别容易掉。漆掉了以后，里边的铁露出来，一生锈，就留下一块黑。有的小孩儿觉得不好看，他就得想个招儿，遮遮丑。

想个什么招儿呢？最简单的办法，就是弄两张不干胶的贴画，当补丁，哪儿生锈了，就贴哪儿。

现在文具店里边，也有卖那种多功能铅笔盒的，价钱还不贵，撑死了也就百十块钱，可是好多家长打死也不给孩子买。为什么呢？这玩意儿带到课堂上，小孩儿光顾着玩儿铅笔盒了，容易分散注意力，影响学习。

我上学那会儿也是这么回事儿，家长、老师不愿意让学生跟铅笔盒上弄好多贴画。用我们班主任的话说，你把那铅笔盒贴得花里胡哨的，成天老盯着大美人看，还有工夫看我吗？

话说有这么一回，课间操的时候，教导主任闲得没事儿，来我们班转悠，检查工作。拿起一个铅笔盒，看两眼，一摇头，一嗑牙花子，一叹气，放下了；又拿起一个铅笔盒，看两眼，还是一摇头，一嗑牙花子，一叹气，又放下了。意思就是说，你们这盒盖上都有贴画，不合格，影响学习。

摇头，嗑牙花子，叹气，这么个流程，老太太连着玩儿了十来遍，然后眼睛突然一闪光，一把抄起我们班一哥们儿的铅笔盒，"噌噌噌"几个箭步，可就上了讲台了。

那位问了，教导主任这么激动，到底怎么回事儿呢？

敢情这哥们儿的铅笔盒上头，一张贴画都没有。漆掉了，宁可露着一块黑，也不贴乱七八糟的东西，特别干净。

教导主任溜达半天，好不容易碰见这么一个典型，那得抢圆了表扬啊！老太太站在讲台上，手里举着那个铅笔盒，摇得哗啦哗啦直响，跟我们白话："啊，你们瞅瞅，你们瞅瞅，这才叫学生。干干净净，艰苦朴素，什么乱七八糟的都没贴。你们再看看里边……"

话没说完，全班几十个学生，"哄"的一声，可就笑了场了。

怎么回事儿呢？

教导主任也是倒霉催的，按理说你表扬两句，赶紧走人就得了。没承想老太太站在讲台上说激动了，顺手就把铅笔盒的盒盖给掀开了。那哥们儿，用现在时髦儿的话说，属于闷骚型的，猪八戒喝磨刀水——有内秀。

铅笔盒外边干干净净，那叫驴粪蛋子外面光。里边可都贴满了大美人！合着人家的意思是：这么多大美人，挺漂亮的，贴在铅笔盒外边，回头弄脏了，磨坏了，那就算糟践啦。贴在里边，能多保护着点儿。

　　老太太站在讲台上，当着大伙儿的面，把盒盖那么一掀，要是没人笑场，那才叫见鬼了呢。

三蹦子

三个轱辘的，不一定叫三轮

《虎口脱险》这个老电影，我小时候翻过来掉过去，看了得有十来遍，看到最后，好多台词儿都会背了。就跟说相声一样，电视里的人说个上句，我搬个小板凳，坐那儿给人家捧哏，接下句。

饶是这么着，也觉得看不够，电视上播一回，就得看一回。

这个电影里边有好多特别经典的桥段，我只要一说，大伙儿脑子里差不多都能有个影儿。比如说，乐队指挥和油漆匠夜里住店，跟两个德国鬼子串错了门，睡错了床的那段。再比如说，电影演到最后，斗鸡眼的德国兵，抱着高射机枪打飞机，把自己人给干下来的那段。

《虎口脱险》从头到尾，最经典、最有意思的桥段，就是几个人开着卡车跟前头跑，德国鬼子骑着摩托车在后头追，卡车上的人抱着倭瓜往下扔的那段。

扔倭瓜那段，德国鬼子骑的那种摩托车，正名叫"边三轮摩托"，也可以叫挎斗摩托、三轮摩托。北京人管这种摩托车一般就叫"挎子"，不能叫三轮摩托。为什么呢？以前那种烧汽油的带篷三轮车，在北京叫三轮摩托，也可以叫"三蹦子"，跟挎子算两码事儿。

《编辑部的故事》里有一集，讲的是李冬宝当交通安全员，胳膊上戴着红箍儿，举着小旗，跟路口站岗，帮交警维持秩序。晚上下班以后，编辑部的人请交警吃饭。临喝酒以前，交警说了一句："今儿啊，我坐公共汽车回去，我那挎子先存你们编辑部。"

他绝对不会说："今儿啊，我坐公共汽车回去，我那三轮摩托先存你们编辑部。"真要是这么说的话，性质就不一样啦。

黑猫警长骑挎子

八九十年代那会儿，大街上骑挎子的，多数是交警和派出所里的民警。黑猫警长追"一只耳"的时候，骑的也是拆了挎斗的挎子。

好多朋友应该还有印象，那种挎斗摩托，颜色跟现在的警车差不多，上白下蓝。挎斗左后角的地方，还得跟旗杆儿似的，竖一根儿细钢筋，细钢筋头上挑着一个红色的警灯。

每辆挎子，拢共能坐三个人。开车的算一个，斗里边能坐一个，摩托后座上还可以坐一个。坐在后座上的这位，怕车太快，不稳当，左手搂着前边同事的腰，右手还得攥着那根儿细钢筋。

三个人开着挎子，跟街面上一跑，警灯那么一闪，加速换挡的时候，排气管再"嘟嘟嘟"那么一响，用现在的话说，这就叫"炸街"，特别拉风！甭管谁碰见，都愿意扭头多瞅两眼。那个感觉，跟现在开着一辆好几百万的豪车上街差不多。

好多70后、80后，连我这60后都算上，长大了以后，家里有正经小汽车不愿意开，非得花好些钱买摩托，骑挎子，打根儿上说，就是小时候，站在马路边上，见天看警察叔叔骑挎子，跟心里存下的念想。

鬼子摩托，靠左行驶

90 年代以后，街面上的挎子越来越少。瞅冷子蹿出来那么一辆两辆的，排气管"嘟嘟嘟"一炸街，小孩儿看见了，扯着脖子就得嚷嚷两句："哎，鬼子车！鬼子车！"

黑猫警长骑的挎子，怎么就变成"鬼子车"了呢？这事儿真要掰扯起来的话，可能得赖拍电影的导演。

眼下好多抗战题材的影视剧里边，都能看见这样的桥段。日本鬼子扛着枪，排着队，上村里扫荡去。带队的鬼子官，赶上条件好点儿的剧组，那就骑着高头大马，挎着指挥刀，穿着披风。

要是条件不好，剧组经费紧张，那就只能凑合来辆挎子。鬼子官往斗里一坐，戴着白手套，两只手拄着指挥刀，嘴撇得跟八万似的，拿着劲儿说一句："开路，开路！"

回头您可以仔细看看，各种抗战剧里边，日本鬼子骑的摩托全是挎子，跟黑猫警长骑的那种挺像，只不过就是刷了层绿漆。

抗战那会儿，日本鬼子骑的挎斗摩托，正名应该叫"97 陆王"。97 陆王，打从根儿上说，仿的是眼下最流行的美国哈雷摩托。这种摩托车，跟黑猫警长的挎子，有个特别不一样的地方，一眼就能看出来。

什么不一样的地方呢？挎斗摩托，斗一般都挂在右边。而日本的"97 陆王"，斗挂在左边。

那位问了，日本人骑摩托，为什么这么个色呢？

这事儿说起来也简单。好多朋友都知道，日本人甭管开车、骑车，还是走道，跟咱们这边正好反着，都是靠左行驶。开车靠右行驶的国家，把挎斗挂在摩托右边，也就是说，挂在靠人行道的这边，为的是让坐在斗里的人更安全点儿。日本的"97 陆王"把挎斗挂在左边，也是一样的道理。

二战结束以后，原装的"97陆王"，拢共没剩下几辆。剩下的几辆，那都是宝贝，轻易淘换不着。剧组拍戏的时候，都是拿国产的挎子当替补。小孩儿看电视看多了，以为日本鬼子骑的就应该是这种摩托，最后就给挎子起了个外号，叫"鬼子摩托"。

都是挎子，骑着怎么那么不一样呢？

"鬼子摩托"的正名，应该叫"长江750"，跟日本一毛钱关系都没有。这种摩托，打根儿上说，仿的应该就是《虎口脱险》里的那种德国挎斗摩托。

二战那会儿，德国有个绝招儿，叫闪电战。闪电战，按字面上讲，意思就是跑得快，日行一千，夜走八百。所以宝马公司就设计了一种挎斗摩托，叫"R71"。

"R71"做出来以后，苏联觉得这玩意儿挺哏儿，就托人去德国买了5辆原装的"R71"。

苏联有个摩托车厂，特别有名。德国原装的挎斗摩托运到苏联以后，这个厂子的老师傅把那几辆车大卸八块，整个全拆开了，然后当样子，一个零件一个零件地照着做。零件做全了以后，再往一块儿攒。

这种苏联山寨版的德国挎斗摩托，后来得了个名，叫"乌拉尔M72"。世界各地喜欢玩儿挎子的人，就管这种摩托车叫"乌拉尔"。

后来，中国从苏联进口了几辆原装的乌拉尔。1957年，江西南昌的飞机制造厂里的老师傅，把原装的乌拉尔全给拆开了，一个零件一个零件地照着做，然后再往一块儿攒。等于是按照苏联山寨版的德国挎斗摩托，照方抓药，又仿制了一版。

这种山寨了两遍的德国挎斗摩托，就是在我小时候，满大街跑的挎子。南昌飞机厂给它定了个名，叫"长江750"。80年代以前，咱们国家实行的是计划经济，工厂做东西，有种说法叫"统装机"。什么叫"统装机"呢？大概意思就是说，一样的图纸，统一生产的零件，全国各地不一样的几个工厂，都做这一种东西。做出来的东西，都叫一个牌子，都用一个商标。

就拿"长江750"来说，那时候南昌的厂子做，贵州、湖南那边也有厂子做。只不过不一样的厂子，工人的技术水平也有高有低，最后攒出来的车，质量就不一样。所以挎子圈儿里的玩家，有个约定俗成的规矩。

什么规矩呢？

玩儿挎子，要是兜儿里不差钱，想玩儿得讲究点儿，上档次一点儿，那就玩儿原装的乌拉尔。您要是说，我想图个实惠，那就买南昌原厂产的挎子。

一样都是挎子，别的厂子出的挎子，比南昌产的挎子，那就又低了好几个档次。

现在全世界喜欢玩儿摩托的顶级玩家，按大面上说，拢共就两个流派。

喜欢玩儿两轮的，就骑美国的哈雷摩托。哈雷摩托，看着挺带劲，马力也挺足，唯独有一节，就是不太适合中国人玩儿。为什么呢？那个车忒沉。平时骑着跟公路上跑还无所谓，玩儿越野的话，肯定不行。

真要是说没留神摔个跟头，摩托倒了的话，像我这岁数、这身板的老爷们儿，一个人绝对扶不起来。所以您看美国那边玩儿哈雷的，一般也都是五大三粗的老爷们儿，胡子拉碴，浑身疙瘩肉那种。

玩儿越野，要想骑摩托，那还是得玩儿乌拉尔。这种摩托，很适合越野。

这两年阿拉善英雄会挺火，阿拉善那边玩儿越野，开的是汽车。要是到非洲的撒哈拉大沙漠玩儿越野，就得骑挎子。一个老爷们儿，骑着一辆挎子，挎斗里边带足了吃的、喝的，油门踩到底，直接就往大沙漠里开。人家图的就是沙漠里边地方宽敞，想怎么开就怎么开，自由自在，没限制。

《虎口脱险》是 1966 年拍的，那时候德国原装的二战摩托车已经没剩几辆了。剩下的那几辆，也只能搁在博物馆里摆着，不可能让剧组当道具玩儿，可着劲儿开。电影里德国兵骑的那几辆挎子，应该也是从苏联进口的乌拉尔。

骑上我心爱的土挎子

北京有个三里屯，好多朋友都知道，那是全国有名的酒吧一条街。在我小时候，三里屯除了庄稼地，别的什么都没有。大概是 80 年代那会儿，使馆区的外国人越来越多。那时候外国人跟中国老百姓的生活习惯不一样。80 年代那会儿，中国老百姓下了班，吃完饭，出去遛个弯儿，轧轧马路，再回家看会儿电视，九点来钟，差不多也就睡觉了。外国人睡不了这么早，夜里必须得出去折腾，得泡酒吧去。周围的老百姓一看，这是个挣钱的机会呀，就开始跟三里屯那条街上开酒吧。

90 年代初的时候，有几个法国老爷们儿，跟三里屯泡酒吧，喝得酩酊大醉。哥几个喝完了酒，从酒吧溜达出来，脚底下拌着蒜，摇摇晃晃，跟大街上走了没几步，就站在那儿不动了，眼神也凝住了。

怎么回事儿呢？开头咱们说了，那时候交警跟街面上执勤，好多骑的都是挎子。90 年代以后，开车的人越来越多，挎子在中国老百姓眼里，已经算不上什么特别好的东西了。

外国人跟咱们的想法不一样。让他们一看，北京街面上的挎子，那就是中国版的乌拉尔，再往远点儿说，那就是中国版的 R71。这可是古董车，老值钱了。

几个法国老爷们儿，酒醒了以后，找身边的中国哥们儿一问价，敢情这玩意儿连乌拉尔的零头都没有，按那时候说，大概也就小几千块钱。

嚯！"咔嚓"一家伙，天上掉下来这么大个儿的一个馅儿饼！还是韭菜鸡蛋馅儿的，连醋都给浇好了！几个法国老爷们儿一合计，那就别拘着啦，当时就一人置办了一辆。

置办完挎子以后，还成立了一个玩儿挎子的俱乐部，叫"牛蛙俱乐部"。吃饱了没事儿干，见天开着挎子，排着队，跟北京的大街上饶世界溜达。

北京的小青年觉得这玩意儿挺带劲，挺酷，跟着有样学样，从此就掀起来一股玩儿挎子的流行风。再后来，这股风就从北京慢慢地传到了全国。

2001 年有个喜剧电影叫《大腕》，男主角叫"尤优"，特别有个性，脑子里的想法老跟别人拧着，用北京话说，这人挺艮的。有工夫您可以把《大腕》那电影翻出来再看看。电影里边，"尤优"骑的就是一辆黑色的挎子，长江 750。

要想死得快，就买一脚踹

玩儿挎子这股风往前推不到十年，老百姓还有这么个说法，说是"要想死得快，就买一脚踹"。这说法到底怎么来的呢？

之前咱们也提到过，80 年代以后，最早的一拨万元户就开始买车啦。那会儿常买的车叫"菲亚特 126P"，北京人管它叫小土豆，南方叫大头鞋。80 年代那会儿，地方不一样，"菲亚特 126P"卖的价钱也不一样，北京最便宜不会低于六千块，有的地方能卖到小一万！

有的人兜儿里多少趁俩钱，可是又买不起正经汽车，那就只能稍微往后退一步，弄辆摩托车骑。像什么木兰、嘉陵、铃木、雅马哈，这都算是 80 年代末 90 年代初最时髦儿的品牌。

三十多年以前，老百姓说外国话还没现在这么顺溜，舌头不会拐弯儿。好不容易攒够了钱，跑到商店，本来是想买辆雅马哈。看见车了，心里一激动，脑瓜子一迷糊，嘴里再一含糊，张嘴就来了一句："师傅，给我来辆大马哈，要红色的！"这种事儿，那时候说相声的都找过包袱，不新鲜。

现在电视上、网上做广告，动不动就说什么什么是"出街必备"。80年代那会儿，最潮的玩儿主，出街的时候，讲究戴头盔、戴墨镜，穿花衬衫、牛仔裤、白旅游鞋，然后骑一辆红色的摩托车。

摩托车后座上，最好还得坐一个大姑娘。大姑娘，盘亮条顺，穿一身牛仔服，必须还得留披肩发。为什么非得留披肩发呢？为的就是车开快了以后，头发能飘起来，让周围的人一看，觉得特别飒。人家要的就是这个劲儿。

那时候骑着摩托出街，多数人玩儿的都是两种套路。

哪两种套路呢？一种是见人就说话，特别有礼貌。平常不怎么说话的人，骑摩托的时候看见了，也得收一脚油门，减速，没话搭话，主动跟人家打招呼："哟，大婶，买菜去啦？""哎，大爷，您遛弯儿哪？""嘿，哥们儿，我可有日子没看见你啦！"

一般人走在大街上，听见有人打招呼，必定得扭脸看一眼呀。骑摩托的这位，图的就是这个。打完招呼以后，故意收着油门，把车速压得特别低，等人家把他这辆车里里外外前前后后全看清楚了，连车后座上那大姑娘都看清楚了，再狠踩一脚油门，猛地一加速，朝前冲。趁着摩托车加速朝前冲的当口，嘴里还得甩出来一句："拜拜了，您嘞！"

第二种套路，那就得把让别人看的这个环节省了。离着挺老远，瞧见前头有熟人，也是收油门，减速，把声音弄得特别小，蔫不出溜的，偷偷往前开。眼瞅就要开到前头那位身边的时候，再猛地一给油，一轰排气管，"噌"的一家伙蹿过去，吓这位一跳。

吓了一跳的这位，猛一下回不过神来。站在那儿，双目呆呆地发愣，盯着骑摩托车那位的背影看，打算好好看看到底是谁。

这么个裉节上，骑摩托的那位，嘴里也得甩出来一句："拜拜了，您嘞！"

骑摩托的人，甭管玩儿的是哪种套路，周围的人，心里肯定觉得不得劲。不得劲，怎么办呢？那就得想辙，多跟嘴上占占便宜。眼瞅着摩托车开过去以后，让人家给套路了，这位就得跟周围的人白话两句："喊，瞧他那德行，牛什么牛？要想死得快，就买一脚踹！"

嘴上这么说，心里想的可是：我得好好干，多攒钱，攒够了钱，买摩托，然后我再套路别人去。

骑着幸福找幸福

拍电影就是这样，什么东西最时髦儿，导演就爱往电影里边加什么东西。大伙儿看电影的时候，也都愿意看。80 年代末 90 年代初那会儿，骑摩托最时髦儿，所以好多电影里边，就都有骑摩托的镜头。

黑猫警长就不用说啦，出门逮"一只耳"的时候，必须骑摩托。

之前咱们也聊过，1987 年有个特别火的电影，悬疑破案片，叫《翡翠麻将》。《翡翠麻将》开头，就是一大早，黑灯瞎火的时候，俩大姑娘骑着摩托车，没留神，一家伙从立交桥上飞出去了，结果就勾出来后边的一串故事。

70 年代那会儿，意大利跟苏联合拍了一部电影，也是我小时候特别喜欢看的喜剧片，只要电视上播，那就必看。这部喜剧片叫《意大利人在俄罗斯的奇遇》，电影开头那一段，有个意大利的大姑娘，捯饬得又勾勾又丢丢，骑着大摩托，跟罗马的大街上飙车。

再往早点儿说，1984 年，上海电影制片厂还拍过一部谍战破案片，叫《滴水观音》，讲的是云南那边的事儿。现在好多影视作品，都得植入几个软广告。《滴水观音》里边，也有一句广告词儿："骑着幸福的摩托车，还怕找不到幸福？"

说起这个幸福摩托，岁数稍微小点儿的朋友，可能根本不知道是什么东西。岁数大点儿的朋友，应该有个印象，大概多少还是有点儿含糊。要不这么着吧，我再给您提个醒，这种摩托车，正名叫"幸福250"，外号叫"大炮"。

幸福250跟长江750差不多，打根儿上说，也是从外国传进来的洋玩意儿，最早是捷克产的摩托车，叫"佳娃250"。现在您跟电视上看新闻，来外宾的时候，车队前头都得有摩托车开道。佳娃250就是咱们国家最早的礼宾摩托车。

上海有个自行车二厂，50年代那会儿，厂里的老师傅一合计，自行车，我们能造，摩托车，归了包齐，不就是比自行车的个儿大点儿，再就是多个发动机吗。稍微卖卖力气，鼓捣鼓捣，问题应该也不大。

这么着，上海自行车二厂就弄了几辆捷克原装的佳娃250，然后也是全给它拆开了，一个零件一个零件地照着做，都做完了以后，再往一块儿攒出来一个幸福250。

幸福250跟别的摩托车最不一样的地方，就是排气管特别长、特别粗，给油的时候，轰得还特别响。老百姓拿这根儿排气管说事儿，给它起了个外号，叫"大炮"。

80年代以后，幸福250应该算是各路摩托车里边最流行的车型，大伙儿都抢着买。用现在的话，那就叫"街车"。80年代以前，普通老百姓轻易还摸不着这种摩托车，只有几个特种行业，工作上有需要，单位给配一辆，为的是上班的时候骑。

比如说邮局的邮递员。能骑摩托车的邮递员，还不是平常送信、送报纸的邮递员，必须是送电报的邮递员。那时候老百姓花钱打电报，肯定是家里有急事儿。邮局收着电报以后，也不敢耽误，立马就得派邮递员骑着摩托车，给收件人往家里送。

骑摩托，风太大，冬天冷得受不了。所以那时候送电报的邮递员，捯饬得跟飞行员差不多，浑身上下，皮衣、皮裤、皮手套、大皮靴，眼睛上还戴着风镜。穿这么一身行头，往摩托上一骑，那也是特别神气，特别拉风。

炼丹

都是"两片儿"惹的祸

咱们在前头的文章里，提到过不少老广告。什么"正义的来福灵"啊，什么"燕舞，燕舞，一曲歌来一片情"啊……再往后，像什么补钙的、补肾的、补脑的、补头发的广告，那就海了去了。

我小时候，大家管"肠虫清"叫"两片儿"。为什么叫"两片儿"呢？因为这个药的广告，翻过来掉过去，就拿"两片儿"找包袱。电视上，天天在那儿播"两片儿、两片儿"，嘚啵嘚、嘚啵嘚，跟和尚念经似的，播了半个多月，老百姓可就坐了病了，甭管干什么，只要能跟"二"沾上边，也是全拿"两片儿"找包袱。

比如说，中午跟单位食堂吃饭，几个坏小子，端着搪瓷饭盆，打完了菜，还得买主食呀。走到卖馒头的窗口，大师傅撇着嘴，歪着脑袋，挺不耐烦那么个劲儿，问上一句："几个？赶快说！"

这帮坏小子呢，左手端着饭盆，齐刷刷一伸右手，竖起两根儿手指头，比画出来一个"2"字，学着广告里边的意思，故意拖着尾音："两——片儿！"

青年男女搞对象，小伙子约大姑娘上电影院看电影，买的是下午两点的票。买完了票，把这事儿给大姑娘一说。大姑娘肯定也得问一句："几点的票呀？忒晚可不成，我妈不让我出去。"

小伙子也是，左手掐腰，一伸右手，一竖手指头："两片儿！"

学校里头，老师判完了作业，往下发作业本。学生拿着作业本，肯定先得看看自己这回得了几分呀。这位正看着呢，坐他后边那位，一捅他腰眼："哎，你几分？"

再看坐前边这孩子，一咧苦瓜嘴，带着哭音："啊？……唉，两片儿。"意思就是说，老师给打了个两分，不及格。

直到现在，大夫给小孩儿开的打虫子药，包括宠物医院给小猫、小狗开的驱虫药，俗称还叫"两片儿"。"两片儿"这说法，打根儿上说，应该就是从80年代的这个老广告化过来的。

宝塔带走，虫子拿来

这十来年，卫生条件越来越好，小孩儿闹虫子的少了。我住阜成门白塔寺那会儿，十个孩子里头，最起码得有七八个肚子里都有虫子。有的小孩儿，明面上看，什么毛病都没有，饭量挺大，可就是不长肉，面黄肌瘦，跟猴儿似的，脾气还特别不好，动不动就折腾。

年轻的小夫妻俩头回养活孩子，没经验，不知道怎么回事儿。街坊大婶经的事儿多，有生活经验，热心肠，看见这情况，就得给俩人提个醒："这孩子是肚子里有虫子，让虫子给拿的。明儿下班，顺道去药店，捎几个塔儿糖回来，往下打打就好啦。"

什么叫塔儿糖呢？现在药店里好像没有这东西了。我小时候，只要是药店，柜台上肯定都得摆个透明的玻璃罐子。玻璃罐子里头装着红、黄、绿三种颜色的糖块，猛一看，花花绿绿的，还挺好看。那个糖块的形状跟小宝塔差不多，正名叫宝塔糖，老北京人管这东西叫塔儿糖。

塔儿糖应名叫糖，实际也不怎么甜，细咂摸的话，多少还有点儿苦。吃到嘴里，特别像现在市面上卖的那种能直接嚼着吃的钙片。小孩儿肚子里要是闹虫子，家大人就可以买几块塔儿糖，让小孩儿嚼着吃。吃了以后，用不了两天，虫子就打下来了。

塔儿糖是50年代那会儿，从俄罗斯传过来的洋玩意儿。再往早了说，50年代以前，小孩儿肚子里要是闹虫子，家大人就得找街面上的虫子铺。什么叫虫子铺呢？说白了就是专门卖驱虫药的小摊儿，小摊儿上卖的是一种白色的药面。家大人把这种白色的药面买回去，想方设法掺在饭里，糊弄孩子吃下去，最后也能把虫子打下来，原理跟塔儿糖差不多。

去虫子铺买药，买主儿交完了钱，卖药的这位叠个小纸包，包上点儿白药面，伸手往出一递，嘴里还得嘱咐一句："回头虫子打下来，您受累，弄个盆，给我端回来。"

那位问了，这玩意儿，端回来干吗使呀？横不能是当药引子吧？

咱们读者里边要是有学医的朋友，您应该知道，小孩儿肚子里的虫子，有一种叫绦虫儿。绦虫儿前头有个小脑袋，后边的身子是一节一节的，跟蚯蚓一样，断了还能长。打绦虫儿，必须得把它那个小脑袋打下来，要不然的话，打虫子的药就等于白吃啦。

虫子铺让买主儿把虫子给送回来，一个是为了检查这个小脑袋到底打下来没有，相当于现在的售后服务；再一个也是为了留着当幌子。

马季先生的经典段子《拔牙》，好多朋友都听过。老式年间，大街上的拔牙摊儿，都得弄个笸箩，笸箩里边装着好多牙，具体是不是人牙，那都无所谓，反正是牙就成。为的就是让来来往往的行人觉得他拔牙的手艺高，生意红火，回头牙疼的时候，好上他这儿来看牙。

虫子铺要小孩儿肚子里打下来的虫子，也是差不多的意思。虫子送回来了，洗干净了，弄个透明的大玻璃瓶子，把瓶子里灌满高度数的白酒，然后把虫子往里头一泡，就跟实验室泡标本一样。虫子，一条两条还无所谓，真弄个百八十条聚在一块儿，您想想，那是什么感觉。

人就是这样，越恶心、越害怕的东西，嘴上说着不敢看，实际呢，捂着眼睛，露出一条缝，还是得偷偷看。想看又不太敢看，不太敢看又舍不得不看，坚持着也得看。

这么多虫子，往玻璃瓶子里一泡，光天化日之下，往街面上一摆，看热闹的闲人一多，流量可就有了。虫子铺借着这个热乎劲儿，直播带货，不光可以卖打虫子的药，还可以再卖点儿别的野药丸子。什么呢？比如说：大力丸。

多吃大力丸，一身疙瘩肉

> 谁吃我这个大力丸，又名又叫宝贝疙瘩。
>
> 咱这是百病全治，甭管您是车撞着，马踩着，牛顶着，狗咬着，刀砍着，斧剁着，鹰抓着，鸭子踢着……

《拔牙》这段相声，开头讲的是北京老天桥的把式——卖大力丸。

老北京人有这么个说法，说是"天桥逛一逛，除了生意就是当"，意思就是告诉您说，那地方冤人的多。可是呢，老北京人还有这么个说法——"不冤不乐"。出来玩儿，归了包齐，就是花钱买乐，有时候不能太较真。钱花了，非得自个儿跟自个儿较劲，弄得心里挺堵得慌，那就更亏啦。

老天桥的买卖，按大面上说，分"清买卖"和"浑买卖"两种。清买卖不能卖东西，光凭一张嘴，嘚啵嘚、嘚啵嘚，把您兜儿里的钱说到他兜儿里去。

就拿相声来说，两位演员站在台上，说学逗唱，使完了一套活。观众坐在底下，哈哈一乐。小徒弟手心朝下，拿手指头拎着一个小笸箩，走到观众跟前，一点头，说一声："费心！"

意思就是说，爷，我们说完一段啦，您看着给俩钱。

为什么非得手心朝下，拿手指头拎笸箩呢？

这是以前的老艺人定的规矩，必须手心冲下，手心冲上端着笸箩，那是要饭的。

观众觉得这段说得不错，手伸进怀里，掏出几个大子，"哗"的一声，往笸箩里一扔。小徒弟看见人家给钱啦，还是点一下头，说声："谢谢。"然后再找下一位。绝对不会说，小徒弟要完了钱，站在那儿不走，跟人家穷对付："爷，刚才我们两位师傅身上穿那大褂儿，您瞅见没？那可是今年最流行的款式，老天桥限量版。我们后台有同款，大、中、小号全有，要不您来一件？"我跟您说，没那个规矩。那时候，说相声就是纯说相声，唱京剧就是纯唱京剧，没有现在的"周边产品"这么一说。

浑买卖跟清买卖正好反着，看玩意儿本身不要钱，谁愿意看都成，白看。

那位问了，白看的话，这帮练玩意儿的人，他们都喝西北风吗？

这事儿其实就跟现在有的商家玩儿的套路一样。明面上说，我们搞了个什么活动，不要钱，车接车送，请您过去白玩儿。不光白玩儿，中午还免费再管一顿饭。实际呢，到了地方以后，让您掏钱买东西，羊毛出在羊身上。

老天桥卖大力丸的，也是差不多的意思。几个练家子，五大三粗，浑身疙瘩肉，往场子当中间一站，插招过式，抽撒连环，你来我往，那么一打。练得火候到了，街面上的人都聚过来了，人家也就不练了，就该开始说啦。具体说什么呢？

说他们家祖传的这个大力丸，怎么怎么好，怎么怎么管用。"各位瞧见我这一身疙瘩肉没有？这就是打小吃大力丸，给催起来的。您要是看着眼馋，想长成我这样，那也没问题，多花俩钱，买我的大力丸就成。买回去，连着吃半个月，您再一照镜子，那就不是原来的自个儿啦，那就是施瓦辛格啦！"

周围看玩意儿的人听这位这么一忽悠，再看他这一身疙瘩肉，想不信都难！一位带头掏了钱，后头跟着可能就有第二位、第三位。几位练家子这一天的嚼裹儿，那就算挣下来了。这就叫：光说不练，假把式；光练不说，傻把式；又说又练，真把式。

大力丸也有山寨版

不光是老天桥，50年代以前，全国各地，甭管是城里的庙会，还是农村的大集，但凡热闹的地方，肯定就有打把式卖大力丸的。所以好多地方都有"卖大力丸的蒙人"这么个说法。

话说回来，您要说卖大力丸的都蒙人，其实也不是那么回事儿。就拿同仁堂来说，直到现在，人家都卖大力丸。您想想，那能是冤人的吗？只不过就是这个东西跟之前咱们聊过的狗皮膏药一样，名气大了以后，山寨版的忒多，最后反倒把正版的给干趴下了。

一百多年前，老天桥卖大力丸最有名的老师傅，好多朋友应该都看见过。

那位说了，谦儿哥，我是00后。您让我上哪儿见一百多年前的老师傅去？

这事儿真不是我抬杠，别说是00后，就算头两年刚落草的小孩儿，只要能记事儿，看得懂电视，没准儿就见过这位卖大力丸的老师傅。

为什么这么说呢？

各种电视节目，只要讲到老天桥，差不多都得放那么一小段黑白纪录片，回头您可以上网查查。这纪录片里边，有一位浑身疙瘩肉，光着膀子拉大弓的练家子，他就是当年老天桥卖大力丸的老师傅里头最有名的人之一，叫朱国全。

老朱家拢共哥仨，朱国全师傅排行老二。朱国全年轻那会儿拜的师父是武术名家孙占奎，后来，他不但学会了少林拳和硬气功，而且把十八般兵刃也练得样样精通！艺满出师以后，朱国全跟老天桥开了个药铺，卖各种强筋壮骨药、跌打损伤药，捎带手还管治伤。这个买卖的门脸，原先就在我们德云社老天桥旗舰店附近。

同仁堂这种老药店，打根儿上说，都是读书人开的，走的也是文艺路线。每天开门做买卖，站柜台的伙计都得穿长衫，走道迈着四方步，说话细声细语，透着股文静劲儿。

朱家开的这个药铺呢，跟同仁堂正好反着，透着那么一股尚武的劲儿。甭管三九天还是三伏天，每天下午，天桥人气最旺的时间段，老哥仨都得光着膀子，跟门口练俩仨钟头，玩儿几手拉硬弓、油锤灌顶、胸口碎大石之类的硬气功。

练得差不多了，周围看热闹的一齐叫好的时候，几位把式，摆出丁字步，往场子当中间一站，一抱拳，"噔噔噔"那么一说，给药铺做做广告，扬扬名。天长日久，名气就传出去了，江湖上给这老哥仨喝号，叫"朱氏三杰"！

都是蒙人，境界怎么就不一样呢？

《西游记》里边，也有一位卖大力丸的老神仙。

哪位老神仙呢？南极仙翁老寿星。

《西游记》里五庄观吃人参果那回，有这么个桥段，说孙猴儿把镇元大仙的人参果树给推倒了，为了救活这棵树，孙猴儿到处找医树的仙方。

找到南极仙翁的时候，南极仙翁告诉孙猴儿，我手里有一种黍米丹，特别灵，普通的活物，小猫、小狗什么的，吃下去当时就能起死回生！问题是，人参果树不是普通的活物呀！这事儿我没辙！大圣，要不您"小孩儿拉屎——挪挪窝"，上别处再瞜瞜去？

黍米，不就是咱们现在说的大黄米吗？大黄米长得跟小米差不多，就是多点儿黏性，做切糕、包粽子，都特别好吃。北方好多人吃切糕、吃粽子，还不爱吃用江米做的，就愿意吃用大黄米做的，觉得用大黄米做出来的东西，比用江米做出来的香。

做假大力丸，就是揪一小块切糕，搁在手心里，揉成一个药丸。揉出来以后，看着不像真的，还得再加工加工。

怎么个加工法呢？稍微讲点儿良心的人，外头再裹一层烧香剩下的香灰。要是不讲良心呢，干脆就裹一层黄土。这种假的大力丸，外号就叫切糕丸。

有朋友问了，一样都是冤人，裹香灰跟裹黄土，有什么区别呢？

这事儿您有所不知，那时候的人普遍都迷信，觉得供神、供佛烧出来的香灰，沾仙气，能治病。相声里边不是也有这么个段子吗？老太太迷信，得了病不找大夫，吃香灰。连着吃了半个月，结果"嗵嗵嗵"，拉出来六块板砖。按那时候老百姓的想法，切糕粘香灰，多少它能管点儿事儿，不算纯蒙人，跟粘黄土不是一个性质。

有假大力丸这个事儿垫底，我小时候看《西游记》，老以为南极仙翁卖的是切糕丸。其实呢，根本就八竿子打不着！人家说的这个黍米丹，指的是炼出来的仙丹，大小和形状特别像大黄米。别的地方，跟大黄米一毛钱关系都没有。

这事儿不是我瞎说。传统评书里边，有位成仙得道的高人，叫张三丰。张三丰传下来一个炼丹的方子，按这方子里头的说法，做黍米丹，就是把铅和水银这两样东西搁在炼丹炉里，炼呀炼，炼呀炼，炼够了火候，它就变成一粒儿一粒儿的小珠子啦，所以又叫黍米玄珠。

镇元大仙他们家的人参果，法力再怎么强，药效也有保质期。吃一个，最多只能活四万七千年。过了保质期，要想接茬儿续命，那就还得再吃一个。南极仙翁的这个黍米丹呢，人家可没有保质期。据说人要是彻底把饭戒了，拿它当饭吃，坚持吃，吃够了疗程，就能寿与天齐，长生不老。

哈利·波特与魔法大力丸

那位问了，谦儿哥，黍米丹真有这么神吗？

这事儿我只能这么跟您说，古时候的人，他就觉得有这么神。不光中国人觉得神，外国人也觉得神。

叫罗琳的那位英国作家，刚出道的时候，写的第一本小说，叫《哈利·波特与魔法石》。哈利·波特玩儿的这个魔法石，其实就是外国人炼的仙丹。说到底，也是把铅和水银什么的搁在炉子里炼，玩儿的还是太上老君的路数。只不过中国人管这个叫炼丹，外国人呢，叫炼金术。用炼金术炼出来的魔法石，不光能点石成金，人吃了以后，还能寿与天齐，长生不老。

《哈利·波特与魔法石》里边有个小配角，叫尼可·勒梅。按外国人的说法，古往今来，炼金术这个圈子里边，只有尼大爷，真正玩儿出来了。

玩儿出来以后，那就长生不老啦，尼大爷是 14 世纪出生的，一直活到现在，活了六百多岁。据说直到现在，欧美国家那边还有好多老外，每天绕世界溜达，憋着要找尼大爷。都惦记找着以后，多说几句客气话，好让尼大爷把这套活过给自己。下回您跟大街上遛弯儿，要是看见有个六百多岁的外国老大爷跟煎饼摊儿那儿等着吃煎饼，千万一把薅住喽！别让他跑了！

中国人炼丹，炼得最痴迷的时代，那还得说是汉朝。十来年以前，有个特别流行的笑话，好多相声里边也用过。说是有这么一位七八十岁的老大爷，好些记者围着他，打听长寿的秘诀。老大爷告诉他们："我活这么大岁数，没别的秘方，就靠多吃菜，不吃肉。"

话说到这儿，只听得"噌愣"一声，人群外头蹿进来一位岁数更大的老大爷，照着七八十岁老大爷的腮帮子，"啪"就是一大耳光子！

"兔崽子！跟这儿瞎白话什么呢？麻利儿的，回家给我炖肉去！"

记者肯定不能让打人这位就这么走了啊！咱得跟他讲理啊。没想到打人这位还挺横："你们管得着吗?!仨鼻子眼——多出一口气！被窝里伸脚丫——你算哪把手呀！这是我儿子，知道吗？老子打儿子，天经地义！"

您也可以把吃肉换成抽烟、喝酒，意思差不多，说来说去，都是一个套路。这个套路的笑话，最早就是汉朝人捏咕出来的。

《神仙传》里边有个故事，说是有人跟大街上遛弯儿。看见一个十七八岁的大姑娘，抡着棍子跟大街上打人，打的还是一个七八十岁的老大爷。老大爷连眉毛都白了，满脸褶子，让大姑娘揍得满地打滚，吱哇乱叫。

这种事儿，甭管在什么时代，旁人看见了，必得出手管管。没想到大姑娘还挺横，告诉管闲事儿的这位："你知道个啥啊！这是我儿子，我是他亲妈！前两年有位老神仙，给了我一葫芦仙丹，说是特管用，吃了就能返老还童，长生不老！哪知道这倒霉孩子怕苦，打小就不爱吃药。好说歹说，就是不吃！你看看，老眉咔嚓眼的，他都成什么奶奶样啦？"

话音未落，大姑娘抡圆了棍子，照着老大爷的屁股又是两下："别磨叽，赶快吃，两片儿！"

好嘛，还"两片儿"呢。

返老还童"耗子屎"

今儿从"两片儿"的广告一直写到了炼丹。眼看文章要收尾了，我也告诉您一个能返老还童的方子。这方子特别简单，别的什么都不用，只要记住一句咒语就成。

什么咒语呢？

小个子，不简单，康辉华华丹。

记住了吗？我再说一遍：小个子，不简单，康辉华华丹。

电视上见天播"两片儿"的那个时间段，学校门口的小卖部冒出来一种新零食，叫华华丹。华华丹的广告词儿就是"小个子，不简单，康辉华华丹"。

这种零食，是把甘草和陈皮磨成面，加工成一粒儿一粒儿的样子，吃到嘴里是酸甜口，稍微带点儿药味儿，大小、颜色都跟耗子屎差不多，小卖部卖五毛钱一瓶儿，北京小孩儿都管它叫"耗子屎"。

"耗子屎"有个好处。什么好处呢？分量不大，特别容易藏在手心里，方便上课的时候偷吃，老师轻易逮不着。所以自打市面上有了这种零食以后，大家心照不宣，都学会了在手心里藏一粒儿"耗子屎"，上课的时候，假装揉鼻子，往嘴里一塞。这种零食也成了几代人共有的一种校园记忆。

您也可以预备一瓶儿"耗子屎"，一边读这本书，一边跟小时候上课一样，一粒儿一粒儿往嘴里送。大伙儿返老还童一把，找找当年上课听讲时的那种感觉。

失眠

我不睡，你不睡，大家都不要睡

说到失眠，我想起来这个系列的第一本书《于谦：人间烟火》刚出来的时候，当时那本书聊的是关于美食的那些事儿。您各位抬爱，还都挺愿意看，有朋友说抑郁症都差点儿给治好了。我寻思着，就冲着这疗效，咱也得接着聊啊，于是有了第二本《于谦：人间可爱》，这一本呢，我就跟各位读者朋友聊我爱聊的事儿。这个各位也都知道，我的三大爱好：抽烟、喝酒、烫头！这是玩笑话，其实聊的是可爱的小动物。有朋友看完了就跟我说，有时候在工作或者生活上碰见了难事儿，愁得睡不着觉的时候，就掏出这本书看看，看个十几二十页，准能睡着喽！

我也不知道这是好话还是坏话，不管怎么说，您各位睡着了就是好事儿。因为没有什么事儿是睡一觉不能解决的。实在不行，就再睡一觉！俗话说得好，三十年河东，三十年河西，谁都有碰见难事儿的时候，要是您觉得生活累，听我给您扯扯闲白，能获得一点儿安慰和快乐，那对我而言，也不失为一种欣慰。

既然说到失眠了，咱们索性就顺着这个话头，写写夜里睡不着觉的事儿。

前两年，网上有个段子传得挺火，叫"睡不着的时候喜欢做的十件事儿"。大家列出来好些自己失眠时喜欢干的事儿，比如玩玩儿手机，看看书，听听音乐，喝点儿酒，再不就是喝点儿热牛奶，诸如此类。

喝牛奶治失眠这事儿，好多朋友应该都知道。我小时候，每次临到小学升初中，初中升高中，高中考大学这些特别重要的考试的时候，学校开家长会，老师都得嘱咐一句："考试头天晚上，给孩子喝杯热牛奶，能催眠。一定得是热的啊！别喝凉的，喝凉奶容易吐。"

网上传的这个"睡不着的时候喜欢做的十件事儿"里边，有一条，特别鸡贼，特别不地道。

哪条呢？——"睡不着的时候，给朋友打电话聊天。"说白了就是我睡不着，别人也甭惦记睡，都耗着，俩人一块儿熬夜。

睡不着，打电话找朋友聊天，从心理学上说，多少好像也有点儿道理。为什么这么说呢？失眠的人，归了包齐，就是因为心里不舒服，堵得慌，有压力。

有压力，那就得想辙，找地方释放呀。

夜里十二点，这位躺在炕上，一会儿平着躺，一会儿侧着躺，一会儿趴着，一会儿闭着眼睛，一会儿睁着眼睛，翻过来掉过去，他就是睡不着！最后只好俩眼望天，自个儿跟自个儿较劲，看哪儿都觉得不顺眼。

哎哟喂，我们家这房是怎么盖的呀？愣能有房顶，还有四个墙角，这不成心跟我找别扭吗！……这床也不对呀?! 它怎么能是平的呢？弄成斜坡的多好……还有我们单位那谁，也忒不是玩意儿了，今儿中午跟食堂碰见，假模假式那个劲儿，还问我吃了吗？您听听，他居然问我吃了吗，这都是人话吗？有天理吗？我吃没吃，碍你哪儿疼啦……

好嘛，反正就是看哪儿哪儿别扭，想谁谁都不对。最后实在绷不住劲儿了，伸手从枕头底下把电话掏出来，挨个查通讯录……这人没意思，跟他聊会儿天，净跟你量活！嗯、啊、嘚、是、哎、哟、哦、嘿，全是话作料，上辈子八成是捧哏的！这人也不成，脾气忒暴，大半夜的不让他睡觉，明儿早上真敢拿大嘴巴抽我！哎，这哥们儿成，跟我不错，就他啦！

嘀嘀嗒嗒，一个电话拨过去。那哥们儿的脾气还真不错，朋友心里不痛快，打着哈欠也得陪着他聊。结果，这位聊痛快了，聊舒服了，也聊累了，聊着聊着，一歪脑袋，睡着了。电话那头呢，陪着他聊，越聊越精神，自个儿最后反倒睡不着了。

有种青春叫"卧谈会"

眼下大学生住宿舍，到底什么情况，我不是特清楚。但在二十多年前，好多大学还有这么个规定：夜里十一点，统一熄灯。每天只要到了这个点，管宿舍的大叔、阿姨，立马就拉闸，把电都给您断喽！为的就是督促学生早睡早起，第二天上课别迟到。

再者，也是怕学生半夜偷摸使电炉子煮方便面，回头再把宿舍给点着了。

宿舍里没电，您想开会儿夜车，多看几页书都没法看。这么一来，大学宿舍就兴起来一种娱乐活动。

什么娱乐活动呢？

卧谈会。

每天夜里熄灯以后，一个宿舍五六个人，各钻各的被窝，然后准时准点，正式开聊，你一言我一语，大家满嘴跑火车。

那位问了，大半夜不睡觉，有什么可聊的呢？

我跟您说，可聊的东西多了去啦。

女生宿舍怎么开卧谈会，我肯定是不知道的。男生宿舍，时代不一样，卧谈会的话题可能也不太一样。比如说 80 年代那会儿，流行聊理想、聊人生，捎带手还得聊聊文学。现在呢，00 后的大学生临睡觉以前，躺在被窝里，没准儿就愿意聊聊游戏，说说哪款手机最时髦儿。

甭管时代怎么变，有这么几个话题，跟学生宿舍里边，估计从来就没变过样。

哪几个话题呢？

比如说，学校的这几个食堂，每个食堂都有什么特色菜；哪个食堂卖的菜最好吃、最便宜；食堂的哪个窗口，打饭阿姨没得"帕金森"，抡红烧肉的时候，手不哆嗦。

再比如说，哪个老师期末判卷子的时候手松，给分给得多，最容易过；哪个老师管得严，每堂课都点名，抓人抓得厉害……

全国各地，甭管什么地方，您可以去校园里跟学生扫听扫听，只要是在大学里，差不多都有"四大名捕"这么个说法。意思就是说，这个学校里，有四位老师脸最硬，最不好说话，上他们的课，特别容易挂科。

"四大名捕"这个事儿，学校也没有特意搞过公开投票，它到底是怎么选出来的呢？我告诉您，十有八九就是学生在夜里开"卧谈会"的时候，互相交流经验，民主评议出来的。

老学生民主评议完了以后，等到新学年开学，再把这套活过给新学生。新学生得着信儿以后，回去也得开"卧谈会"呀。这么一来，那就叫老猫房上睡，一辈传一辈。学校里的学生，有来有走，每年都得换。唯独这个"四大名捕"，没准儿连着几十年都不带换的。

写作文，讲究结尾点题，总结中心思想。学生每天晚上开的这个卧谈会，虽然大多是在胡吹海哨，最后也得有个中心思想。

什么中心思想呢？男生聊聊女生，女生聊聊男生。

学生住宿舍，尤其是男生，关系要是处得不错的话，互相都得起个外号。起外号，最简单的套路，就是按岁数排。比如说一个宿舍六个人，岁数最大的那位，外号就叫"老大"。老大往下，还是按岁数走，一直排到老六。

哥几个聊得正热乎呢，指不定哪个被窝里，冷不防就冒出来一句："哎，我说，老二，刚才下晚自习，我看见你跟三班那个……那个，叫什么来着……那小老妹？我看见你俩一块儿溜达来着。你说说，怎么回事儿呀？"

外号叫"老二"的这位呢，按那时候的规矩，哥们儿问出来这种事儿，打死也不能承认，不能跟现在似的，动不动就到处"撒狗粮"、晒幸福。

不光打死不能承认，还得想辙反击回去："成啊，老六！你就这毛病，老鸹落在猪身上，光看别人黑，瞅不见自个儿黑。我还没说你呢！你说说，前天下午，大概三点多钟，你骑着自行车，屁颠儿屁颠儿的，拉着咱们班长，干什么去啦？兔子还不吃窝边草呢！你倒好，不光吃窝边草，还专挑大棵的吃，连班长都敢搂。"

外号叫"老大"的这位，躺在被窝里，眼看着俩小兄弟顶上牛了，那就得摆出当老大的谱儿，帮着往下压事儿呀："成了啊，成了啊，有完没完哪！长点儿出息，系里拢共就那么几个女生，来回来去，让你们说了八百遍了。咱们都是学生，知道吗？要把主要精力放在学习上！"

老话说，山上说话，山下有人听，房前头说话，房后头有人听，大道边上说话，草丛里有人听。被窝里说话呢，旁边那个被窝里有人听。

老大跟这儿还白话呢，没留神，老四那个被窝里冒出来一句："成了啊，装什么装！你这就是吃不着葡萄说葡萄酸。我还不知道你，每回去食堂打饭，秋后的蚊子——紧叮，俩眼跟探照灯似的，唰唰唰冒贼光。"

老大一听这话，也得反击呀。几个被窝里的人，你有来言，我有去语，就算彻底饥起来了。也不知道从哪个被窝里，冷不防冒出来一句："刚才挑事儿的那个呢？老六？怎么没动静啦?!"

哥几个扒着床沿，伸着脖子，往老六那被窝一寻摸。您猜怎么着？敢情这位的小呼噜，早就打起来啦。

何以解闷，唯有失眠

卧谈会这个事儿，一千多年前，魏晋时期的老爷们儿，也喜欢开。

这事儿不是我瞎说，魏晋那会儿的中国老爷们儿，流行清谈。什么叫清谈呢？说白了，就是好几个老爷们儿扎堆，夜里不睡觉，侃大山，神聊。

当然了，侃大山也有侃大山的规矩，不能什么都侃。

像什么今儿早上自由市场，西红柿卖多少钱一斤；炸酱面到底是搁肉末好吃，还是搁肉丁好吃；隔壁二大爷跟后街五婶，俩人没事儿老跟一块儿跳广场舞，是不是有点儿意思……这些老百姓家里锅碗瓢盆、鸡毛蒜皮的事儿，清谈的时候，不能拿到明面上聊。聊的话，让别人看不起。

清谈，聊的都是高端话题，全是跟过日子八竿子打不着的事儿，越虚越好。嘴里越不说人话，还就越显得有水平，有学问，有品位，高端大气上档次。

南北朝那会儿，有个叫刘义庆的大学问人，写了本专门讲各路名人八卦的书，叫《世说新语》。《世说新语》里边有这么个故事，说东晋那会儿，有个叫王导的哥们儿，是东晋的开国丞相。王导还有个侄子，您肯定听说过。谁呢？王羲之。

按《世说新语》里边的说法，王导这人没别的爱好，就喜欢侃大山，尤其是喜欢熬夜侃大山。动不动就把亲戚朋友从被窝里薅出来，跟他一块儿聊。用老北京话讲，那是腰里揣副牌，逮谁跟谁来。

话说有这么一回，连着半个多月，王导都没找着人聊。为什么没找着人呢？身边的人让这哥们儿聊出心理障碍来啦！老远看见他，撒丫子就跑！大伙儿还提出来一个口号：防火防盗防王导！

这哥们儿跟家里憋得那是五脊六兽，憋到最后，急眼了，琢磨出来个歪招儿。他发了个文件，说是边关有重大军情，让大将军祖约跑步来丞相府报到！

三更半夜，大将军得着这个信儿，真以为出事儿了呢。没敢耽搁，从被窝里爬出来，披上衣服蹬上鞋，连袜子都没来得及穿，提溜着裤子，一溜小跑直奔丞相府。结果，一跟头栽皮袄上了，陪着聊了整整一宿。

转过天来，将军府过来四个兵丁，弄了副担架，把这倒霉蛋抬回去了。王导肚子里那点儿话全说出来了，也就觉得痛快啦。啤酒肚一挺，背着个手，仰着脸，往丞相府门口台阶上一站，呼吸呼吸新鲜空气，心里那叫一个豁亮，跟吃了蜜蜂屎似的。

来来往往的行人，看见他跟这儿站着，没话找话，也得打个招呼啊："哦，相爷，昨晚没睡好，失眠了吧？俩眼睛怎么这么红啊？您可一定得多注意身体。"

再看这哥们儿，手一摆，脑袋一摇晃："哎，没事儿，没事儿，我就随便找朋友聊了会儿天，聊得挺高兴，一点儿都不累。照这意思，连着再聊仨晚上，咱也没问题！哎，对啦，您今儿晚上没事儿吧？要不那什么……哎，哎，你跑什么呀？回来！……"

千里马好找，千里水不好找

王导侃大山这个故事，我讲的时候，多少添了点儿作料，为的是让大伙儿听着有意思。一说一乐的事儿，您别太较真。可是呢，有一句话，我绝对没给您瞎编。

哪句话呢？就是失眠这句。

《世说新语》的原文是"公昨如是，似失眠"。这句话在中国历史上，是对"失眠"这个说法的较早记载。

再往前说，失眠不叫失眠，叫"不寐"。据说在甲骨文中就已经有了关于失眠的记载。自打有了"不寐"这个说法以后，中国传统文化里头，就有了各种治失眠的偏方。比如侯宝林大师有个经典段子，叫《猜谜语》。

《猜谜语》里边有这么四句诗，说是"眼看来到五月中，佳人买纸糊窗棂。丈夫贸易三年整，一封书信半字空"。这四句诗，拢共打四种药材，哪四种药材呢？半夏、防风、当归和白芷。

中国老百姓琢磨出来的第一种治失眠的偏方，就叫半夏汤。这方子，本身用的都不是什么值钱东西，就是手续忒麻烦。

具体怎么个麻烦法呢？

《西游记》里写到朱紫国那回，孙猴儿给朱紫国国王搓了仨大药丸子，说是吃药的时候，必须拿无根水往下送，普通的水不成。熬半夏汤比这个还麻烦，按《黄帝内经》定的规矩，用的必须是流了一千里的水。

这事儿真要是抬杠的话，能把人折腾吐血。打个比方说吧，这位朋友家住青海三江源，失眠了，想从长江里舀一舀子水，熬半夏汤喝。三江源是长江的源头，这地方的水，流了肯定不够一千里呀！不够怎么办呢？那就只能顺着长江，背着铺盖卷，揣着干粮，往下游溜达，多咱走够一千里地，多咱再拿舀子舀水。

水有了，您再拿这个水，熬小米粥。熬粥的时候，锅里稍微搁点儿半夏。普通的粥，熬得了，都得是连稀的带干的一块儿喝。治失眠的这个半夏汤呢，是光要稀的，干的全给它澄出去，不要！然后每天早、中、晚喝三回，每次一小杯。

那位问了，谦儿哥，这偏方说得这么邪乎，真管用吗？

我跟您说，肯定管用。

为什么这么说呢？别的先搁旱岸上，就这一千里地，甭说走路去啦，就是开车，连着开一千里，您想想，那得累成什么样？好不容易到了地方，腰酸背疼腿抽筋，眼睛发涩，两个眼皮直打架。来碗热热乎乎的稀粥，吃饱喝足，再一犯困，要是睡不着，那才新鲜呢。

当然了，最后走累了这段，是我顺嘴胡诌的啊。中医的方子里边，真有一味治失眠的药，叫半夏汤。当然了，这方子具体应该怎么吃，到底管不管用，您还是得听大夫的。我这儿就负责把您给逗乐了。

玩儿沙子，能催眠

这两年睡眠不好的朋友挺多，各种治失眠的小偏方也挺多。我小时候，好多小孩儿都愿意玩儿沙子，去胡同里找人家盖房用的沙子堆，弄个小碗，扣饽饽，挖陷阱，玩儿得不亦乐乎。现在市面上还有一种专门用来玩儿的沙子，叫太空沙。有人说，看玩儿太空沙的视频，能治失眠。怎么个意思呢？您弄个盆、碗什么的，把太空沙装进去，扣出来个泥饽饽。然后就跟切生日蛋糕一样，拿刀来回切这个泥饽饽。失眠的人跟旁边看着，就觉得很舒服！看着看着，他可能就睡着了。

这法子到底管用不管用，回头哪位有工夫，可以试试。

说起看玩儿太空沙的视频治失眠，90年代那会儿，我记得，电视台播动画片《机器猫》的时候，还讲过这么一个故事，说的是康夫夜里睡不着，带着机器猫瞎溜达，结果碰见一个得了失眠症的大叔。

机器猫心眼挺不错，立马从兜儿里掏出一个背口袋的小人，告诉大叔说，小人口袋里装的是催眠沙，失眠的时候，往人眼睛里撒几粒儿沙子，这人当时就能睡着。

往眼睛里撒沙子治失眠这招儿，听着有点儿忒邪门了。我那时候也是跟电视上随便看了一眼，没想到从此就记了二十多年。临写这篇文章之前，我还特意查了查资料，想看看欧洲那边到底有没有眼睛里撒沙子能治失眠这么个说法。结果一查才知道，敢情《机器猫》里讲的这个故事，只讲了一半。

为什么这么说呢？

撒沙子治失眠这个说法，在欧洲那边，好几百年以前就有。说的是月亮上头，住着个小人，叫沙人。小沙人的身量不大，也就一拃来高，可是呢，人家会魔法，能做催眠沙。

白天出太阳的时候，小沙人就老老实实跟月亮上待着，玩儿沙子。天一擦黑，月亮出来了，小沙人就背着一口袋催眠沙，到地上遛弯儿来啦。谁家的小孩儿要是夜里不好好睡觉，他就掏出来一把沙子，"哗"，往小孩儿眼睛里一撒。只要有一粒儿沙子进到眼睛里，小孩儿当时就能睡着啦。

有朋友说了，那这小沙人不错呀，这不是热心肠，做好事儿吗？

做好事儿？您先别着急下结论，接茬儿听，故事还有下半段呢。小孩儿睡着了以后，小沙人就爬到他脸上去，"噗""噗"两下，把这孩子的两个眼珠子抠出来。抠出来以后，干什么用呢？拿回去喂他自个儿的小孩儿，也就是小小沙人。

我小时候，要是夜里跟炕上躺着不老实，来回烙饼，不睡觉，我姥姥就得这么吓唬我："瞎折腾什么？麻利儿的，赶紧闭眼！再不闭眼，回头麻胡逮你来！"

差不多的意思，放到外国老太太嘴里，就得这么说："瞎折腾什么？麻利儿的，赶紧闭眼！再不闭眼，回头小沙人上咱们家抠你眼珠子！抠出来，扔在地上，'啪啪'两声，当泡踩！"

1816年，有个叫霍夫曼的德国作家，觉得这故事也忒吓人、忒少儿不宜了，就把它归置了归置，该删的删，该改的改，重新编了个故事，叫《沙人》。

1959年，德国电视台开始播放动画片《小沙人》。没想到在电视上一播，还就火了。直到现在，德国小孩儿也特别喜欢这个动画片。《机器猫》里的那个撒沙子催眠的小人，归根到底，是从德国人拍的动画片里头化过来的。只讲了上半段，没讲下半段抠眼珠子的事儿。

于谦"小院儿"，欢迎您随时来玩儿

半夜爬上炕，

没事儿瞎折腾，

翻来覆去睡不着，

睁眼数绵羊：

一只，两只，三四只，

五只，六只，七八只。

数来数去几千只，

又把那二八的好酱来想：

白菜、粉丝、冻豆腐，

肥牛、鱼丸和毛肚。

数来数去还是睡不着，

干脆去趟厨房。

　　这首挺歪的定场诗，不为定场，只为定定各位的心。

　　这些年啊，好多朋友告诉我，说是谦儿哥的相声好，能催眠。每天晚上您嘚啵嘚、嘚啵嘚，趴在我耳朵边上这么一念经，用不了五分钟，准睡着。

　　还有的朋友可能是在生活、工作当中，暂时碰见点儿难事儿，觉得心里堵得慌，不痛快，夜里躺在炕上，翻来覆去睡不着。最后发现只有听相声才能睡得着觉，甭管碰见多烦心的事儿，最起码在听相声的这段时间里，心里能踏实下来。

　　每次听见大伙儿这么说，我就想起郭老师爱说的那句话来了："我很欣慰。"

　　人活一辈子，不可能老那么顺顺利利，都得摊上点儿大事儿小事儿。

甭管怎么着，您记住了，总有一个叫于谦的朋友，替您守着这么一个"小院儿"，欢迎您随时过来串门，过来玩儿。希望大伙儿都能乐乐呵呵，鼓足了心劲儿，把日子过好。

《于谦：人间烟火》

“咱们侃遍三山五岳，聊透五湖四海，一起玩儿，一块儿乐，品味平凡人生，品味烟火气里含着的那点儿幸福。”

谦儿大爷在《于谦：人间烟火》中为我们讲述了 25 段美食故事，有散落在记忆里的街边小吃，有流传已久的地方美食，也有寻常人家饭桌上的一日三餐，不仅是一次触动味蕾的美食之旅，更是治愈人心的文化大餐。
人间烟火气，最抚凡人心。让谦儿大爷带您走进味美人间，体味烟火风情！

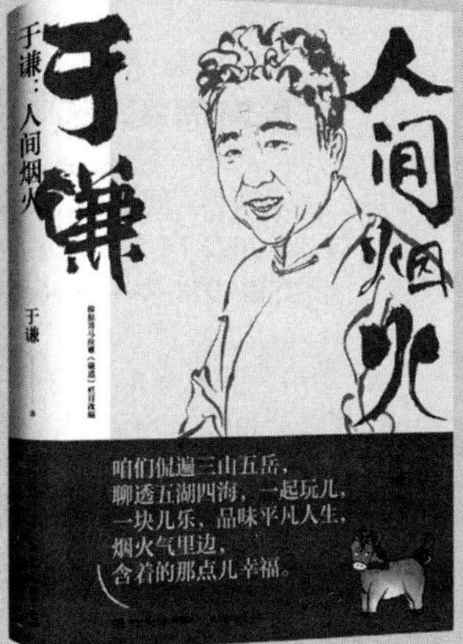

《于谦：人间可爱》

“我呢，跟无数的人说过：我要当动物饲养员！特烦闷的那段日子，我偶尔也想一想，以后该怎么养家糊口啊？一看见动物，嗬！就全忘了。”

在《于谦：人间可爱》中，谦儿大爷集结十几种萌趣小动物，精选 25 段趣味盎然的坊间旧事儿，陪您一起咂摸咂摸人情世故，琢磨琢磨花鸟鱼虫，品一品老物件里的旧时光，看一看坊间的风土人情、野史民俗。字里行间，蕴藏人生智慧；聊聊笑笑，皆是处世良方。
书中自有闲得趣，书中自有动物园。愁眉苦脸是一天，可可爱爱也是一天，谦儿大爷与您聊聊可爱人间！

图书在版编目（CIP）数据

于谦：人间温柔 / 于谦著 . -- 长沙：湖南文艺出版社，2022.7（2023.5 重印）

ISBN 978-7-5726-0677-9

Ⅰ. ①于… Ⅱ. ①于… Ⅲ. ①散文集－中国－当代

Ⅳ. ① I267

中国版本图书馆 CIP 数据核字（2022）第 072903 号

上架建议：畅销·文学

YU QIAN: RENJIAN WENROU
于谦：人间温柔

作　　者：于　谦
出 版 人：陈新文
责任编辑：刘雪琳
监　　制：董晓磊
特约策划：张婉希　宋笑宇
特约编辑：张亚一
营销编辑：钟可容　王爱婷
版式设计：潘雪琴
封面设计：尚燕平
封面题字：王　烁 anusman
封面绘画：红　花 HONGHUA
彩插绘画：傅　晓
内文排版：百朗文化
出　　版：湖南文艺出版社
　　　　　（长沙市雨花区东二环一段 508 号　邮编：410014）
网　　址：www.hnwy.net
印　　刷：三河市鑫金马印装有限公司
经　　销：新华书店
开　　本：680mm×955mm　1/16
字　　数：264 千字
印　　张：18.5
版　　次：2022 年 7 月第 1 版
印　　次：2023 年 5 月第 2 次印刷
书　　号：ISBN 978-7-5726-0677-9
定　　价：59.80 元

若有质量问题，请致电质量监督电话：010-59096394
团购电话：010-59320018